中國語言文字研究輯刊

二三編

許學仁 主編

第 4 冊

生態漢語學（增訂版）
（第四冊）

李國正 著

花木蘭文化事業有限公司

國家圖書館出版品預行編目資料

生態漢語學（增訂版）（第四冊）／李國正　著 -- 初版 -- 新北市：花木蘭文化事業有限公司，2022〔民111〕

目 4+168 面；21×29.7 公分

（中國語言文字研究輯刊　二三編；第 4 冊）

ISBN 978-626-344-018-0（精裝）

1.CST：漢語 2.CST：語言學 3.CST：生態學

802.08　　　　　　　　　　　　　　　　111010172

ISBN-978-626-344-018-0

9 786263 440180

中國語言文字研究輯刊

二三編　　第 四 冊　　　　ISBN：978-626-344-018-0

生態漢語學（增訂版）（第四冊）

作　　　者　李國正

主　　　編　許學仁

總 編 輯　杜潔祥

副總編輯　楊嘉樂

編輯主任　許郁翎

編　　　輯　張雅淋、潘玟靜、劉子瑄　美術編輯　陳逸婷

出　　　版　花木蘭文化事業有限公司

發 行 人　高小娟

聯絡地址　235 新北市中和區中安街七二號十三樓

　　　　　　電話：02-2923-1455 ／傳真：02-2923-1452

網　　　址　http://www.huamulan.tw 信箱 service@huamulans.com

印　　　刷　普羅文化出版廣告事業

初　　　版　2022 年 9 月

定　　　價　二三編 28 冊（精裝）新台幣 96,000 元　　　版權所有・請勿翻印

生態漢語學（增訂版）
（第四冊）

李國正 著

目
次

第三節 語法的生態特徵與嬗變

「語法」是從西方語言學引進的概念，自《馬氏文通》問世以來，中國學者借鑒西方語法學的理論和方法，建立了漢語語法的研究體系。語言系統是由語音結構、規則結構、語義結構三個子系統構成的，規則結構是處於語音結構與語義結構之間的中介層次，它同這兩個層次相互作用相互協同而不斷運動變化。規則結構由語法規則、邏輯規則、意向規則及其相互關係構成，語法規則處於規則結構的最低層次，意向規則處於最高層次，邏輯規則體現人群的思惟特徵，具體表現為概念之間的聯繫規則和判斷、推理規則。規則結構受到內外生態環境的制約，三個層次之間也相互制約，因此在宏觀上呈現動態平衡。三個層次對語言成份的作用力不平衡，通常情況下語法規則比較穩固，變化緩慢，而作用力最明顯；人群思惟水平的進化需要很長的時間，因而邏輯規則相對穩定；通常情況下意向規則受到抑制，特定條件下意向規則受自為環境心理結構的影響，有著顛覆其他規則的作用。正是意向規則這種潛在的作用，促進了語法規則的新陳代謝。

漢語是缺乏形態變化的語言，語素之間的相對位置體現相互語法關係，語素排列順序相同的言語單位憑藉語義區別語法關係。無論在詞法層次還是句法層次，語言成份的語法地位與語義存在或多或少的聯繫，雖然有的語詞出於語法的需要在言語流中語義弱化甚至消失，而語言成份之間的語義聯繫仍然是確定語法關係不可忽略的依據。有人認為漢語是以意會為主的語言，語法很抽象，古人就不懂什麼是語法，但是語法規則是客觀存在的，漢族人說話寫文章，都遵守一定的規則。語法、邏輯、意向都有規則可循，這些規則在漢語中表現出來的兩大生態特徵就是語序的變化和虛詞的運用。

一、甲骨文語法的生態特徵與嬗變

自上世紀五十年代管燮初的《殷墟甲骨刻辭的語法研究》問世以來，甲骨文語法積累了不少研究成果，其中臺灣文津出版社 1992 年出版沈培著《殷墟甲骨卜辭語序研究》、學林出版社 2001 年出版張玉金著《甲骨文語法學》、花城出版社 2003 年出版楊逢彬著《殷墟甲骨刻辭詞類研究》值得重視。楊書把卜辭詞類運用的時空座標、語詞的語法功能和結合能力、語言變化發展的系統性原則

結合起來考察，提出的創見有理有據。這樣的研究思路和方法，體現了生態語言學提倡的語言與環境是一個互動互調的動態整體的觀念。

考察依據的材料是姚孝遂主編的《殷墟甲骨刻辭摩釋總集》和徐中舒主編的《甲骨文字典》。楊逢彬對前人列舉的全部連詞加以分析之後，認為缺乏可靠的依據；殷墟甲骨刻辭有單位名詞而沒有量詞，後世的量詞是單位名詞虛化產生的。故其提出的殷墟甲骨刻辭詞類有動詞、形容詞、名詞、數詞、代詞、副詞、語氣詞、介詞，沒有連詞和量詞。作者在終篇指出：「殷墟甲骨刻辭時代的詞類系統不僅有了各類實詞，而且有了專表語法關係的虛詞，除連詞外後代的各類詞已經基本完備。但是各類詞的發展並不平衡，同後代相比許多大類下的小類多有未具。如天然單位名詞、狀態形容詞、疑問代詞等都未發現，專表語法關係的介詞還處在初期發展階段之中。」〔註78〕作者統計殷墟甲骨刻辭詞類的量化數據如下：

動詞分為非祭祀與祭祀兩大類。非祭祀動詞分為行為、趨止、感知心理、狀態、存在、類同等六類。其中前四類又各分不及物與及物兩小類。非祭祀動詞161個，其中不及物53個，及物108個。161個之中行為動詞89個（不及物16，及物73），趨止動詞18個（不及物12，及物6），感知心理動詞21個（不及物5，及物16），狀態動詞30個（不及物20，及物10），存在動詞「有」與「亡」共兩個，類同動詞只有一個「曰」。沒有能願動詞。祭祀動詞81個。其中能帶原因賓語的甲類祭祀動詞16個，不能帶原因賓語的乙類祭祀動詞65個。

形容詞有「幽、黑、黃、白、赤、大、小、多、少、新、舊」等11個。「高」列為「可能是形容詞」，待考。

745個名詞分為普通名詞和專有名詞兩大類。其中普通名詞195個，包括有生名詞91個（充任主語的有生名詞A類8個，不充任主語的有生名詞B類83個）；無生名詞55個（事物名詞32個，處所名詞23個）。抽象名詞14個，時間詞79個，方位詞9個，單位詞6個。專有名詞550個，分為人名、地名、國族名、其他專名四類。人名228個，地名208個，國族名106個，其他專名8個。

數詞有「一、二、三、四、五、六、七、八、九、十、百、千、萬」等13

〔註78〕楊逢彬著《殷墟甲骨刻辭詞類研究》，廣州：花城出版社，2003年9月版，第341～342頁。

個。沒有分數、約數，也沒有基數與序數的區別。

　　代詞7個。人稱代詞5個：「我、余、朕、汝、乃」；指示代詞2個：「茲、之」。沒有疑問代詞。

　　17個副詞分為八類：語氣副詞「其、蔑、允」，否定副詞「勿（弜）、毋、不、弗、非」，範圍副詞「咸、率」，時間副詞「卒、氣」，頻率副詞「亦」，連接副詞「乃（迺）、有」，指代性副詞「自」，程度副詞「引」。除此而外，「異」很可能是表可能、意願的語氣副詞。

　　語氣詞4個：「重、隹、抑、執」。

　　介詞2個：「于、自」。由它們組成的介詞結構只修飾、限定動詞或動賓結構性中心語，不能修飾形容詞性中心語。

　　殷墟卜辭是漢語複音語詞的濫觴，卜辭複音語詞的研究對考察上古漢語性質的重要性不言而喻。楊著雖然缺少了複音語詞詞法研究這一重要環節，但其揭示的殷墟甲骨刻辭詞類生態格局是基本可信的。雖然名為「詞類研究」，其實對某些詞類的句法功能進行了較為深入的剖析，這就為進一步探討漢語語素在言語流中語序的變換與功能的相互關係提供了可靠的依據。

　　嚴寶剛《甲骨文詞彙中的複音詞》和朱銳《甲骨文複音詞研究》沒有依據《殷墟甲骨刻辭摩釋總集》進行全面的統計分析，而是以趙誠編的《甲骨文簡明詞典》作為研究材料，侷限是明顯的，不過也能大致勾畫出甲骨文複音語詞詞法的基本面貌。嚴寶剛統計《甲骨文簡明詞典》有複音語詞416個，占全書詞條的20%。作者分複音語詞為八類：王室稱謂；官職與官員的稱謂；祭祀對象及儀式；國名、地名、人名；時間與方位；氣象；數詞；成語。但是，其中有不少短語並非複音語詞，由單音數詞組合成的這類短語不可限量，如其所舉的「十一、十九、五十、二百、四千、三萬」等等。甲骨文中的複音語詞實際上比嚴寶剛統計的數字更少。

　　嚴寶剛認為甲骨文的複音語詞有兩大類：單純詞和合成詞。單純詞全是借音詞。合成詞分為附加式和複合式兩類。複合式又分為偏正、補充、動賓、主謂、聯合五種語法結構。〔註79〕

　　朱銳認為：「在甲骨文中複音詞中偏正式、並列式、動賓式、主謂式和附

〔註79〕嚴寶剛《甲骨文詞彙中的複音詞》，《寧夏大學學報》（人文社會科學版），2009年9月第31卷第5期，第3～4頁。

加式合成詞均已經出現；重疊式合成詞，單純複音詞尚未出現」；「甲骨文中的偏正式、並列式複音詞呈現出很大的不穩定性。主要表現在兩個方面：一是表種屬關係的偏正式正語素和偏語素的詞序很多情況下可以互換，處於兩種詞序競爭共存階段。二是很多複音詞語素合用單用並存，比如『上帝』可以直接稱『帝』，『羽日』可以單說成『羽』」。〔註80〕

嚴寶剛認為殷墟甲骨卜辭包括 60 甲子在內有 62 個借音的單純複音語詞。實際上 10 天干 12 地支並非毫無語義的單純音節，它們分別表示不同的語義序列，也不能用同音的其他漢字代換。10 天干 12 地支輪流並列組合為 60 甲子分別表示特定時間，應是聯合式或曰並列式合成詞。

楊逢彬考察殷墟甲骨刻辭單音節人名 155 個，雙音節人名 73 個，其中有「亞從」、「望羊」、「沚馘」等雙音節人名，但未見嚴寶剛所舉「白般」、「上絲」。〔註81〕在弄清這些雙音節人名的命名理據之前，不能斷定它們究竟是複合詞還是單純詞。因此，可以認為殷墟甲骨卜辭基本上沒有出現單純複音語詞。

楊逢彬列舉的時間名詞除 60 甲子之外，還包括「食」、「采」、「日」在內的 19 個單音節時間名詞。這樣，「小食、大食、小采、大采、湄日、來日、中日、食日、各日」，全都被當作由兩個單音節時間名詞構成的短語。以「大食」為例：

1. 丙戌卜，三日雨？丁亥，大食雨。(《合》九〇)

2. 旦不雨？食不雨？(《粹》七〇〇)

3. 自旦至食日，不雨。(《屯南》四二)

4. 食日至中日，其雨。(《屯南》六二四)

卜辭中「大食」又稱「食日」，省稱「食」。《史記‧天官書》：「旦至食，為麥；食至日昳，為稷。」《淮南子‧天文訓》在「旦明」之後列入「蚤食」、「宴食」，即是卜辭之「大食」。由以上卜辭可知，「食日」在「旦」與「中日」之間，標誌一個有限的時段。陳夢家《殷虛卜辭綜述》定「大食」為上午八時左右。《左傳‧昭公五年》：「日之數十，故有十時，亦當十位。自王已下，其二為公，其三為卿。日上其中，食日為二，旦日為三。」證「食日」在「旦日」

〔註80〕朱銳《甲骨文複音詞研究》，《北方文學》，2011 年 4 月刊，第 122～123 頁。

〔註81〕楊逢彬著《殷墟甲骨刻辭詞類研究》，廣州：花城出版社，2003 年 9 月版，第 182～183 頁。

與「日中」之間。構成「大食」的兩個語素共同作為一個語義整體表示一個特定的時段，是定中結構關係的合成詞。與「大食」情況類似的「短語」，其實都是雙音節合成詞。

張玉金認為殷墟卜辭有兩個虛詞性語素：「有」和「于」。「有」用在專有名詞和普通名詞前構成雙音節名詞。證據是：〔註82〕

1. 翌選有正，乃壅田？（《合集》九四八〇）

2. 歸於有宗，其有雨？（《合集》三〇三二二）

3. 乙巳卜，殻貞：呼子賓侑於有祖宰？

   貞：勿呼子賓侑於有祖宰？（《合集》九二四）

4. 勿燎□禘於有咎？（《合集》一四六八六）

5. 乙巳卜，賓貞：翌丁未酒㝢於丁，尊有玉？

   貞：翌丁未勿酒歲？（《合集》四〇五九正）

殷墟卜辭「有正」多達 110 多例，楊逢彬考證「正」並非名詞，而是祭祀動詞。〔註83〕且卜辭中「有不正」、「無不正」、「有正」、「弗正」多見，「有」顯然不是虛詞性語素。其餘四例的「有」，須據同版卜辭、同文卜辭或相關文例比較，考察語義是否虛化。

張玉金認為「『于』作為詞尾，出現在『至』之後，與『至』一起組成一個雙音節的介詞『至于』，引介時間或與格詞語。」例子是：

1. 壬寅卜，殻貞：自今至于甲辰子商弗其殺基方？（《合集》六五七一）

2. 癸亥卜，古貞：禱年自上甲至于多毓？（《合集》一〇一一一）

楊逢彬指出「自……至于……」中的「至」並非介詞而是動詞。「至」後跟介詞「于」，正說明「至」是動詞。試比較如下兩例：〔註84〕

1. 癸酉卜，自今至丁丑其雨？（《合集》二一〇五二）

2. 丁巳卜，互貞：自今至于庚申其雨？（《合集》一二三二四）

再看下面這條卜辭：

壬子卜，貞：自今六日有至自束？（《合集》四〇八九）

〔註82〕張玉金著《甲骨文語法學》，上海：學林出版社，2001 年 9 月版，第 95 頁。
〔註83〕楊逢彬著《殷墟甲骨刻辭詞類研究》，廣州：花城出版社，2003 年 9 月版，第 358～359 頁。
〔註84〕楊逢彬著《殷墟甲骨刻辭詞類研究》，廣州：花城出版社，2003 年 9 月版，第 319 頁。

介詞結構「自束」出現在「至」之後與「于」字介詞結構「于庚申」出現在「至」的後邊性質一樣，確證「至」是動詞而非介詞。因此「于」不是「至于」虛化的詞尾。

嚴寶剛舉出「生八月」、「生十一月」、「來日乙」、「來日庚」等例子，認為「『生-、來-』附著於『月』、『日』之前，表示未來的時間」以及「『多-』附加於名詞前，表複數的概念」。〔註85〕

但是，「生八月」、「生十一月」的「生」並非虛化的語素，它與指示代詞「茲」語義相對，「茲」為近指，指示現在時，「生」為遠指，指示將來時，有卜辭為證：

1. 茲月至生月有大雨？（《合集》二九九九五）
2. 貞：今十二月我步。

　　貞：于生一月步。（《合集》六九四九正）

卜辭中「今」單用是時間名詞，與其他時間名詞連用其實也是表示近指的指示代詞。例如「今三月、今四月、今十三月、今丁巳」等等，與「生一月、生八月、生十一月」性質一樣，「今」為近指，「生」為遠指。「來日乙」、「來日庚」是「來日」與「乙、庚」並列的同位短語，與「翌日乙」、「翌日壬」性質一樣。其中「來日」的「來」與「來歲」的「來」語義一樣，並非虛化的前綴。

所謂「『多-』附加於名詞前」的說法不成立，卜辭中「多」是單音節形容詞，常後加名詞構成定中短語。楊逢彬統計它在殷墟卜辭中的語法功能：作定語712例，作狀語31例，作謂語3例。〔註86〕

看來，還缺乏充足的理由肯定殷墟甲骨卜辭有附加式構詞法。如果有確鑿證據表明「有-」是附加式合成詞，那就意味著殷墟甲骨卜辭構詞語素已出現虛化的苗頭。

語序的變化是漢語語法的本質生態特徵。所謂語序有兩個結構層次：一是語詞層次，構成語詞的語素排列順序不同，則語素之間的結構關係不同，語詞的整體語義不一樣，語素的側重點也不一樣；再是語句層次，構成語句的語詞排列順序不同，則語詞之間的結構關係不同，語句的整體語義不一樣，語詞的

〔註85〕嚴寶剛《甲骨文詞彙中的複音詞》，《寧夏大學學報》（人文社會科學版），2009年9月第31卷第5期，第3～4頁。
〔註86〕楊逢彬著《殷墟甲骨刻辭詞類研究》，廣州：花城出版社，2003年9月版，第366頁。

側重點也不一樣。語序不但有不同的結構層次，還有不同的時空層次。同一個語言單位在不同的結構層次和不同的時空層次中可能具有不同的結構關係和不同的語義，因此，語序研究不能把不同時空層次的語言現象混為一談。這裡討論殷墟甲骨卜辭語序的變化和虛詞的運用，主要依據沈培《殷墟甲骨卜辭語序研究》和楊逢彬《殷墟甲骨刻辭詞類研究》所提供的研究成果。

漢語語序主語與謂語的相對位置從古至今的常態是：主語在前，謂語在後。主語置於謂語之後是很罕見的特殊情況。陳夢家《殷虛卜辭綜述》舉出兩個主語置於謂語之後的例子：

1. 受年商。（《師友》二·四七）

2. 受年王。（《乙》九八）

沈培又舉出以下例句：〔註87〕

1. 戊寅，〔卜〕，允來🜨侯。
   庚辰卜，不來🜨侯。（《合集》二〇〇六七）

與正常語序比較：

1. 戊寅卜，🜨侯允來。不來。（《蘇德美日所見甲骨集》）

2. 于癸未有至雀師。
   于甲申有至雀師。（《合集》四〇八六四）

與正常語序比較：

1. 乙丑卜，翌丙豕有至。

2. 庚午豕有至。二月。（《合集》七二正）

3. 有禍眾。（《懷》一六五四）

4. 癸未卜，有禍百工。（《屯南》二五二五）

3、4兩例可與正常語序比較：

甲寅〔卜〕，史貞：多工亡尤。（《合集》一九四三三）

5. 丁亥貞：今夕亡震師。（《合集》三四七一八）

與正常語序比較：

今夕師亡震。（《合集》三四七一五、三七七一七、三四七二〇、三四七二一等等）

〔註87〕沈培著《殷墟甲骨卜辭語序研究》，臺北：文津出版社，1992年11月版，第12～14頁。

6. 己亥卜，有害禾。（《合集》三三三四二）

7. 癸未卜，亡害禾。（《天理》B 五三二）

6、7 兩例可與正常語序比較：

禾亡害。（《合集》三三三四一）

數以萬計的甲骨卜辭中主語後置何以只有寥寥數例，沈培同意裘錫圭的看法，可能是由於漏刻添補而成。證據是：

1. 丁丑貞：往亡禍𢇍。（《合集》三二八六六）

這條歷組卜辭與賓組卜辭「丁丑卜，賓貞：𢇍往。六月。（《合集》四〇七〇）」為同日卜同事。裘錫圭指出，𢇍較小較偏，顯見是後補的。

2. 貞：今夕寧王。（《合集》二六一七六正）

這條二期卜辭與二期常見的「今夕王寧。（《合集》二六一五七至二六一六四）」比較，此辭中「貞」未刻全，「今」字缺刻一橫畫。反常語序可能是漏刻後添補所造成。雖然不能證明全部例句都是技術失誤，但是，可以認為有的主語後置很可能就是技術操作的失誤，有的例句也可能是少數貞人的主觀意向，不過這種意向未成氣候，因為它與賓語的位置發生了碰撞。

殷墟甲骨卜辭賓語在動詞謂語之後是常態，前置賓語必須有一定的條件，沈培歸納出有三類賓語前置。〔註88〕

（一）雙賓語否定句代詞賓語前置

1. 己未卜，殼貞：缶其讎旅。

己未卜，殼貞：缶不我讎旅。一月。（《合集》一〇二七）

2. 戊申卜，爭貞：帝其降我艱。

戊申卜，爭貞：帝不我降艱。（《合集》一〇一七一正）

如上兩例反貞之否定句，代詞賓語「我」前置。這樣的否定句代詞與動詞之間也可加「其」。例如：

貞：帝不我其畀土方祐。（《合集》四〇〇三三）

（二）單賓語否定句代詞賓語前置

1. 貞：祖辛不我害。

〔註88〕沈培著《殷墟甲骨卜辭語序研究》，臺北：文津出版社，1992 年 11 月版，第 19～56 頁。

貞：祖辛害我。（《合集》九五）

2. 乙未卜，爭貞：王亥求我。

貞：王亥不我求。（《合集》七三五二正）

這樣的否定句代詞與動詞之間也可加「其」。例如：

乙酉卜，王貞：師不余其見。二月。（《合集》二〇三九一）

代詞賓語前置的否定句中，否定副詞與代詞的配合情況沈培列表如下：

表 6.52　代詞賓語前置的否定句中否定副詞與代詞配合表

否定副詞 人稱代詞	我	余	爾
不	57	4	1
勿	0	2	0

（三）由「惠」和「唯」提示的賓語前置

1. 在兼語式語句中，兼語可以加「惠」提到動詞之前。如：

惠𠂤令省稟。

惠並令省稟。

惠寧鼓令省稟。

惠馬令省稟。（《屯南》五三九）

2. 受事牲名賓語前置。如：

丁酉卜，貞：惠十牛用。（《合集》四七六二）

有時受事牲名賓語和其他賓語一起前置：

惠舊冊、三牢用，王受祐。（《合集》三〇六八三）

此種語句也可以說：

惠丁祖冊用、二牢，王受祐。（《合集》二七三二四）

其中前置賓語「丁祖冊」是句子焦點，而不前置的賓語「二牢」則不是。

3. 工具賓語（祭祀卜辭中的某些牲名）前置。如：

惠毳御婦鼠☒。（《合集》一九九八九）

4. 為動賓語前置。如：

貞：先酒宜。

☒惠升先酒。（《合集》一五二九一）

為動賓語「升」提前，而為動賓語「宜」沒有提前。

5. 地名賓語前置。如「田」所帶的地名賓語「溝」提前：

惠溝田，亡災。

弜田溝。（《合集》二九三九九）

又如「焚」帶的地名賓語前置：

惠麥，亡災。

惠徝焚。吉。

惠麥焚。吉。（《屯南》二三九五）

6. 神名賓語前置。如：

乙卯卜，惠祖乙用，至于丁。十三月。（《合集》一六五〇）

「惠祖乙用」、「惠十牛用」、「惠岳又」為賓語前置，則意味著其正常語序是「用祖乙」、「用十牛」、「又岳」。若沒有「惠」提示，則「祖乙用」、「十牛用」、「岳又」是受事主語句。

7.「唯」提示的賓語前置。如：

A. 貞：茲雨唯年禍。（《合集》一〇一四二）

B. 貞：茲雨不唯年禍。（《合集》一〇一四三）

沈培進一步考察了「惠 OV」與「勿唯 OV」結構平行的正反對貞與結構不平行的正反對貞的嬗變。他指出，否定副詞「勿」主要用於第一期的主體卜辭、賓組卜辭以及第二期前期的卜辭和某些第三期的卜辭，與「勿」作用相同的「弜」主要出現於歷組卜辭以及二期以後的卜辭。「惠 OV」與「弜 OV」結構平行的正反對貞，「弜」不後跟「唯」。如：

惠㕖庸用。

弜㕖庸用。（《合集》二七三五二）

「弜 OV」句有兩個條件：一是與「惠 OV」對貞；二是 O 一定是句子的焦點。「弜 OV」形式只見於第三期主要是無名組卜辭，而歷組卜辭、某些二期卜辭、五期卜辭也使用「弜」，但沒見「弜 OV」形式之語句。看來「弜 OV」使用的時段較短。

結構不平行的正反對貞。如：

A. 惠茲豐用。

弜用茲豐。(《合集》三〇七二五)

B. 惠三牢用，王受有祐。

弜用三牢。(《合集》三〇三〇〇)

「弜 OV」主要出現在三期卜辭，三期卜辭中不平行的對貞比平行的對貞更常見。而在賓組卜辭裏，平行的對貞占多數，不平行的少見。

「惠 OV」從第一期到第五期都在使用，而「勿／弜唯 OV」到第二期以後就不被使用。「惠 OV」比「勿唯 OV」使用的時間長，可能是由於正反對貞的形式發生變化所引起的。不平行的正反對貞增多，反貞往往不把賓語提前，以「否定副詞＋V＋O」來與「惠 OV」相對。「勿＋唯＋OV」的形式後來被「弜＋V＋O」替代。第一期卜辭賓語前置否定句除「勿＋唯＋OV」外，還有「不唯＋OV」，如前所舉「貞：茲雨不唯年禍。」(《合集》一〇一四三)

沈培指出「惠」與「唯」的主要差別在於：「惠」強調主觀意願，「唯」強調客觀事實。如果占卜者認為沒必要表示主觀意願時，可以在本應用「惠」的場合使用「唯」。如：

A. 乙未又歲于且乙牡、卅宰，唯舊歲。(《合集》二二八八四)

B. □巳酒伐六宰，唯白豕。(《合集》九九五)

如果強調主觀，本該用「唯」的用了「惠」。如：

辛亥卜，即貞：茲勹(雲)惠雨。(《合集》四八七二)

後代「唯」合併了「惠」，由於出現了「是」、「之」強調的新的賓語前置句，「唯 OV」句式逐漸式微，到戰國時期就基本消失。

漢語語句的核心是謂語，尤其是動詞謂語。討論主語和賓語的語序變化是以動詞謂語為參照系，考察介詞結構在不同時空環境中的位置和功能的嬗變，同樣以動詞謂語為參照系。沈培認為殷墟甲骨卜辭中有「于、自、在、從」四個介詞，他把殷墟甲骨卜辭中的介詞結構分為表時間的介詞結構和非表時間的介詞結構兩大類，非表時間的介詞結構包括表示處所(含地名、方位等)和表人物的介詞結構。〔註89〕楊逢彬考察了「在、從」被視為介詞的用例，指出「在、從」實際上是動詞。他說：〔註90〕

在殷墟甲骨刻辭時代的語言系統中，「于」字結構佔據著類似

〔註89〕沈培著《殷墟甲骨卜辭語序研究》，臺北：文津出版社，1992 年 11 月版，第 127 頁。
〔註90〕楊逢彬著《殷墟甲骨刻辭詞類研究》，廣州：花城出版社，2003 年 9 月版，第 303 頁。

「在」字結構在現代漢語系統中所佔據的位置；這就決定了在那一時代的語言系統中，「在」字結構不可能再佔據同一位置；也就決定了它應是動賓性質的，而非介賓性質的。當說話人要強調動作行為發生的地點、時間或涉及的對象（廣義的處所）時，用「在」字結構；如果不需要強調時就用「于」字結構。這恐怕就是「在」字結構和「于」字結構對立的實質。

這段文字揭示了在甲骨卜辭動詞虛化的進程中，人群系統的心理結構認知意向所起的重要作用。介詞結構的形成和所佔據生態位的廣狹，與占卜者的主觀意向息息相關。他還說：[註91]

我們在殷墟甲骨刻辭中見到帶處所賓語的「從」約80例，其中有近50例是單獨成句的。這足以說明刻辭中的「從」是動詞，而非介詞。

賓語從空間範疇擴展到時間範疇是衡量動詞虛化為介詞的程度的重要指標之一。因此，僅僅從「從」不帶時間賓語這一點來看，它就不是一個典型的介詞。

根據楊逢彬的觀點，排除了「在」和「從」。下面簡介沈培對「于」字結構和「自」字結構的考察。[註92]

（一）非時間介詞結構的位置

1.「于」字結構

「于」字結構無論表處所還是表人物，都可前置也可後置：

A. 甲戌卜，乙亥王其彝于祖乙宗。

王于祖乙宗彝。（《合集》三二三六〇）

B. 壬子卜，古貞：御于祖丁。

貞：勿于祖丁御。（《合集》一八二一正）

表所至之處的「于」字結構一般後置：

A. 王往于敦。（《合集》七九四八）

〔註91〕楊逢彬著《殷墟甲骨刻辭詞類研究》，廣州：花城出版社，2003年9月版，第308～310頁。

〔註92〕沈培著《殷墟甲骨卜辭語序研究》，臺北：文津出版社，1992年11月版，第127～157頁。

　　B. 呼取女于林。(《合集》九七四一正)

　　C. 貞：王勿出于敦。(《合集》七九四○)

　　D. 辛卯卜，貞：方不出于唐。(《合集》六七一六)

有一種表示人物的「于」字結構只有前置，沒有後置：

　　A. 貞：其于一人禍。(《合集》五五七)

　　B. □亥卜，□貞：旬[有]求，亡于一人[禍]。(《合集》四九八三)

表人物的「于」字結構用於被動，不能前置，只有後置：

　　丙寅[卜]，互貞：王龏多屯，若于下上。

　　貞：王龏多屯，若于下乙。(《合集》八○八正)

其他表示人物的「于」字結構，既可前置也可後置：

　　A. 于二父己父庚召。(《合集》二七四一七)

　　B. 貞：令𡧡伐東土，告于祖乙於丁。八月。(《合集》七○八四)

2.「自」字結構

表處所、表人物都既可前置也可後置：

　　A. 辛酉王□自余入。

　　　　貞：王自余入。(《合集》三四五八正)

　　B. 貞：𠣇唯其有出自之。

　　　　𠣇亡其出[自]之。(《合集》一八二一正)

通過以下同版卜辭的對比，表明命辭中的前置非時間介詞結構是占卜者關注的焦點。例如：

　　A. 癸酉貞：旬有求，自南有來禍。

　　　　癸酉貞：旬有求，自東有來禍。(《屯南》二四四六)

　　B. 丙午卜，告于祖乙三牛，其往夒。

　　　　丙午卜，于大乙告三牛往夒。

　　　　于大乙告三牛。

　　　　于示壬告。(《屯南》七八三)

但殷墟甲骨卜辭中可以肯定不是焦點的後置介詞結構是普遍的，非時間介詞結構是以後置為常的。例如：

　　其禱年于河，此有雨。

　　于岳禱年，此有雨。

其禱年于河，惠牛用。

惠牢用。（《合集》二八二五八）

同一版上的兩對選貞卜辭，「于河」在第一句中是焦點，但在第三句中就不是焦點，因為第三句關注的是用牛還是用牢。

（二）時間介詞結構的位置

1.「于」字結構

表時間的介詞結構既有前置也有後置的。前置的如：

A. 癸未卜，貞：今六［月］有事。

于七月有事。（《合集》二一七二八）

B. 甲子卜，乙丑雨。

于丙寅雨。（《合集》二〇九二〇）

前置的「于＋VP」的例子：

A. 癸亥卜，殼貞：于出酒。（《合集》九九九〇）

B. 貞：王于出尋。（《合集》一六〇六四）

後置的「于＋N」主要出現在歷組卜辭。如：

A. 丙申貞：方其人使于生月。（《英》二四五〇）

B. 壬□酒□伐十□十牢于□。

丙子卜，酒升歲伐十五、十牢勿大丁。

丁亥卜，酒升歲于庚寅。（《屯南》四三一八）

後置的「于＋VP」也是在歷組卜辭出現較多。如：

A. 辛丑貞：禱于河于彡聿。（《合集》三四二三八）

B. 其置庸鼓于既卯。

惠郟卯。（《合集》三〇六九三）

2.「自」字結構

以「自」引導時間的介詞結構一律前置，沒有後置的。如：

A. 自今辛至于來辛有大雨。

自今辛至于來辛亡大雨。（《合集》三〇〇四八）

B. 弜田，其遘大雨。

自旦至食日不雨。

食日至中日不雨。

中日至昃不雨。（《屯南》四二）

時間介詞結構以前置用法為多，後置用法較少，這與非時間介詞結構相反。但時間介詞結構後置以歷組卜辭為主，這說明歷組卜辭中時間名詞以及時間介詞結構的後置是一致的。殷墟甲骨卜辭表時間的語詞以前置為常，但在時代較早的卜辭裏還保留了一些後置的殘跡，由後置到前置的變化直到西周時期才完成。沈培認為：[註93]

漢語介詞結構的語序本來可能都是以後置為常的。時間介詞結構的語序最早發生變化，在殷墟甲骨卜辭中，已經變為以前置為常。卜辭中的非時間介詞結構仍以後置為常，有的相當固定，從不前置。凡是既有前置用法又有後置用法的非時間介詞結構，在前置時都是命辭的焦點。也就是說，它們是為了特定的目的而前置的。非時間介詞結構的語序由後置為常到前置為常的變化是在商代之後才發生的。

古代漢語和現代漢語的時間名詞一般都在動詞之前。句中如有主語，可放在主語前，也可放在主語之後謂語之前。殷墟甲骨卜辭時間名詞大都放在主語之前，放在主語之後謂語之前的並不多。如：

A. 壬午卜，舊立貞：王今夕不震。（《合集》三六四四二）

B. 辛未卜，王一月敦佃，受祐。

乙亥卜，生月王敦，受祐。

丙子卜，王二月敦佃，受祐。（《合集》二〇五一〇）

時間名詞放在主謂之間可能是突出它是語句的焦點。

比較特殊的是時間名詞可以置於句末，主要集中於師組、午組、歷組卜辭。師組卜辭如：

辛酉卜，乙丑易日。

乙丑不易日。

癸亥卜，不易日乙丑。

癸亥卜，易日乙丑。（《合集》二一〇〇七正）

午組卜辭如：

〔註93〕沈培著《殷墟甲骨卜辭語序研究》，臺北：文津出版社，1992 年 11 月版，第 158 頁。

丁未卜，其正戎翌庚戌。

丁未〔卜〕，不其（？）正戎翌庚戌。（《合集》二二〇四三）

歷組卜辭如：

癸亥卜，用屯甲戌。

癸亥卜，用屯乙丑。

甲子卜，易日乙丑。允。

甲子卜，乙丑易日。允。（《屯南》二五三四）

時間名詞還可置於主要動詞之後，其他成份之前，這是卜辭比較特殊的現象。如師組卜辭：

丙申卜，又丁酉三報二示。（《珠》六二八）

又如歷組卜辭：

A. 癸卯貞：酒升歲大甲辰五牢。（《屯南》二九五三）

B. 甲午貞：酒升伐乙未于大乙羌五，歲五牢。（《屯南》七三九）

時間名詞置於句末和句中，目的是說明全句的時間。

最後討論數詞與名詞結合的語序。沈培指出有七種形式，後兩種都是「名＋數＋名」，合併之後共六種。〔註94〕

1. 數＋名

A. 二千六百五十六人（《合集》七七七一）

B. 十五犬、十五羊、十五豚

　　廿犬、廿羊、廿豚

　　卅犬、卅羊、卅豚

　　五十犬、五十羊、五十豚（《合集》二九五三七）

2. 名＋數

A. 鹿五十又六（《合集》一〇三〇八）

B. 虎二、兕一、鹿廿一、豕二、麋百廿七、虎二、兔廿三、雉廿七（《合集》一〇一九七）

3. 數＋名＋數

A. 十宰九（《合集》七〇二六）

〔註94〕沈培著《殷墟甲骨卜辭語序研究》，臺北：文津出版社，1992 年 11 月版，第 195～197 頁。

　　B. 十月一（《合集》三六八四六），此例與「十月又一」同版。

4. 數＋名＋又＋數

　　A. 十牢又五（《合集》二二一）

　　B. 廿示又三（《合集》三四一二三）

　　C. 十祀又九（《合集》三七八六一）

5. 數＋名＋又＋數＋名

卜辭中只有一個孤例：十犬又五犬（《合集》三二七七五）

6. 名＋數＋名

沈培認為以下例子末尾的無疑是名詞，如：

　　羌百羌（《合集》三二〇四二）

　　伐十羌（《合集》三二〇七二）

但以下例子的末尾是量詞：

　　邑五卣（《合集》三〇八一五）

　　貝十朋（《合集》二九六九四）

　　車二丙（《合集》三六四八一正）

　　楊逢彬認為所謂量詞其實是名詞，殷墟甲骨卜辭中名詞還沒有虛化為量詞的跡象。客觀地說，現在所識的甲骨文字不過一千左右，還有五分之四不能認識，語法分析受材料侷限，研究得出的結論必須隨著所識文字的增多不斷修正逐步深入。目前我們所瞭解的甲骨文語法的基本生態特徵和運動狀況，也就大致如此了。

二、古代漢語語法的生態特徵與嬗變

　　殷墟甲骨卜辭的語法生態系統奠定了漢語語法的基本格局。三千多年來，漢語語法生態系統在與內外生態環境的各種因子相互作用過程中，不斷與環境交換能量、信息，不斷調節試探進化方向，雖然一直處於運動與變化之中，但基本上與生態環境保持相對的動態平衡，而且漢語憑藉語序的變化和虛詞的運用來生成語句表達語義的本質生態特徵依然保持基本穩定狀態。

　　古代漢語語法是個籠統的概念，從先秦傳世典籍直到清末文獻，沒有語言實證，只有書面文字材料供研究。研究得出的結論，只能算是漢語書面文獻的語法特徵，這並不等於漢語的語法特徵。以出土文獻、比較接近口語的話本和

當代方言，尤其是南方方言材料作為補充，也只是盡可能接近，無法真實還原各個歷史時期的漢語的語法特徵。在口頭言語與書面言語不對稱的幾千年中，儘管漢語口語在不停地變化，書面言語也在變化，但總的看來書面文獻的語法格局基本上保持穩定狀態，因此，這裡不擬全面描寫古漢語語法的面貌，而只討論對漢語語法系統有重要影響的生態特徵與生態運動。

（一）連　詞

胡光煒、郭沫若認為殷墟甲骨卜辭有連詞「則」，于省吾認為沒有；管燮初、陳夢家認為卜辭有連詞「于」，還有並列連詞「以、比」。楊逢彬對各家提出的所謂「連詞」逐一考察，得出殷墟甲骨卜辭沒有出現連詞的結論。當然這並非定論，隨著所識甲骨文字的增多和研究的逐步深入，將來可能會有新的發現。錢宗武、湯莉莉合寫的《論〈尚書〉連詞的特點及其詞性界定》一文指出，管燮初統計西周金文連詞 25 個，而他們對今文《尚書》考察的結果，連詞分為 9 類 42 個（詞目後面的數字表示出現頻率）：〔註95〕

1. 並列連詞

   而 18、及 18、暨 6、兼 1、乃惟 3、若 5、矧 2、矧惟 2、惟 16、以 8、有 17、於 6、與 4、越 20、曰 1、之 2；

2. 承接連詞

   而 8、厥 2、乃 1、丕則 1、丕乃 1、如 1、時 2、是 3、肆 3、以 6、用 1、爰 2、惟時 1、越茲 1、越其 1、則 16、茲 1；

3. 假設連詞

   厥 1、乃 12、其 1、如 1、若 2、所 1、則 11；

4. 遞進連詞

   不啻 3、不惟 1、乃 3、矧 13；

5. 因果連詞

   故 7、既 1、乃 1、乃惟 5、肆 9、惟 5、以 7、亦惟 6、用 12；

6. 目的連詞

   以 28、用 20；

〔註95〕錢宗武、湯莉莉《論〈尚書〉連詞的特點及其詞性界定》，《徐州師範大學學報》（哲學社會科學版），2003 年 10 月第 29 卷第 4 期，第 44～48 頁。

7. 讓步連詞

　　雖 1、自 1；

8. 轉折連詞

　　而 2、然 1、雖 4、雖則 1、惟 1；

9. 修飾連詞

　　而 1、以 2。

這些連詞多源自實詞，或為副詞、介詞進一步虛化，也有一些源自同音假借。它們基本上已經具備了後代典籍文獻連詞的各種語法功能。可以認為，今文《尚書》為後代傳世典籍連詞系統奠定了基礎。

魏晉南北朝漢語是中古漢語的主幹部分，潘志剛《魏晉南北朝漢語連詞研究概述》展示了這一時期連詞生態運動的基本狀況。〔註 96〕柳士鎮對新興的單音節連詞「共、將、并、加、為、還、但、由、因、脫、自、就、正、便」等進行了描寫分析，還按「同義複用、短語凝定、附有詞綴『複』字」三個成因類別分析了這一時期的一些雙音節連詞，在連詞斷代研究的深度方面邁出了堅實的一步。這一時期的專書連詞研究也有了進展，如孫錫信對《世說新語》連詞的研究，劉光明、孫琦對《顏氏家訓》連詞的研究，周生亞對《搜神記》連詞的研究等，為斷代研究提供了參考材料。尤其是徐朝紅的博士論文《中古漢譯佛經連詞研究──以本緣部連詞為例》對本緣部譯經的連詞進行了全面系統的考察，並通過與同時期中土文獻連詞的比較，分析了中古本緣部特有的連詞以及中古新生的連詞在這些譯經中的使用與發展情況。該文還詳細論述了「亦、并、合、正使、雖然、如或、脫」等連詞的產生和發展，闡述了連詞產生的一些規律。

近代漢語連詞的研究非常薄弱，無論專書連詞的系統研究或是有關連詞的專題論文，數量和質量上都做得很不夠，以至於近代漢語究竟有多少連詞，連詞有多少類別，迄今都是一團迷霧。值得一提的是吳福祥《敦煌變文語法研究》對敦煌變文連詞所作的窮盡性考察，他把變文連詞分為聯合關係和主從關係兩大類。聯合關係又分為並列、遞進、選擇三小類；主從關係又分為假設、縱予、讓步、條件、取捨、因果、轉折七小類。該文進一步總結出變文連詞的特

〔註96〕潘志剛《魏晉南北朝漢語連詞研究概述》，《西南石油大學學報》（社會科學版），2012 年 5 月第 14 卷第 3 期，第 108～114 頁。

點，指出絕大部分連詞的位置不固定，同一語法意義往往有幾個甚至十幾個連詞來表示。這表明唐宋以降實詞虛化的步伐加快，生態競爭趨於激烈。于江《近代漢語「和」類虛詞的歷史考察》研究了「共、連、和、同、跟」的來源與發展，對這幾個連詞用法產生的年代進行了論證。張亞茹《〈紅樓夢〉中的並列連詞》通過對小說文本並列連詞的使用頻率、語法語義特徵的考察，認為《紅樓夢》時期現代漢語連詞系統已基本形成。〔註97〕

連詞發端於西周金文是可信的，魏晉南北朝連詞已經形成系統，明清時期連詞系統已臻於成熟。

（二）量　詞

楊逢彬指出殷墟甲骨卜辭中各家所謂的「量詞」實質上是名詞。步連增認為量詞產生的句法環境是殷墟甲骨卜辭中「名＋數＋名」結構，即「羌百羌（《合集》三二○四二）」句式。他舉出金文用例作為旁證：西周早期的《小盂鼎》銘文有「俘牛三百五十五牛」、「羊廿八羊」等結構；西周中期的《季姬尊》稱量馬和牛時，用到量詞「款」，如「生馬十又五匹、牛六十又九款，羊三百又八十又五款，禾二廩」。〔註98〕量詞在兩周金文中萌芽，到春秋戰國時期已具雛形。龔陽對《詩經》中的量詞進行了全面考察，沒有發現動量詞，計有名量詞 26 個，分為四類：〔註99〕

1. 自然單位量詞 17 個。其中個體單位量詞 3 個：「人、兩、乘」；集體單位量詞 14 個：「朋、耦、束、廛、困、億、爵、卣、壺、簋、倉、箱、匊、襜」。
2. 度量衡單位量詞 3 個。表長度「里」，表面積「畝」，表體積「堵」。
3. 時間量詞 5 個：「日、月、年、歲、世」。
4. 軍隊編制的量詞 1 個：「師」。

李琪考察《荀子》，沒有發現動量詞，共計名量詞 17 個，出現 89 次。分為

〔註97〕王進超《近代漢語連詞研究述評》，《河北經貿大學學報》（綜合版），2009 年 6 月第 9 卷第 2 期，第 83～86 頁。
〔註98〕步連增《漢語名量詞起源再探》，《暨南學報》（哲學社會科學版），2011 年第 1 期，第 89～96 頁。
〔註99〕龔陽《〈詩經〉量詞及數量表示法》，《語文知識》，2011 年第 4 期，第 105～106 頁。

三類：〔註100〕

 1. 度量量詞 8 個：「寸、仞、步、尺、里、尋、丈、畝」。

 2. 個體量詞 8 個：「乘、屬、石、個、領、重、駕、稱」。

 3. 借用名詞的量詞 1 個：「人」。

吳春燕認為《孟子》的量詞有 36 個，其中有一個是動量詞。她把量詞分為七類：〔註101〕

 1. 度量。量長度：「寸、尺、丈、里、把、步」；量高度：「寸、尺、仞」；量深度：「軔」（「軔」與「仞」同音假借）。

 2. 面積。「畝」。

 3. 容量。「鍾、豆」，另有借用的「簞、瓢、杯、車、鈞、輿」。

 4. 重量。「鎰、鈞」。

 5. 數量。個量：「人、口、兩」；複量：「乘、駟」。

 6. 時量。「朝、日、宿、旬、月、年、載、歲、世」。

 7. 次量。「作」。

物體的「長度」、「高度」、「深度」，本質上都是線性長度，漢語並不因為這種劃分而採用不同的量詞。因此，不能把量長度的「寸、尺」與量高度的「寸、尺」，以及量高度的「仞」與量深度的「軔（仞）」當作不同的量詞。《孟子》中不少單音節名詞，有的前邊出現數詞，如「豆、簞、瓢、杯、車、鈞、輿」，有的不與數詞搭配，如「把」，這些名詞在文本中都只是孤例，沒有確鑿證據表明它們是量詞。還有所謂動量詞其實並不存在，所舉孤例「聖賢之君六七作」之「作」是動詞謂語，與「三過其門而不入」的「過」性質一樣。除去這 12 個不可靠的所謂「量詞」，《孟子》有量詞 24 個，全是名量詞。

  南北認為漢語之所以產生動量詞，是漢語由弱分析性語言逐步向強分析性語言演變的結果。動量詞是在先秦典籍「動＋名＋（數＋X 名量）」這一格式中孕育並產生的。先秦名量詞用例如：〔註102〕

〔註100〕李琪《〈荀子〉量詞初探》，《現代語文》，2017 年第 4 期，第 42～44 頁。

〔註101〕吳春燕《〈孟子〉量詞試探》，《齊魯師範學院學報》，2016 年 8 月第 31 卷第 4 期，第 135～140 頁。

〔註102〕南北《也說漢語動量詞的產生》，《淮南師範學院學報》，2014 年第 6 期，第 53～56 頁。

1.《莊子・秋水》:「孔子游於匡，衛人圍之數帀，而絃歌不輟。」

2.《儀禮・大射禮》:「小樂正立於西階東，乃歌《鹿鳴》三終。」

3.《禮記・昏義》:「降出，御婦車，而壻授綏，御輪三周，先俟於門外。」

在以上「動＋名＋（數＋X 名量）」句式不變的類推作用下，其中「數＋X」所表達的語義範疇擴大，即在補充說明動作結果基礎上拓展出新的計量動作反覆次數的語義範疇。如《居延漢簡》:「敝辭曰：初欲言，候擊敝數十下，脅痛不耐言。」僅此孤例，只能說明動量詞在漢代開始萌芽。

朱嫣紅選取《賢愚經》、《雜寶藏經》、《水經注》、《齊民要術》、《洛陽伽藍記》、《北魏詩》作為主要語料，以《北齊詩》全文以及《魏書》部分章節作為補充語料，整理出北魏漢語量詞系統。又據劉光明《〈顏氏家訓〉語法研究》提出的 49 個量詞，剔除不可靠的詞目之後，得出《顏氏家訓》量詞 37 個。其中名量詞 33 個，動量詞 4 個。列表如下（詞目之後的數字表示出現頻率）：

〔註 103〕

表 6.53　《顏氏家訓》的量詞

名 量 詞				動 量 詞	
個體量詞 19 個	集合量詞 2 個	度量衡單位量詞 10 個	臨時量詞 2 個	專用量詞 1 個	借用量詞 3 個
篇 4、枚 1、口 2、纙 2、所 3、介 1、株 1、條 3、凵 1、本 3、顆 1、件 1、種 2、紙 4、堵 1、端 1、卷 8、節 2、處 2	戶 1、行 1	里 6、丈 1、尺 3、寸 5、石 2、斛 1、頃 1、由旬 1、兩 1、坂 1	指 1、甌 1	下 1	聲 1、驍 2、輩 1

表 6.54　《顏氏家訓》有而北魏漢語無的量詞

名 量 詞			動 量 詞	
個體量詞 6 個	度量衡單位量詞 1 個	臨時量詞 2 個	專用量詞 1 個	借用量詞 3 個
介、凵、件、紙、堵、端	坂	指、甌	下	聲、驍、輩

〔註103〕朱嫣紅《從〈顏氏家訓〉看南北朝末期的漢語量詞》，《黃岡師範學院學報》，2016年 4 月第 36 卷第 2 期，第 71～74 頁。

表 6.55　北魏漢語有而《顏氏家訓》無的量詞

名　量　詞				動　量　詞	
個體量詞 29 個	集合量詞　10個	度量衡單位量詞 14 個	臨時量詞 26 個	專用量詞5 個	借用量詞1 個
匹（疋）、頭、乘、領、張、重、等、粒、段、發、分、層、間、根、級、片、首、道、個、莖、輩、支、枝、葉、隻、科、封、軀、紐	部、具、汪、家、雙、量（兩）、窠、叢、頭、洪	刅（刃）、升、斤、斗、拘樓舍（拘屢者）、匹、尋、步、畝、圍、分、文、貫、合	掬、把、釜、車、擔、瓶、浴池、束、缽、匙、畦、載、碗、撮、聚、團、甕、盞、匕、筐、虎口、臼、杓、扼、樹、壺	返（反）、過、遍、度、匝	杵

表 6.56　北魏漢語和《顏氏家訓》共有的量詞

名　量　詞		
個體量詞 12 個	集合量詞 2 個	度量衡單位量詞 9 個
卷、枚、種、爾、所、節、口、株、處、篇、條、顆	戶、行	里、尺、丈、由旬、頃、斛、寸、石、兩

　　朱嫣紅以詳細的統計數字列出北魏漢語和《顏氏家訓》中的名量詞與數詞、名詞組合的三種結構形式。其中北魏漢語的名量詞參與組合 3164 次，《顏氏家訓》的名量詞參與組合 66 次。具體情況見下表：

表 6.57　北魏漢語和《顏氏家訓》中名量詞與數詞組合的形式

組合形式	數＋量＋0			
量詞類別	個體量詞	集合量詞	度量衡單位量詞	臨時量詞
北魏漢語	198	48	1694	34
	1974（62.4%）			
顏氏家訓	28	0	9	1
	38（57.6%）			

表 6.58　北魏漢語和《顏氏家訓》中名量詞與數詞、名詞組合的形式 A

組合形式	名＋數＋量			
量詞類別	個體量詞	集合量詞	度量衡單位量詞	臨時量詞
	254	30	553	23

北魏漢語	860（27.2%）			
顏氏家訓	3	0	0	2
	5（7.6%）			

表 6.59　　北魏漢語和《顏氏家訓》中名量詞與數詞、名詞組合的形式 B

組合形式	數＋量＋名			
量詞類別	個體量詞	集合量詞	度量衡單位量詞	臨時量詞
北魏漢語	121	22	144	43
	330（10.4%）			
顏氏家訓	12	2	8	1
	23（34.8%）			

　　由上表可知，北魏漢語中「名＋數＋量」的組合形式占明顯優勢，而《顏氏家訓》時期，「數＋量＋名」的組合形式已佔據優勢地位。可見漢語中「數＋量＋名」語序代替「名＋數＋量」語序這一轉變在南北朝時期已基本成定局。

　　南北根據《百喻經》、《六度集經》、《世說新語》、《搜神記》、《齊民要術》統計出魏晉南北朝高頻動量詞「遍」50 例，「度」22 例，「過」9 例，「匝」9 例，其中「匝」僅用於「圍繞」義的動詞。與朱嫣紅統計北魏漢語動量詞「返（反）、過、遍、度、匝」比較接近。他又根據《入唐求法巡禮行記》、《祖堂集》、《敦煌變文》、《大唐三藏取經詩話》統計出用例較多的動量詞有「度」73 例，「回」53 例，「下」35 例，「匝」33 例，「遍」32 例，其中「匝」和「下」使用範圍較窄，確定「遍、度、回」為晚唐五代高頻動量詞。而他選取元末明初的《水滸傳》前 20 回和明末的《警世通言》作為統計文本，顯然不能代表元明清三個朝代的書面語，因而統計結果缺乏可信度。不過，作者對動量詞嬗變原因的分析具有參考價值，他認為魏晉南北朝動量詞「遍」強調對象的完整性；「度」強調動作的過程性，還可泛表動作次數；「過」既可強調對象的完整性，又可強調動作的過程性，還常泛表動作次數，即「過」具備以上三種語義特徵。因此，魏晉南北朝時期，「過」與「遍」、「度」在功能上有所重合，而「度」用例相對有限，「過」與「遍」呈互補分布，所以三者能夠並存。到晚唐五代，「遍」持續發展。既可強調動作的過程性，還可泛表動作次數的「度」使用頻率增大，這樣，具備三種語義特徵的「過」因在功能上與「遍」、「度」

重合，於是「過」被語義特徵較單純的「回」所取代。〔註104〕動量詞因為語義側重不同，功能的覆蓋面不一樣，隨著時空的轉換，生態位的競爭導致動量詞功能的調整，新陳代謝也就不可避免。

（三）疑問代詞

殷墟甲骨卜辭沒有發現疑問代詞，疑問代詞在兩周金文中始現，春秋戰國時期已經形成不同語義特徵和不同語法功能的疑問代詞系統。彭偉明對出土戰國文獻進行了窮盡性考察，整理出 8 個單音節疑問代詞，並對這些疑問代詞的出現頻率做了詳細的統計：〔註105〕

表 6.60　出土戰國文獻單音疑問代詞頻率統計表

出土文獻\語詞	金　文	簡　牘		帛　書	玉　石	合　計
		楚　簡	秦　簡			
誰	2	6				8
孰		37	7		2	46
何		92	159		2	253
曷		5				5
奚		58				58
安		7	1			8
胡		5				5
幾		4				4
總計	2	214	167	0	4	387

8 個疑問代詞楚簡都有，秦簡只出現 3 個。「誰」在西周已出現，語義功能都是問人，可表疑問和反問。「孰」是戰國新興的疑問代詞，有問人、問事物兩種語義功能。問事物的「孰」多用於選擇問。「何」從東周時期發展到戰國，在戰國出土文獻中出現 253 次，表疑問和反問就有 243 次，表感歎的有 10 次。表疑問的有 6 種語義功能：問事物是主要功能，還有問人，問方式情狀，問原因目的，問時間，問處所。表感歎的「何」已經虛化為表語氣的副詞。「曷」問事物，楚簡寫作「害」。「奚」主要問事物，也用於問方式情狀、

〔註104〕南北《論中古和近代漢語的高頻動量詞》，《長江大學學報》（社科版），2014 年 7 月第 37 卷第 7 期，第 97～98 頁。

〔註105〕彭偉明《出土戰國文獻單音疑問代詞研究》，《欽州學院學報》，2018 年 2 月第 33 卷第 2 期，第 49～55 頁。

原因目的、時間、處所。「安」問處所，問方式情狀，還可與能願動詞「能、敢、得」配合使用表反詰。「胡」一說是「何故」的合音詞，一說是詢問原因的疑問代詞。「胡」在楚簡中問原因，問事物。春秋以前，詢問數量的疑問代詞只有「幾何」，戰國時期詢問數量的疑問代詞除了「幾何」，又出現了「幾」。戰國單音疑問代詞有 7 種語義功能：問事物、人物、方式情狀、原因目的、時間、處所、數量。單音疑問代詞「何」還出現非疑問用法，即不定指、任指、表感歎。語義功能有了明確分工：「誰」、「孰」主要問人物；「何」、「奚」主要問事物；「曷」既問事物又問原因；「安」問處所；「胡」問原因；「幾」問數量。疑問代詞的句法功能也有了各自的分野：

表 6.61　出土戰國文獻單音疑問代詞句法功能統計表

句法功能\語詞	主語	謂語		賓語				定語	狀語	合計
		一般謂語	判斷謂語	動詞賓語		介詞賓語				
				前置	後置	前置	後置			
誰	6			2						8
孰	45							1		46
何	92	3	36	35	2	3		9	73	253
曷	2			1					2	5
奚	7			25		6		1	19	58
安				4					4	8
胡									5	5
幾								4		4
總計	152	3	36	67	2	9		15	103	387

　　由上表可見，「誰」在語句中充當主語和動詞前置賓語；「孰」充當主語和定語；「曷」充當主語、動詞前置賓語和狀語；「奚」的功能覆蓋面比較廣，可作主語、動詞和介詞的前置賓語、定語和狀語；「安」作動詞前置賓語和狀語；「胡」只作狀語，常與否定詞「不」共現表反詰；「幾」只作定語。「何」是出土戰國文獻中出現頻率最高，功能覆蓋面最廣的疑問代詞。它的功能可分為兩類：一是名詞性疑問代詞，可充當主語、判斷句謂語、賓語和狀語；二是謂詞性疑問代詞，可充當一般謂語和定語。謂詞性的「何」出現 12 次，只占總次數的 4.74%，名詞性的「何」占 95.26%，因此，「何」基本上是一個名詞性的疑問代詞。

　　據楊奉聯考察：春秋戰國時期，傳世文獻和出土簡牘中已經出現複音疑問代詞。〔註106〕「奚」在《論語》中出現 11 次，在《左傳》中出現 4 次，既可單用，也可與其他語素結合為「奚其、奚而、奚為」等複音疑問代詞。《楚辭·天問》出現了「何如、何以」。上博簡第四冊《曹沫之陳》出現了複音疑問代詞「奚如」：

　　1. 還年而問於曹沫曰：「吾欲與齊戰，問陣奚如？守邊城奚如？」

　　2. 莊公曰：「勿兵以克奚如？」

　　上博簡第五冊《季庚子問於孔子》「夫子以此言為奚如？」《鮑叔牙與隰朋之陳》「公曰：『然則奚如？』」都出現了「奚如」。

　　清華簡第六冊《管仲》出現「奚若」：「桓公又問於管仲曰：『仲父，施政之道奚若？』」

　　上博簡第七冊《凡物流形》出現「奚故、何故、如之何」等複音疑問代詞：

　　1.「鬼生於人，奚故神明？」

　　2.「日始出，何故大而不耀？」

　　3.「吾如之何使飽？」

　　上博簡《平王與王子木》出現「何以」：「王子問城公：『此何？』城公答曰：『疇。』王子曰：『疇何以為？』曰：『以種麻。』王子曰：『何以麻為？』答曰：『以為衣。』」

　　上博簡《平王問鄭壽》出現「何若」：

　　1. 王笑曰：「前冬言曰：『邦必亡。』我及今何若？」

　　2. 王笑：「如我得免，後之人何若？」

　　可見春秋戰國時期複音疑問代詞也在發展。馮春田認為漢語疑問代詞的嬗變有一種特殊的規律，即單音疑問代詞與一個非疑問詞組合為複音疑問代詞，這個複音疑問代詞又可以通過省略原來的疑問詞部分而保留非疑問詞部分，成為一個新的疑問代詞。這一過程往往伴隨音變。例如：單音疑問代詞「何」，後加一個非疑問詞「等」組合為複音疑問代詞「何等」，「何等」省略了疑問詞「何」，「等」就成為一個新的疑問代詞。文獻證據如下：〔註107〕

〔註106〕楊奉聯《疑問代詞「奚」源自齊魯說──兼談上博簡〈凡物流形〉「問物」的文本來源》，《新疆大學學報》（哲學、人文社會科學版），2017 年 11 月第 45 卷第 6 期，第 148～153 頁。

〔註107〕馮春田《漢語疑問代詞演變的特殊規則》，《文史哲》，2009 年第 5 期，第 138～146 頁。

　　《詩・王風・黍離》「悠悠蒼天，此何人哉」鄭玄箋：「此亡國之君，何等人哉？」鄭以「何等」釋「何」。唐孔穎達正義：「何等猶言何物人。大夫非為不知，而言何物人，疾之甚也。」孔以「何物」釋「何等」，說明「何等」在漢代就已是疑問詞而非短語。傳世文獻從《史記》、《漢書》、《三國志》、《後漢書》到《世說新語》，都不乏「何等」用例。如《史記・三王世家》：「王夫人曰：『陛下在，妾又何等可言者？』」《世說新語・雅量》：「令有酒色，因遙問：『傖父欲食餅不？姓何等？可共語。』」

　　馮春田調查魏晉南北朝文獻，有兩例確鑿可信：

1. 文章不經國，筐篋無尺書。用等稱才學，往往見歎譽？（應璩《百一詩》，蕭統《文選》：a305-306；所據顏師古本誤作「應瑗」）

2. 後黃祖在蒙衝船上大會賓客，而衡言不遜順，祖慚，乃呵之。衡更熟視曰：「死公，云等道？」祖大怒……（《後漢書・禰衡傳》：a9・2657）

　　三國魏應璩詩李善注：「言文章既不經國，筐篋又無尺書，乃用何等而稱才學，往往而見譽？問者之辭也。」（a上・306）李周翰注：「問璩何等用而稱才學，往往為人所歎譽也。皆有人問詞也。」（b中・399）可證「等」是「何等」的省略式。

　　疑問代詞「底」出現於南北朝，如《樂府詩集・子夜四時歌・秋歌》：「寒夜尚未了，儂喚儂底為？」《宋書・始安王休仁傳》：「我去，不知朝夕見底？」《北齊書・徐之才傳》：「之才謂坐者曰：『個人諱底？』」

　　李賢注：「死公，罵言也。等道，猶今言『何勿語』也。」（a9・2658）王先謙《集解》：「『死公云等道』謂『死公云何語』也，並無別解。」（b下・927）可見「等」是與「何」、「何勿」同義的疑問代詞。馮春田認為「等」變「底」「是韻尾［ŋ］→［i］的變化」，這在音理上難以成立，［ŋ］是舌根鼻輔音，［i］是舌面前高不圓唇元音，無論發音部位還是發音方法都相去甚遠，在音理上絕無轉變之可能。比較合理的解釋應該是：語流中聲紐持續強化，韻母相對弱化，長期弱化韻母的結果，韻腹高化，韻尾丟失，陽聲韻變成了陰聲韻。這就是古人所謂「一聲之轉」。

　　南北朝時期新出現的疑問代詞「若」、「若為」，單用「若」的例子不如「若為」那樣多見。馮春田認為「若」是「若為」的省略，而「若為」則是「若何」

省略為「若」以後形成的新的複合式。

「何物（何勿）」也是「何」加上「物（勿）」，然後省略「何」而為「勿」，到唐五代時期「勿」又作「沒、莽、摩」等。在近代漢語時期，「勿（沒）」又與「是」組合為「是勿、是沒」，與「作」組合為「作勿、作沒」。「是勿、是沒、作勿、作沒」融合為一詞在變為「什摩、作摩」的階段，又發生省略為「什」和「作」的變化。至於「什麼／甚麼」、「作麼／怎麼」省略為「甚」和「怎」，晚唐已出現，宋元則常見。

反詰疑問代詞「那（哪）」形成於東漢，大多與「得、可」連用。魏晉南北朝以後，又與「可、能」等能願動詞連用。與此相反，「如何、若何、奈何」基本上不與「得、可」連用。這就可以排除「那」是「若何」合音的看法。根據文獻證據，「那」的來源應該是：「奈何」省略為「奈」，「奈」音變為「那」。三國魏張揖《廣雅》：「奈，那也。」王念孫《廣雅疏證》：「《宣二年左傳》『棄甲則那』言『棄甲則奈何』。『奈何』二字，單言之則曰『奈』。……『那』為『奈何』而又為『奈』，若『諸』為『之於』而又為『之』矣。」王引之《經傳釋詞》：「『奈何』或但謂之『奈』。《淮南·兵略篇》曰：『唯無形者無可奈也。』揚雄《廷尉箴》曰：『惟虐惟殺，人莫予奈。』『奈』即『奈何』也。」又「那者，奈之轉也。《魏志·毌邱儉傳》注載文欽與郭淮書曰：『所向全勝，要那後無繼何』言『奈後無繼何』也。故《廣雅》曰：『奈，那也。』」

疑問代詞這種特殊的變化途徑是語詞在語句環境中生存原則與經濟性原則共同作用所導致，也是疑問代詞新陳代謝發展變化的一種推動力。

（四）助動詞

同一種詞類從語義角度稱為能願動詞，從語法角度則稱為助動詞。這裡為行文方便稱為助動詞。殷墟甲骨卜辭中有無助動詞是一個有爭議的問題，黃天樹、陳年福、郭鳳花等認為有，楊逢彬則稱尚未發現。據萬佳俊《先秦出土文獻助動詞研究綜述》提供的信息，[註108] 西周金文有「能、可、義、今、龕（堪）、戡（堪）、敢、谷（欲）、俗（欲）、宜（義）、尚（當）、膺」等12個助動詞。雍苑苡《楚簡帛助動詞研究》統計楚簡中有「可、可以、能、克、得、可得、

〔註108〕萬佳俊《先秦出土文獻助動詞研究綜述》，《長春師範大學學報》，2017 年 5 月第36 卷第 5 期，第 87～90 頁。

·591·

足、足以、敢、欲、肯、願、當、宜、用」等 15 個助動詞，分為可能、意願、應當三個類別。西周金文只有單音助動詞，而戰國楚簡已出現複音助動詞。

張瑞芳考察《易經》只有 5 個單音助動詞，分為兩類。〔註 109〕一是可能類助動詞「用、克、能、可」；二是應該類助動詞「宜」。「用」在戰國楚簡中已見，而其他先秦文獻未見。「克」在《易經》中有動詞和助動詞兩種語法功能。動詞如《周易·既濟·九三》：「高宗伐鬼方，三年克之，小人勿用。」助動詞如《周易·同人·九四》：「乘其墉，弗克攻，吉。」

楊海峰考察《論語》助動詞共 9 個，分為三類。〔註 110〕意願類「欲、願、敢」；事理類「宜、當」；能可類「可、可以、能、得」。「能」重在施事者自身能力的估計；「得」重在客觀許可。

相銀歌考察《荀子》助動詞共 15 個，分為四類。〔註 111〕可能類「可、能、耐（同「能」）、足、得、可以、足以、得以」；意志類「敢、肯、欲、願」；應該類「宜」；被動類「見、為」。可見春秋戰國傳世文獻已出現複音助動詞，其中「可以」、「足以」見於戰國楚簡。

劉利把先秦傳世文獻的單音助動詞分為兩類。一類是學界比較公認的 11 個助動詞：「可、足、能、而、耐、得、克、敢、肯、欲、願」；另一類是對有爭議的進行考察之後確定的 11 個助動詞：「堪、龕、忍、屑、愁、宜、義、當、見、為、被」。〔註 112〕作者在表格中列入金文作為考察對象，但沒有說明依據什麼時期的材料，更沒有注明材料的來源，缺乏可信度。

表 6.62　先秦傳世文獻單音助動詞出現頻率統計表

| 文獻助動詞 | 堪 | 龕 | 忍 | 屑 | 愁 | 宜 | 義 | 當 | 見 | 為 | | 被 |
										為 V	為 OV	
金文		1					2					
詩經				2	1	5	1					

〔註 109〕張瑞芳《〈易經〉助動詞考察》，《寧夏大學學報》（人文社會科學版），2010 年 1 月第 32 卷第 1 期，第 19～21 頁。

〔註 110〕楊海峰《〈論語〉助動詞研究》，《河池師專學報》（社會科學版），2003 年 9 月第 23 卷第 3 期，第 66～70 頁。

〔註 111〕相銀歌《〈荀子〉助動詞雙平面淺析》，《現代語文》，2013 年第 7 期，第 71～72 頁。

〔註 112〕劉利《先秦單音節助動詞考辨》，《北京師範大學學報》（人文社會科學版），2000 年第 2 期，第 108～114 頁。

尚書	2					1					
國語			3		1			4	10	6		
左傳	3		5		2		2	1	15	3		
論語									1		1	
墨子							16	3	3	8		
荀子					3			20		5		
莊子			3	1			2	5	1	9		
孟子			4	2		2	1	3				
韓非子			2		12		5	15	5	17	3	
戰國策			3		2		9	16	4	23	2	
總計	5	1	20	5	4	24	3	36	68	38	72	5

「而」、「耐」是「能」的通假字，「龕」和「義」分別是「堪」和「宜」的通假字。除去「而、耐、龕、義」4 個通假字之外，作者又添加了一個「獲」，得出先秦傳世文獻的單音助動詞 19 個。不過作者並沒有提供「獲」的文獻依據和統計資料。儘管劉利的考察存在明顯疏漏，但仍能夠大致反映先秦傳世文獻單音助動詞的基本面貌。

段業輝對中古傳世文獻《論衡》、《世說新語》、《六度集經》、《百喻經》全書的助動詞進行了窮盡性統計，還抽樣統計了《三國志》卷十至卷二十共 11 卷，《南齊書》卷二十一至卷五十九共 39 卷的助動詞。統計結果分為可能、意願、應當三類列表如下：[註113]

表 6.63　中古傳世文獻可能類助動詞出現頻率統計表

文獻助動詞	可以	能	耐	而	克	足	足以	得	可
論衡		1562	21	21	3	24	42	308	783
三國志	26	164			8		25	122	194
南齊書	8	129			2	35	4	88	236
世說新語	15	136			2	35	7	129	234
六度集經	3	75				3	2	102	169
百喻經	3	68				1	1	87	49
合計	55	2134	21	21	15	98	81	836	1655

〔註113〕段業輝《中古漢語助動詞句法結構論》，《南京師大學報》（社會科學版），2002 年 5 月第 3 期，第 152～158 頁。

表 6.64　中古傳世文獻意願、應當類助動詞出現頻率統計表

文獻助動詞	意願類				應當類			
	欲	敢	肯	願	應	當	宜	須
論衡	335	61	66	23	2	379	275	43
三國志	183	65	59	23	6	83	85	3
南齊書	154	46	16	34	39	89	92	13
世說新語	176	30	18	6	22	155	29	3
六度集經	154	32	1	70	7	101	12	1
百喻經	98	7	14	6	15	14	2	3
合計	1100	241	174	162	91	821	495	66

表 6.65　中古傳世文獻助動詞同義組合出現頻率統計表

文獻助動詞	必須	當須	須當	必當	當必	必宜	宜當	宜應	應當	必應	應須	要當	要須
論衡	2	1		2									
三國志		1					1						
南齊書	2			1		1		2			1	2	
世說新語				5	1	1			1	1			
六度集經			1	6			1						
百喻經		3						1	5	1		2	1
合計	4	5	1	14	1	2	2	3	6	2	1	4	1

　　可能類助動詞出現次數 4916，意願類 1677，應當類 1473，助動詞同義組合出現次數最少，只有 46 次。可能類助動詞中，「可」和「能」共出現 3789 次，占該類總次數的 77.7%，而「耐」和「而」只在《論衡》中出現 42 次。意願類助動詞中，「欲」的出現次數最多，有 1100 次。「肯」有 174 次。「願」有 162 次。應當類助動詞中，「當」和「宜」出現次數最多，分別為 821 次和 495 次。「應」和「須」出現次數較少，分別為 91 次和 66 次。段業輝對這三類助動詞在語句中與其他成份組合的結構形式進行了考察。首先是可能類助動詞的句法結構形式：

　　1. NP＋可／能／得／足＋VP

　　A.《論衡·案書》：「儒之道義可為，而墨之法義難從也。」

　　B.《論衡·死偽》：「凡人能亡，足能步行也。」

C.《世說新語·雅量》：「當時何得顏色不異？」

D.《南齊書·沈文季傳》：「陳顯達、沈文季當今將略，足委以邊事。」

這種結構形式中，NP 可由名詞、代詞、名詞性短語、主謂短語等謂詞性短語充當；VP 可由動詞、動賓短語、連動短語等充當。

2. NP＋Neg＋可／能／得／足＋VP

A.《論衡·無形》：「故人老壽遲死，骨肉不可變更。」

B.《南齊書·張欣泰傳》：「吾所未能量。」

C.《世說新語·德行》：「劉尹……正色曰：『莫得淫祀。』」

這種結構中的否定詞多為「不、未、莫」，能出現在肯定結構中的 NP 和 VP，也能出現在此否定結構中。

「可／能／得」的雙重否定形式在中古已有廣泛運用。如：

A.《三國志·魏書·程昱傳》：「民心不安，乃有小罪，不可不察。」

B.《顏氏家訓·兄弟》：「雖有篤厚之人，不能不少衰也。」

C.《南齊書·周顒傳》：「交事不濟，不得不就加捶罰。」

助動詞的雙重否定形式萌芽於上古，到中古已比較成熟。

有時為了敘述簡潔，NP＋可／能／得／足＋VP 往往省掉 VP，成為省略式 NP＋可／能／得／足。這種省略式也有肯定和否定兩種結構形式。如：

A.《三國志·魏書·荀攸傳》：「太祖曰：『誰可使？』攸曰：『徐晃可。』」

B.《論衡·死偽》：「帝許以晉畀秦，狐突以為不可。」

C.《世說新語·賞鑒》：「時人慾題目高坐而未能。」

D.《六度集經·梵志本生》：「彼其得佛，吾必得也。」

1. NP＋可以／足以＋VP

這種結構形式分兩種情況：一種是「可」與「以」或「足」與「以」分別是兩個單音語詞；另一種情況是「以」虛化後與「可／足」分別構成複音語詞，修飾或限制其後的 VP。如：

A.《三國志·魏書·張範傳》：「不若擇所歸附，待時而動，然後可以如志。」

B.《世說新語·雅量》：「於是審其量，足以鎮安朝野。」

其次是意願類助動詞的句法結構形式：

2. NP＋欲／敢／肯／願＋VP

A.《論衡・儒增》：「言此者，欲稱其忠矣。」

B.《三國志・魏書・劉曄傳》：「鼓策敢據險以守。」

C.《論衡・齊世》：「為文書者，肯載於篇籍，表以為行事乎？」

D.《六度集經・修凡鹿王本生》：「願給水草，為終身奴。」

3. NP＋Neg＋欲／敢／肯／願＋VP

A.《三國志・魏書・劉曄傳》：「曄睹漢室漸微，已為支屬，不欲擁兵。」

B.《洛陽伽藍記・城北》：「道路雖險，未敢言疲。」

C.《顏氏家訓・風操》：「子孫逃竄，莫肯在家。」

D.《南齊書・王晏傳》：「晏固辭不願出外，見許。」

這種結構形式中的否定詞為「不、未、莫、非、無」等。「欲、肯、願」沒有雙重否定形式，但「敢」例外。如：

A.《論衡・祀義》：「死不敢不信。」

B.《三國志・魏書・袁渙傳》：「然敬之不敢不禮也。」

NP＋Neg＋欲／敢／肯／願＋VP 可以省略後面的 VP，省略式都是否定結構，而且「欲」只有一個孤例：

A.《百喻經・田夫思王女喻》：「我等為汝，使為是得。唯王女不欲。」

B.《三國志・魏書・任峻傳》：「非無其心也，勢未敢耳。」

C.《南齊書・宗室傳》：「歷生復勸出軍，遙光不肯。」

D.《六度集經・清信士本生》：「不聞佛經，吾不願也。」

第三是應當類助動詞的句法結構形式：

1. NP＋應／當／宜／須＋VP

A.《三國志・魏書・國淵傳》：「後有餘黨，皆應伏法。」

B.《顏氏家訓・風操》：「言及先人，理當感慕。」

C.《論衡・問孔》：「禮讓之言，宜謙卑也。」

D.《南齊書・禮志上》：「然貴賤士庶，皆須教成。」

2. NP＋Neg＋應／當／宜／須＋VP

這種結構形式中的否定詞主要是「不、未、非」。如：

A.《世說新語・識鑒》：「生兒不當如王夷甫邪？」

B.《南齊書・竟陵文宣王傳》：「愚謂自可依源削除，未宜便充猥役。」

應當類助動詞中古時期沒有雙重否定結構，也沒有省略 VP 的句式。單音助動詞同義組合僅限於應當類助動詞，其語句結構為 NP＋同義組合＋VP 這種肯定形式，沒有出現否定式，也沒有省掉 VP 的省略式。例如「當」可與「須、必、宜、應、要」自由組合，語詞位置前後均可：

A. 《三國志・魏書・杜畿傳》：「北方當須鎮守。」

B. 《六度集經・梵志本生》：「須當受決，而佛去焉。」

C. 《世說新語・黜免》：「殷仲文……自謂必當阿衡朝政。」

D. 《世說新語・文學》：「此兒胸中當必無膏肓之疾！」

E. 《三國志・魏書・董昭傳》：「太祖詰群臣，群臣咸言宜當密之。」

F. 《百喻經・估客駝死喻》：「是故行者應當精心，持不殺戒。」

G. 《百喻經・得金鼠狼喻》：「寧為毒蛇螫殺，要當懷去。」

中古時期助動詞已形成比較成熟的系統。同義組合語序自由，為後代複音助動詞的產生奠定基礎。

（五）詞　綴

詞綴這個概念各家有不同的理解，呂叔湘和朱德熙的意見比較公允，詞綴是虛化了的語素，而且只能黏附於詞根語素。語綴是詞綴的異稱，但是徐傑為了便於說明漢語語法的特徵，把二者區別開來，他給語綴下的定義是：「所謂語綴，指的是介於實詞和詞綴之間的一種虛化語法成份，漢語的各種助詞，包括結構助詞和語氣助詞、量詞，複數標記『們』，以及某些經常充任結果補語的語法單位，均屬此例。」〔註114〕但「們」沒有詞彙意義只有語法意義，是一個完全虛化的語素，而且只能黏附於短語或詞根語素。如果它也是語綴，等於把所有的詞綴全都歸入了語綴，這就與區分詞綴與語綴的初衷背道而馳。漢語語法生態的本質特徵是語序的變化和虛詞的運用，在語句層面上不考慮連詞、介詞的語法功能，不把連詞、介詞歸入語綴也是說不過去的。因此，語綴的重新定義無助於漢語語法特徵的描寫與概括。

沒有確鑿證據表明殷墟甲骨卜辭「有-」的「有」是虛化的前綴，實際上殷商晚期還沒有出現詞綴。《詩經》出現了「有、其、言、於、薄、然、如、爾、

〔註114〕徐傑《詞綴少但語綴多——漢語語法特點的重新概括》，《華中師範大學學報》（人文社會科學版），2012 年 3 月第 51 卷第 2 期，第 116 頁。

焉」等詞綴，﹝註115﹞應該是漢語語詞複音化催動的產物。先秦漢語中有的單音語素很像是詞綴，例如「子」：

A.《詩·衛風·芄蘭》：「芄蘭之支，童子佩觿。」

B.《詩·小雅·常棣》：「妻子好合，如鼓瑟琴。」

C.《周易·屯·六二》：「女子貞不字，十年乃字。」

「童子、妻子、女子」裏的「子」，顯然已經虛化，但還不能認為是後綴，因為春秋時期「子」作為實詞的用例極為普遍，而像這樣發生虛化的用例實在太少，還沒有作為語法手段用來造詞。「子」充其量可稱為類詞綴，它是演變為詞綴的過渡形態。潘志剛對中古時期傳世文獻中「子」的虛化情況進行了考察，他首先調查了《齊民要術》，其次根據魏晉南北朝其他文獻用例，認為「子」作為構詞後綴在中古時期已經發展成熟。﹝註116﹞

《齊民要術》中帶後綴「子」的名詞，王力、志村良治曾舉出「種子」為例；柳士鎮舉出「犢子、羔子、鑷子、筭子、杷子、袋子、瓶子、盆子、杓子、籠子、種子、麻子、瓠子、茄子、塊子、餅子」等16例；殷國光舉出「甕子、杓子」2例；汪維輝舉出「大老子、袋子、彈子、刀子、丁子、鋸子、兒女子、孔子、塊子、麥子、杷子、杓子、筭子、瓦子、碗子、甕子、杏子、秕子、餅子」等19例。潘志剛補充了「穀子、豚子、雛子、石子、渠子」5例，除去重複的語詞，《齊民要術》一書共有34個附加了「子」語素的合成詞。

潘志剛進一步考察中古時期其他文獻，發現還有較多附加了「子」語素的名詞。

1. 表示人物稱謂的有：奴子（《古小說鉤沉》述異記與幽明錄俱見）、婢子（《搜神記》卷一）、小姑子（《樂府詩集·歡好曲》)、漢子（《北齊書·魏蘭根傳》)、郎子（《北齊書·暴顯傳》)、監子（《宋書·始安王休仁傳》)、獄子（《南齊書·王奐傳》)、門子（《洛陽伽藍記》卷五）、廚子（北魏慧覺等譯《賢愚經》卷一一）、憨子（《古小說鉤沉·俗說》)、盲子（西晉法炬等譯《大樓炭經》卷三）、老子（《古小說鉤沉·幽明錄》)、慳子（《六度集經》卷四）、水火子（西

﹝註115﹞郭作飛《從歷時平面看漢語詞綴演化的一般規律》，《西北農林科技大學學報》（社會科學版），2005年1月第5卷第1期，第121頁。

﹝註116﹞潘志剛《從〈齊民要術〉看名詞後綴「子」成熟的時代》，《西南石油大學學報》（社會科學版），2016年5月第18卷第3期，第98～104頁。

晉竺法護譯《生經》卷一）。

2. 表示動物名稱的有：狗子（東漢支讖《般若道行品經》卷四）、師子（《漢書・西域志》）、貉子（《世說新語・惑溺》）、馬子（《宋書・五行志》）、鶵子（《樂府詩集・企喻歌》）、燕子（《樂府詩集・楊白花》）、白龜子（《搜神後記》卷十）、貓子（《雜寶藏經》卷三）、蟻子（《賢愚經》卷十）、鼠子（梁釋慧皎《高僧傳》卷十三「宋釋曇穎」）。

3. 表示器物名稱的，有與《齊民要術》的「刀子、籠子」性質一樣的「小刀子」（《古小說鉤沉・冥祥記》）、「小籠子」（《古小說鉤沉・靈鬼志》），另有：小舸子（《古小說鉤沉・水飾》）、艇子（《樂府詩集・楊叛兒》）、盒子（《搜神記》卷十六）、桙子（《南齊書・王奐傳》）、床子（《古小說鉤沉・笑林》）、竹管子（《高僧傳》卷十三齊「釋法願」）。

4. 表示經過加工的事物名稱：秉子（《宋書・顏竣傳》）、帖子（《南齊書・蕭坦之傳》）、珠子（《樂府詩集・焦仲卿妻》）、石子（《賢愚經》卷十三）、局子（《宋書・何承天傳》）。

以上中古文獻的四類名詞加上《齊民要術》的 34 個，後加「子」語素的名詞總共有 67 個。潘志剛運用語料庫檢索先秦至西漢的文獻，發現這 67 個名詞之中只有「婢子、兒女子」偶而可見，其餘 65 個俱未見。有的中古新興語詞如「石子、奴子」既見於中土世俗文獻，又見於佛教道教文獻。這表明「子」作為附加語素在中古以前並不多見，到魏晉南北朝時期則分布領域相當廣泛。「憨、慳、盲」作為形容詞，後加「子」語素就變成了名詞，可見「子」語素後加於詞根語素改變了詞根語素的語法功能，這是詞綴的典型特徵，也是詞綴發展成熟的重要標誌。

就整體情況看，中古時期是附加式構詞格局發展比較興盛但並非完全成熟的時期，像「子」語素虛化為構詞手段的個案並非普遍現象。有些看起來似乎是詞綴的語素，其實正處於醞釀形成的過渡形態。張悅指出中古時期有一些所謂的詞綴事實上並不是真正的詞綴，它們或是無意義的助詞，或是有實在意義的實詞，或者它們受到其他詞綴的影響，正處於由實詞向詞綴虛化的過程中。如「復」在《祖堂集》卷三「慧忠國師」中的用例：〔註117〕

〔註117〕張悅《中古漢語詞綴的辨析》，《山東社會科學》，2006 年第 7 期，第 79～80 頁。

「譬如皇太子受王位時，為太子一身受於王位，為復國界一一受也？」

此例中「為」是選擇連詞，前一分句用「為」，後一分句用「為復」，顯見「復」已經虛化，但中古時期「-復」中的「復」大多還是有實在意義的。如「不復、無復、又復、並復、轉復」的如下用例：

A.《洛陽伽藍記・崇真寺》：「自此以後，京邑比丘，悉皆禪誦，不復以講經為意。」

B.《三國志・魏書・尔朱世隆傳》：「公行淫佚，無復畏避。」

C.《遊仙窟》：「今見武功，又復子南夫也。」

D.《遊仙窟》：「昔日曾經人弄他，今朝並復隨他弄。」

E.《洛陽伽藍記・追光寺》：「本自天資，出南入北，轉復高邁。」

「又復」也可說成「復又」：

唐李肇《唐國史補》：「足下終日食鹽醋，復又何堪矣！」

因此，認為「復」中古時期還不是詞綴是有文獻依據的。

張悅對王雲路把所有以「當」結尾的雙音詞都視為後附式合成詞提出異議。她認為：用在名詞或代詞後的「當」，有「應、當、會」的意義，不能視為後綴。如：

A.《敦煌變文集・大目干連冥間救母變文》：「汝且向前，吾當即至。」

B.《敦煌變文集・漢將王陵變》：「願其陛下，造其戰書，臣當敢送。」

C.《敦煌變文集・漢將王陵變》：「陵當有其一計，必合過得。」

有些用在動詞後的「當」確實已虛化為助詞：

A.《敦煌變文集・廬山遠公話》：「善慶聞之，切須記當。」

B.《敦煌變文集・維摩詰經講經文》：「維摩臥疾於方丈，罕敕文殊專問當。」

但是，用在動詞後的「當」，普遍具有「擔任、承擔、承受、主持、掌管」等實在的意義。例如：

A.《朝野僉載》：「敕令差能推事人堪當取實，簽曰張楚金可，乃使之。」

B.《唐摭言》：「郎君可以處分，最先勾當何事。」

C. 唐陸希聲《弄雲亭》：「已共此山私斷當，不須轉轍重移文。」

D.《敦煌變文集・降魔變文》：「忽見寶樹數千林，花開異色無般當。」

用在形容詞後的「當」，有「適宜、適當」的意義。例如：

A.《洛陽伽藍記・平等寺》：「無以入選帝圖，允當師錫。」

B.《晉書・庾亮傳》：「輒簡卒搜乘，停當上道。」

C.《遊仙窟》：「若不愜當，罪有科罰。」

以上語句中的「允當、停當、愜當」都是並列關係的合成詞，「當」是一個有實在意義的語素，並非詞綴。用在副詞或連詞後的「當」，如「寧當、為當、會當、應當、該當、須當、要當、自當、至當、的當」等，都不應視為詞綴，因為它們都有實在意義。如：

A.《祖堂集》卷三「慧忠國師」：「寧當別受乎？」

B.《祖堂集》卷十「長慶和尚」：「為當別更有？」

C.《祖堂集》卷七「岩頭和尚」：「應當善護持。」

詞綴的形成，從實詞虛化發端，但並非只要出現虛化的用例就斷定為詞綴，應當擴大考察範圍，檢驗它是否普遍地作為構詞手段。

有的單音節詞綴不僅有構詞功能，而且有描寫功能。《周易・屯・六二》「屯如邅如，乘馬班如」的「如」，《論語・先進》「子路率爾而對」的「爾」，都是描寫狀態的詞綴。除了單音節狀態詞綴之外，漢語還有描寫狀態的複音詞綴，複音狀態詞綴有如下特點：

1. 描寫狀態，附加語體、感情色彩，無實在意義；

2. 與詞根語素結合不緊密，去掉詞綴不影響詞義；

3. 有音樂節奏或語音變化。

複音狀態詞綴產生的基礎，是先秦傳世文獻中存在的疊音語詞以及由疊音語詞作謂語或補語的主謂式和述補式短語。馬彪對複音狀態詞綴的產生、變化和發展作了歷時考察。〔註118〕他認為春秋到唐代是複音狀態詞綴萌芽的時期，《楚辭》中「杳冥冥、芳菲菲、紛總總」以重疊語詞作補語的句法結構為短語詞彙化準備了條件。他引用石鏹的話：「並列式演生出述補式，述補式詞彙化變為附加式，附加式演生出音綴式和重疊式。」馬彪舉出《楚辭》的三個用例：

A.《九歎》：「路蕩蕩其無人兮。」

B.《招魂》：「濟洋洋而無極兮。」

〔註118〕馬彪《古代漢語狀態詞綴的變化發展》，《語言科學》，2008 年 9 月第 1 卷第 5 期，第 539～553 頁。

C.《大招》：「西方流沙漭洋洋只。」

他認為「洋洋」在形容詞「漭」後，已經非常接近狀態詞綴了。漢賦裏也有這樣的短語：「紛湛湛」（司馬相如《大人賦》）、「穆斐斐」（陳琳《迷迭賦》）、「赫煜煜」（王延壽《魯靈光殿賦》）。他引用汪繼懋舉的用例，認為南朝到唐五代不少 BB 式重言詞綴化了。例如：

A. 南朝吳均《戰城南》：「憂思亂紛紛。」

B. 南朝齊謝朓《賽敬亭山廟喜雨詩》：「原雨晦茫茫。」

C. 五代花蕊夫人《宮詞之八》：「苑中池水白茫茫。」

D. 唐白居易詩《宿靈巖寺上院》：「太湖煙水綠沉沉。」

E.《敦煌變文集》故圓寂大師二十四孝押座文：「父娘啼得淚汪汪。」

「亂紛紛」不但形容具體事物，也用於抽象的「憂思」，同「白皚皚」一樣，凝固定型。除「淚汪汪」充當補語外，其他 ABB 式充當謂語，這些應該就是當時的狀態詞。「綠沉沉」、「晦茫茫」沒有沿用下來，但隨後出現的冷沉沉、「碧沉沉」、「烏沉沉」、「黑沉沉」一脈相承，汪繼懋認為這些 BB 重言都是詞尾。「晦茫茫」後來由「黑茫茫」替代，「沉沉」、「茫茫」業已完全虛化為狀態詞綴。

這些用例的確表明三音節短語有詞彙化傾向，有的短語的重疊部分的確已經虛化，但是否已凝固為詞綴，尚須有更多文獻用例的支持。現有的研究成果表明：從春秋到唐代是漢語複音狀態詞綴處於萌芽時期的看法是可信的。

馬彪考察唐以前文獻，發現最先出現的是 ABB 格式中的疊音狀態後綴，到唐代出現與動詞、名詞結合的 ABB 式疊音詞綴和其他類型的詞綴。以「騰騰」為例，在唐代可單用，可構詞，意義可實可虛，位置可前可後。檢索《中國基本古籍庫》得到如下數據：「黑騰騰」5 次，「暗騰騰」7 次，「昏騰騰」9 次，「睡騰騰」16 次，「煙霧騰騰」19 次，「霧騰騰」36 次，「醉騰騰」68 次，「困騰騰」126 次，「慢騰騰」127 次。後三種用法遠超過近乎本義的「霧騰騰」的使用頻率，「醉騰騰」還有點原義的影子，而「困騰騰」、「慢騰騰」則完全虛化為詞綴了。他援引了江藍生、曹廣順編《唐五代語言詞典》所收帶狀態後綴的 17 個語詞。單音節詞綴 6 個：「擺弄、撥剌、蹭蹬、輕忽、溫燉（暾）、張羅」；多音節詞綴 11 個：「鬧聒聒、駁犖犖、嗔迫迫、赤烘烘、赤燉燉、骨崖崖、口俳俳、醉慢慢、黲鄧鄧、肥沒忽、黑沒焌地（多音節詞綴加『地』）」。由此得出

唐五代「狀態詞綴較少，類型單一，只有後綴，沒有前綴、中綴」的結論。值得注意的是這一時期產生了「肥沒忽、黑沒煤」式的新類型。

　　馬彪所引袁賓等編的《宋語言詞典》收帶狀態詞綴的語詞 28 個。沒有出現前綴，有 4 個中綴：「藏頭亢（伉）腦、撐眉弩眼、抵死漫生、迷留沒（悶）亂（煩亂）」。這幾個所謂中綴沒有舉出用例，也沒有說明出現頻率，不明確它們是否具有構詞能力，所以還難下定論。

　　宋以後出現了直接加在形容詞後的複音狀態詞綴，例如「黑洞洞」在《中國基本古籍庫》從宋到清的文獻中出現了 96 次，這標誌著複音狀態詞綴作為構詞手段已趨於成熟。元代隨著元雜劇和元曲的興起，出現了前綴和非疊音詞綴，狀態詞綴的類型和數量空前增多，形成了比較完整的體系。元明清狀態詞綴發展到興盛時期，為現代漢語附加式構詞格局增添了富有生命力的造詞手段。

（六）語詞的句法功能

　　漢語語詞被劃分為若干詞類是很晚近的事，劃分沒有統一的標準，各家的說法不一樣。百度百科的定義：「名詞表示人、事物、地點或抽象概念的名稱」；「動詞一般就是用來表示動作或狀態的詞彙」；「形容詞主要用來描寫或修飾名詞或代詞，表示人或事物的性質、狀態、特徵或屬性，常用作定語，也可作表語、補語、或狀語。」可見百度百科「名詞」和「動詞」是按語義聚合原則劃分的，而「形容詞」則是既按語義又按功能的雙重標準來劃分的。這樣劃分出的詞類，有些實質上是義類。為什麼不以功能原則分類呢？因為漢語語詞本質上是多功能性的。理論上，任何一個漢語語詞只要出於生存目的驅動，就可能在語流中充當任何句子成份，具有任何句法功能。這樣一來，語詞就沒法分類了。事實上，一個語詞在語流中具有的句法功能是有限的、有側重的。因為在語流中語詞之間必須相互避讓、相互協同，共同表達完整的語義，所以每個語詞往往有它經常出現的位置和經常具有的某種或多種功能。據楊逢彬統計，殷墟甲骨卜辭「之」約有 300 用例，作定語約 120 例，作賓語約 100 例，作謂語約 20 例。〔註119〕從功能角度出發，可稱「之」為代詞兼動詞。不過，既然作謂

〔註119〕楊逢彬著《殷墟甲骨刻辭詞類研究》，廣州：花城出版社，2003 年 9 月版，第 218 頁。

語的用例遠少於作定語和賓語的用例，不便歸為動詞就只好歸為代詞。即使這樣歸類也並不意味著「之」不能作謂語，後代典籍如《史記·陳涉世家》「輟耕之壟上」的「之」，仍然是謂語動詞。這就暴露了無論從語義還是從功能來劃分詞類都會遇到難以克服的障礙。

按不同標準劃分出的詞類，與語流中運動著的語詞不在一個層面，因此詞類與語詞的句法功能並不對應，這就難免在理論和實踐上捉襟見肘，進退維谷。殷墟甲骨卜辭中「牛、牢、牝」及數名短語「一牛」通常作賓語，但在有的敘述句中卻作謂語，且受副詞修飾。楊逢彬認為這是名詞活用為動詞。「雨、風」在卜辭中是動詞，但又能作賓語；「黍」既作敘述句謂語，又作「立、蒸」等動詞的賓語，謂語與賓語用例之比為 24：10。楊逢彬把「雨、風、黍」視為兼類詞。〔註120〕「活用」與「兼類」怎樣區分，區分的標準是什麼，楊逢彬沒有講。羅竹蓮提出從句法、語義、語用三個層面考察「詞類活用」。〔註121〕

1. 詞在活用時，在句法上一般不再呈現本身固有的語法功能，而表現出一些臨時性的語法特徵，大多數詞還伴隨著出現臨時性的詞性轉變。

2. 在語義上，活用詞的語義內涵大多發生變異，一方面保留原有的語義（或明或暗），另一方面又產生與原語義有關聯的反映語法功能變化的臨時性語義，二者緊密地結合在活用詞身上；如某個名詞按照它的名詞意義來理解，在上下文中講不通，且這個名詞在文言系統中經考察是名詞，它就可能活用為動詞。

3. 在語用上，活用是語境賦予詞的臨時性的語用義，活用詞的語義變異直接受語境的制約，呈現出很大的靈活性；活用的本身就是一種語用形式，它滿足了言語使用者特殊的表達意向的需要。分析活用詞在句中的語法地位，看它的前後有哪些詞類的詞和它結合，構成什麼樣的句法關係，看它是否取得了這類詞的語法特點。

用什麼標準來確定什麼是「本身固有的語法功能」，什麼是「臨時性的語法特徵」？羅竹蓮沒有提出意見。事實上，處於靜態的語詞根本就沒有語法功能。

〔註120〕楊逢彬著《殷墟甲骨刻辭詞類研究》，廣州：花城出版社，2003 年 9 月版，第 341 頁。

〔註121〕羅竹蓮《詞類活用與詞的兼類論析》，《南華大學學報》（社會科學版），2005 年 4 月第 6 卷第 2 期，第 96～99 頁。

在語流中，語詞的語法功能是根據它所處的位置，以及在此位置上與其他語詞的相互關係來決定的。位置和關係不同，功能也就不一樣。因此，語詞在語流中沒有所謂固有功能，語詞功能完全由言語環境中的多種因子與語詞的相互作用決定。可不可以用語詞在不同文獻語境中的出現頻率來區分「固有」與「臨時」？那就得提出一個科學的數據作為標準，不同時代的文獻有不同的標準，不同的文本有不同的標準，根據不同標準得出的結論有時大相徑庭，令人無所適從，所謂「詞類活用」還有意義嗎？

什麼叫「原有的語義」，什麼叫「臨時性語義」？羅竹蓮沒有給出定義。區別這兩種語義是依據歷史語源還是出現頻率？如果沒有科學的統一標準，按不同的理解各行其是，勢必造成混亂。漢語中有不少多義語詞，多個語義在語流中語法功能發生變異，很難確定某個語義是臨時語義，於是不得不用「兼詞」敷衍。一個語詞在不同的語流中如果具有三種、四種甚至更多的功能，也只得說是「兼詞」，那麼詞類的劃分還有意義嗎？

不僅「活用詞的語義變異直接受語境的制約」，任何語詞的語義與語法關係都與語境息息相關。無論「原有的語義」還是「臨時性語義」，都只有在語流中的特定位置與關係中才能顯現，一旦脫離語境就不復存在。根據語詞位置及與其他語詞的相互關係確定的語法功能，是語詞多種功能中與特定語境相適合的唯一功能。語詞在語流中產生新的語義進而發生音變造成新詞是語詞生態運動的必然結果。說到底，「詞類活用」的說法掩蓋了語詞多功能的本質特徵，模糊了漢語語詞運動變化創新發展的生態學本質。

「詞類」本是靜態的語詞聚合體，任何類別的語詞只要沒有組合為語流，就是一堆死的材料。語詞只有進入語流才能活起來，才能充當句子成份實現特定語法功能。因此，「詞類活用」涵蓋的顯然是一切類別的語詞進入語流的動態過程，無論語詞具有的是「原有的語義」還是「臨時性語義」，也無論這些語詞的出現頻率高還是低，全都是活用。看來，用這個短語去揭示語詞在語流中的語義或功能的變異創新並不適當。

毛翎對《詩經》和《楚辭》雙音節形容詞的句法功能進行了窮盡性考察，列表如下：[註122]

〔註122〕毛翎《〈詩經〉和〈楚辭〉雙音節形容詞的比較》，《文學教育》，2018年第7期，第150頁。

表 6.66 《詩經》和《楚辭》雙音節形容詞句法功能統計表

文獻 句法 成份	謂 語		定 語		狀 語		補 語		主 語		賓 語	
	語詞 數目	百分 比	語詞 數目	百分 比	語詞 數目	百分 比	語詞 數目	百分 比	語詞 數目	百分 比	語詞 數目	百分 比
詩經	298	60.3	83	16.8	51	10.3	44	8.9	7	1.4	11	2.2
楚辭	206	64.2	60	18.7	24	7.5	5	1.6	8	2.5	18	5.6

雙音節形容詞在《詩經》與《楚辭》中，可以充當任何句子成份，這不是個別文本出現的特殊現象。任取一個古代文本，對任一詞類作窮盡性功能統計，都會發現同一詞類的語詞在語句中絕不止一種功能。這表明了漢語語詞在不同的語流中具有多功能性的本質生態特徵。由於詞類與句法功能並不對應，不應以「原有的語義」或出現頻率高為本位，把「臨時性語義」或出現頻率低稱為「詞類活用」；也不應因同一語詞在不同語流中呈現多種不同功能而稱其為「兼詞」。事實上，所有的詞類都是死的，只有進入語流才能獲得生命；所有的漢語語詞在不同的語流中，都有充當不止一種句子成份的可能。因此，「詞類活用」和「兼詞」說法的邏輯矛盾和非科學性顯而易見。

一個語詞在一個特定的語句中具備了什麼語義和句法功能，是由語詞與這一特定語境相互作用相互協同所造成。一個語詞具有多義性或在不同語境中顯示出多功能性，表明這一語詞佔有較為廣闊的生態位，具有較強的探索與創新的潛力。

（七）賓語前置

殷墟甲骨卜辭賓語在動詞謂語之後是常態，代詞賓語前置出現在單賓語和雙賓語否定句中，由「惠」和「唯」提示的賓語前置突出賓語是語句表達的焦點。沈培指出：「後代『唯』合併了『惠』，但『唯 OV』形式存在的時間也不長，至遲在戰國時代，我們已經難得看到這種說法了。『唯 OV』之所以消失，是因為當時出現了由『是』、『之』等強調的新的賓語前置句；並且『唯』和這種句式結合，形成了『唯＋O＋V 是／之＋V』等句式。」〔註 123〕先秦傳世典籍「是」、「之」興起，「惠」已消亡而「唯」明顯式微。傳世文獻還出現了疑問代詞賓語前置，介賓結構介詞的賓語前置，以及代詞、名詞賓語前置等新的句法格局。

對於「是」、「之」的性質，主流的觀點認為是復指前置賓語的代詞，但代

〔註123〕沈培著《殷墟甲骨卜辭語序研究》，臺北：文津出版社，1992 年 11 月版，第 46 頁。

詞有實在意義，用在賓語與動詞之間說不過去。殷墟甲骨卜辭中否定句代詞賓語前置，代詞賓語與動詞之間可以加「其」，不過，「其」只是語氣助詞，並非焦點標記：

A. 貞：帝不我其畀土方祐。(《合集》四〇〇三三)

B. 乙酉卜，王貞：師不余其見。二月。(《合集》二〇三九一)

卜辭中的語氣助詞「惠」和「唯」作為焦點標記置於賓語之前，傳世文獻中的「是」和「之」作為焦點標記置於賓語與動詞之間，位置雖然不同，焦點指向和語法屬性實質一樣。「是」、「之」與卜辭中的「其」不同的是：「是」、「之」為焦點標記，「其」不是。但它們所處的句法位置一樣，都是沒有實在意義的語氣助詞。《左傳・僖公五年》：「鬼神非人實親，惟德是依。」此句中「人」與「德」分別是「親」與「依」的前置賓語，「實」為沒有實在語義的語氣助詞，而「是」與「實」相對為文，可證「是」也是語氣助詞。因此，「是」、「之」單用時雖然經常作代詞，但在賓語前置句中作為焦點標記時只是虛化了的語氣助詞。

傳世文獻中賓語前置有如下情形：

1. 疑問代詞賓語前置

（1）作動詞賓語：

A.《論語・子路》：「既富矣，又何加焉？」

B.《論語・子罕》：「吾誰欺，欺天乎？」

C.《論語・微子》：「直道而事人，焉往而不三黜？」

D.《公羊傳・隱公元年》：「王者孰謂？謂文王也。」

E.《左傳・莊公十四年》：「縱弗能死，其又奚言？」

F.《左傳・哀公十七年》：「君盍舍焉？」

G.《莊子・逍遙遊》：「彼且惡乎待哉？」

（2）作介詞賓語：

A.《詩・小雅・小弁》：「天之生我，我辰安在？」

B.《左傳・成公三年》：「子歸，何以報我？」

C.《左傳・襄公三十年》：「朝者曰：『公焉在？』」

D.《莊子・知北遊》：「所謂道，惡乎在？」

E.《孟子・許行》：「許子奚為不自織？」

F. 范仲淹《岳陽樓記》：「噫，微斯人吾誰與歸？」

疑問代詞無論作動詞或介詞賓語，疑問點就是語句表現的焦點。

2. 否定句代詞賓語前置

（1）人稱代詞

A.《論語・陽貨》：「日月逝矣，歲不我與。」

B.《論語・先進》：「居則曰：『不吾知也。』」

C.《左傳・宣公二年》：「諫而不入，則莫之繼也。」

D.《左傳・昭公二十五年》：「儳句不余欺也。」

E.《左傳・哀公二十七年》：「以國之多難，未女恤也。」

F.《孟子・梁惠王上》：「然而不王者，未之有也。」

G.《禮記・禮器》：「故作事不以禮，弗之敬矣；出言不以禮，弗之信矣。」

（2）指示代詞

A.《荀子・樂論》：「亂世惡善，不此聽也。」

B.《荀子・樂論》：「明王已沒，莫之正也。」

C.《孟子・公孫丑上》：「其為氣也，配義與道，無是餒也。」

D.《孟子・梁惠王上》：「仲尼之徒，無道桓、文之事者，是以後世無傳焉，臣未之聞也。

否定句中前置成份無論是人稱代詞還是指示代詞賓語，都是語句表現的焦點。焦點標記是否定副詞。

3. 代詞、名詞賓語前置

（1）無標記

A.《詩・周南・葛覃》：「葛之覃兮，施于中谷，維葉莫莫。是刈是濩，為絺為綌，服之無斁。」

B.《左傳・哀公十七年》：「天若亡之，其必令尹之子是與，君盍舍焉？」

C.《左傳・昭公十七年》：「乃警戒備。」

D.《荀子・成相》：「外不避仇，內不阿親賢者予。」

E.《論語・為政》：「《詩》三百，一言以蔽之，曰：『思無邪。』」

F.《左傳・僖公四年》：「君若以力，楚國方城以為城，漢水以為池，雖眾，無所用之。」

（2）以「于」或「來」為標記

A.《詩・小雅・出車》：「赫赫南仲，玁狁于夷。」

B.《詩・大雅・江漢》：「匪安匪遊，淮夷來求。」

（3）以「惟」為標記

A.《尚書・梓材》：「肆王惟德用。」

B《尚書・酒誥》：「我民迪小子，惟土物愛。」

（4）以「之」或「是」為標記

A.《詩・邶風・新臺》：「燕婉之求，得此戚施。」

B.《左傳・襄公二十八年》：「我楚國之為，豈為一人。」

C.《左傳・隱公元年》：「姜氏何厭之有？」

D.《左傳・僖公五年》：「將虢是滅，何愛於虞。」

E.《孟子・滕文公上》：「戎狄是膺，荊舒是懲。」

（5）以「惟（唯）」配合「之」或「是」為標記

A.《尚書・牧誓》：「牝雞之晨，惟家之索。」

B.《荀子・王霸》：「不務張其義，齊其方，唯利之求。」

C.《左傳・僖公五年》：「故《周書》曰：『皇天無親，惟德是輔。』」

D.《左傳・宣公十二年》：「率師以來，唯敵是求。」

　　賓語後置為常態，一旦前置，就意味著強調。因此，代詞「是」置於動詞「刈、獲、與」之前，「是」即語句表現的焦點。同理，名詞「戎（犬戎）、賢者」置於動詞「備、予」之前，「戎（犬戎）、賢者」也是語句所表現的焦點。否定句介詞賓語前置，否定副詞是焦點標記；非否定句介詞賓語前置，賓語本身就是語句表現的焦點。「于」、「來」主要是為適應詩歌節奏而使用的語氣助詞，在語句形式上客觀地成為提示動詞謂語「夷、求」的前置賓語「玁狁、淮夷」的標記。

　　總的看來，賓語前置是語詞在語流中一種變異求新的生態運動，為了在新佔據的位置上不至於引起誤會，絕大多數前置賓語都有焦點標記。數千年來，賓語前置一直被視為特殊情況，它並未能改變漢語語句的基本格局。

三、現代漢語語法的生態特徵與嬗變

1919 年的新文化運動提倡新白話，現代漢語在古代文言，古白話，新白話，蒙語，滿語，英、法、俄、日等外來語的交融中，呈現紛繁複雜的面貌，逐步形成了早期現代漢語。早期現代漢語基本上結束了數千年來書面語與口語嚴重脫離的局面，1955 年在中國大陸推廣普通話，現代漢語走上規範化的道路。規範的現代漢語儘管與古代漢語、近代漢語有很大的差別，但是，其語法系統的運動發展，表現出語序的變化和虛詞的運用依然是現代漢語語法最本質的生態特徵。由於社會環境發生巨大變化，處於不同社會環境中的現代漢語，在與環境的相互作用相互協同中各有不同的生態特徵，展現了各自不同的進化方向和語法創新。

（一）大陸現代漢語語法的創新

1. 時量詞

大陸現代漢語動量詞中有一種情況，就是用時間名詞表示動量。這種計時量詞簡稱為時量詞。時量詞是動量詞中的一個特殊類別。米豔麗認為時量詞有四個語法特點：〔註 124〕

（1）時量詞不單用，也不能單獨充當句子成份。它和數詞一起組成時量短語。可以表示一個時間點，如「三點十五分，今天，凌晨八點」；也可以表示時間段，如「十小時、八分鐘、十年」等。

（2）時量詞可以重疊，表示「每一」的意思。如「歲歲、天天、日日、夜夜」；還表示「漸漸」的意思。如「一天天（地）、一年年（地）、一分一分（地）。

（3）時量短語可以連用，表示強調。如「一年半載、十天半月、一年四季」等。

（4）時量短語和其重疊式經常做狀語，有時也做補語、定語、主語、賓語和謂語。例如：

A. 二零一八年，北京舉辦了奧運會。（時量短語做時間狀語）

B. 他都開車二十多年了。（時量短語做補語）

C. 不著急，我們至少還有三天時間呢。（時量短語做定語）

〔註 124〕米豔麗《量詞新類之時量詞探析》，《文學教育》，2018 年第 3 期，第 54 頁。

D. 三天太久了，一天就給我送過來吧。（時量短語做主語）

E. 飛機到中川機場是 5 點 15 分。（時量短語做賓語）

F. 去年他才十八歲。（時量短語做謂語）

這是在傳統動量詞基礎上的創新，新興的時量詞與數詞結合為時量短語，可以出現在語流中不同的位置，佔據了廣闊的生態位，在不同的語句環境中呈現出多功能特徵。

2.「有＋VP」結構式

近年來，一種新興的「有＋VP」結構式已經普遍存在於現代漢語普通話之中，引起不少學者關注。其實漢語本來就有「有」加謂詞的傳統結構式，例如先秦漢語《左傳·隱公元年》「潁考叔為潁谷封人，聞之，有獻於公」，《左傳·成公二年》「王命伐之，則有獻捷」；現代漢語「有來有往、有創新、有進步、有麻煩」等等。但是，新興的「有＋VP」結構式已經超越了傳統的藩籬，謂詞無須名詞化或指稱化就可作「有」的賓語。新興的「有＋VP」結構式是在傳統結構式的基礎上，受閩、粵方言和英語完成體標記影響，在新的社會生態環境各種因子作用下，適應社會發展需要而產生的新語法形式。新生態環境的形成是促生新語法形式的前提，新語法形式的產生是漢語語法試探進化方向的生態運動。

石月嬌總結了目前對「有」的幾種看法：〔註125〕

（1）「有」是動詞。「有」使「VP」指稱化，成為自指和轉指對象，「VP」動態性的弱化又使「有」的意義強化；「有」還具有表信息焦點的功能。

（2）「有」是助動詞。肯定事件的現實性，著重強調其後動詞所表示的動作行為正在發生、已經發生或者間隔性持續。「有」的意義已經相當虛化，句法作用與助詞大致相當。

（3）「有」是副詞。理由如下：

A. 在「有＋VP」結構式中，「有」接近於「曾經」，故可歸入副詞；

B.「有」是和「沒有」詞性相同、詞義相反的副詞，在句中作狀語，表示確認；

C.「有」是以表示情態意義為主的評注性副詞，源於動詞「有」的虛化，功

〔註125〕石月嬌《新時期「有＋VP」句式探討》，《現代語文》，2015 年第 11 期，第 53 頁。

能是對相關述題作主觀評注，確認事件存在。

（4）「有」是完成體標記。在現代漢語普通話中，已肯定的完成體標記有「V＋了」、「沒＋V」。隨著語言系統自身的發展，「有」也逐漸發展為和「沒（有）」相對的完成體標記肯定式的用法。

「有」在口語中的虛化特徵是明顯的，但在學術論文、政府公文等正式書面文本中還沒有發現。這種句式是否能完全虛化為完成體標記尚需拭目以待。

3. 副詞作定語

「曾經的同學」、「偶爾的風險」、「必然的歸宿」等類似的短語在口語和書面文本中越來越普遍。「曾經、偶爾、必然」等副詞突破了通常作狀語的侷限，在「副詞＋的＋X」結構式中作定語，這是現代漢語普通話近年來新出現的語法現象。

朱萍以北京大學 CCL 語料庫為語料資源，根據張誼生《現代漢語副詞的性質、範圍與分類》（《語文研究》2000 年第 2 期）一文的副詞分類，對 1054 個副詞整理了 5 萬餘條語料，並逐一進行分析，發現有 135 個副詞能進入「副詞＋的＋X」結構式。從形式上看，「副詞＋的＋X」結構式中，除極少數副詞後面可以省略「的」外，助詞「的」原則上必須出現。〔註126〕

可以不用「的」的副詞是「經常」、「曾經」和「永遠」。朱萍舉出的語料，「經常」和「曾經」各一例：

各系與長春市 70 多所中學和邊遠山區中學 200 多個班級建立了經常聯繫。

索尼婭目前仍身居國大黨主席的要職，和那些「曾經權貴」的人物傳記電影不同，其一舉一動都對印度的未來有著至關重要的影響。

「永遠」有四例：

A. 金石灘人……用汗水和心血，來灌溉金石灘的永遠春天。

B. 大倫敦市市長希望中國城保持特色，成為吸引遊客的永遠景點。

C. 香港中華總商會永遠名譽會長蔡冠深 6 日在接受中新社記者訪問時表示，香港商界普遍支持特區政府的政改方案……

〔註126〕朱萍《「副詞＋的＋X」結構中的句法語義功能探究》，《蘭州教育學院學報》，2017年 4 月第 33 卷第 4 期，第 23～25 頁。

D. 中國僑商聯合會副會長、香港僑界社團聯會永遠名譽主席、南京利源集
團董事局主席、《百家湖》雜誌社總編嚴陸根先生，在秦淮河畔的大江
會所向筆者，簽名親贈了……

朱萍指出：從語料事實看，所有的「副詞＋的＋X」在語句中都充當主、賓
語，或介詞賓語，都是體詞性的、指稱性的。所以，「X」因為句法位置變動的
影響，外在表述功能都體現為指稱性，句法層面詞性都體現為體詞性。「副詞」
通過加入「的」形成「的」字結構，修飾指稱性、體詞性的「X」，句法上理所
當然作定語成份。「的」是一個修飾化標記。

「副詞＋的＋X」結構式為何只有寥寥幾個副詞可以省略「的」，而絕大多
數副詞後面原則上必須出現助詞「的」呢？因為結構關係和語義表達都與「的」
密切相關。例如：「對魯迅而言，如要對中國之未來做一次不帶情緒性的、切實
的估計，這樣估計的結果指向著：全然的無望。」此句中「全然的無望」這個定
中短語如果去掉標記「的」就變成狀中短語，結構關係改變了。語義上，原來的
意思是「什麼樣的無望」，去掉「的」，就變成了「怎樣無望」，改變了副詞與「X」
之間的語義關係。

副詞在語流中不但作狀語，而且可以在特定結構式中作定語，是語詞多功
能本質屬性的表現。但是，副詞作定語的功能是有限的，只能在「副詞＋的＋
X」結構式中起作用。而「副詞＋的＋X」在語流中是一個短語，只能作為一個
整體運用，這就限制了定語功能的擴張。一旦「副詞＋的＋X」凝固為穩定的語
法結構，副詞降格為構詞語素，副詞作定語的句法功能實質上已就降格為構詞
手段了。

4. 反義複合情態副詞

語詞多功能本質屬性只有在語流中處於不同位置才能顯現，位置不同表徵
語詞與其他成份的關係不同，與各種環境因子的相互作用力也不一樣，這就必
然引起語義和功能的變異。語詞的多義性與多功能性是語詞生態運動產生的歷
時變異積累的結果，積累愈豐富，語義與功能覆蓋面就愈廣，語詞與不同語境
互動造成了語義的嬗變與功能的多樣化。

現代漢語中有一個常用的反義複合情態副詞「好歹」，它是古代漢語單音
語詞「好」與「歹」在語流中長期連用造成的結果。「好」是傳統的漢語語詞，

殷墟甲骨卜辭已見。「歹」《說文解字》作「𣦵」，隸定作「歺」。《說文解字·歺部》：「剡骨之殘也。從半冎。凡歺之屬皆從歺。讀若櫱岸之櫱。（徐鍇曰：冎，剔肉置骨也；歺，殘骨也。故從半冎。臣鉉等曰：義不應有中一，秦刻石文有之。五割切）」按《經典釋文》反切與現代漢語「歹」的讀音毫無關係，現代漢語「歹」很可能是借用的字形。較多學者認為源自蒙語，產生於宋末或元代。

周曉彥對此進行了歷時與共時考察，認為「好歹」經歷了由單音形容詞並列使用，到逐步凝結為偏義複合形容詞，然後進一步融合為名詞，最後虛化為副詞的嬗變過程。〔註127〕方一新、曾丹認為單音詞「好」、「歹」組合凝結為名詞，然後語法化為副詞，副詞主觀性逐步增強體現在言語環境的變化和句法位置更加靈活。〔註128〕他們所提供的文本語料表明「好」、「歹」凝結為語詞始於元代：

元關漢卿《竇娥冤》三折：「地也，你不分好歹何為地？天也，你錯勘賢愚枉做天。」

「好歹」與「賢愚」對文，可見「好」與「歹」是語義對立的單音語詞，尚未融為複合詞。但是兩者長期並用使語義和語法關係都發生了變化：

A. 元高文秀《襄陽會》一折：「頗奈大耳漢無禮，酒筵間搬調俺父親，論俺弟兄好歹。」

B. 明凌濛初《初刻拍案驚奇·西山觀設籙度亡魂　開封府備棺追活命》：「吳氏見了達生，有心與他尋事，罵道：『你床醉了，不知好歹，倒在我床裏了，卻叫我一夜沒處安身。』」

這兩例的「好歹」：A例偏義在「歹」；B例偏義在「好」。「好歹」不再是兩個單音語詞並用，已經變成準複合形容詞。一旦語義固定到其中一個語素，就是名副其實的偏義複合形容詞。例如：

明施耐庵《水滸傳》五十一回：「若孩兒有些好歹，老身性命也便休了。」

偏義複合形容詞「好歹」的語義後來一直固定在「歹」。「好」與「歹」從單音語詞降格為構成複合詞的語素，兩個語素凝成一個整體，通過轉喻語義發生泛化：

〔註127〕周曉彥《反義複合詞「好歹」的共時與歷時考察》，《宜賓學院學報》，2016 年 7 月第 16 卷第 7 期，第 97～103 頁。

〔註128〕方一新、曾丹《反義複合詞「好歹」的語法化及主觀化》，《浙江大學學報》（人文社會科學版），2007 年 1 月第 37 卷第 1 期，第 64～71 頁。

A. 明吳承恩《西遊記》第十八回：「行者道：『容易，容易！入夜之時，就見好歹。』」

B. 明凌濛初《二刻拍案驚奇‧趙縣君喬送黃柑　吳宣教乾償白鏹》：「大漢見個男子在房裏走出，不問好歹，一手揪住婦人頭髮，喊道：『幹得好事！』」

這兩例的「好歹」：A 例表結果；B 例表原因。遠離「好」、「歹」原有的語義。句法功能也由描述性轉變為指稱性，「好歹」在語流中已具備名詞的功能。

「好歹」作為複合詞不僅作謂語動詞的賓語體現名詞的功能，而且出現在謂語動詞之前作狀語，表示時間和情態。

（1）表示時間

A. 元白樸《牆頭馬上》二折：「今夜好歹來也，則管裏作念的眼前活現。」

B. 元無名氏《千里獨行》二折：「姐姐省煩惱，俺好歹有一日見玄德公也。」

兩例的「好歹」都是時間副詞，意為「或早或遲」。區別是：A 例有一個明確的時間節點，B 例則沒有明確的時間限制。

（2）表示情態

A. 元無名氏《延安府》二折：「李廉使，你無個面皮，好歹也看俺一殿之臣。」

B. 元孟漢卿《魔合羅》三折：「相公，這毒藥在誰家合來？這服藥好歹有個著落。」

C. 元鄭光祖《王粲登樓》一折：「閒語休說，好歹要房宿飯錢還我。」

三例都表示說話人的主觀情態，但語氣程度不同。A 例語氣較輕，意為「將就、湊合」；B 例語氣委婉，表示請求、希望，意為「無論如何、不管怎樣」；C 例語氣強烈，意為「務必、一定」。

「好歹」表示情態源於人群系統主觀意識的間入，它常出現在對話或思量的語境中。由於主觀意識的逐步強化，不僅形成了多等級的情態語氣，而且造成了在語句中靈活多變的位置。例如：

A. 元馬致遠《黃粱夢》二折：「你這般羞辱我，我好歹殺了你個淫婦！」

B. 明蘭陵笑笑生《金瓶梅詞話》十九回：「你二娘這裡沒人，明日好歹你來幫扶天福兒，看著人搬家火過去。」

C. 明天然癡叟《石點頭》十一卷：「這是你老娘賣兒子的錢，好歹你到市上走一遭，我便將此做了盤纏，歸去探望婆婆。」

A 例「好歹」在主語之後修飾述語，而 B、C 兩例在主語之前修飾全句。「好歹」位置的變化與情態程度的強弱，主要是人群系統主觀意識干預的結果。

現代漢語的「左右」也是一個常用的反義複合情態副詞。殷墟甲骨卜辭「左」與「右」都是象形字，單音名詞，表示人體特定部位的器官。當其共現於同一語境時，區分以人體為參照物相對的兩個方位。如「丁酉貞：王作三𠂤右中左。」（《粹》五九七）《詩‧周南‧關雎》：「參差荇菜，左右流之。窈窕淑女，寤寐求之。」這裡的「左」、「右」也是方位名詞並用。殷墟甲骨卜辭「左」與「右」作動詞有不少用例，語義為「祐助」。傳世文獻中「左右」具有的「幫助、輔佐」和「支配、控制」義皆循此而來。如「輔佐」義：《國語‧晉語四》「此三人者，實左右之」；「支配」義：《國語‧越語上》「寡君帥越國之眾以從君之師徒，唯君左右之」。現代漢語中「左右」常作為情態副詞運用。它的成詞與嬗變，也與人群系統主觀意識密切相關。任效瑩對此進行了歷時考察與認知分析。〔註129〕

當「左」、「右」出於轉喻手法，語義由表方位指向該方位的人物時，意味著「左」、「右」不再是獨立的語詞而變為共同表達一個新義的語素：

《晏子春秋‧內篇雜下》：「晏子將使楚，楚王聞之，謂其左右曰：『齊之習辭者也，今方來，吾欲辱之，何以也？』」

此例的「左右」已凝固為指稱人物的名詞，即楚王的近臣。而下面兩例中的「左右」，語義由確指的人物泛化為不確指的處所：

A.《詩‧大雅‧文王》：「文王陟降，在帝左右。」

B.《三國志‧蜀書‧諸葛亮傳》：「魏鎮西將軍鍾會征蜀，至漢川，祭亮之廟，令軍士不得於亮墓所左右芻牧樵採。」

語義再度虛化為對人的敬稱：

A.《史記‧張儀列傳》：「是故不敢匿意隱情，先以聞於左右。」

B. 唐白居易《與元九書》：「然亦不能不粗呈於左右。」

「左右」虛化為情態副詞始於元代：

〔註129〕任效瑩《對反義複合詞「左右」語法化的認知分析》，《唐山師範學院學報》，2016年7月第38卷第4期，第38～40頁。

A. 元鄭廷玉《看錢奴買冤家債主》:「我的兒,不要買,杉木價高。我左右是死的人,曉的甚麼杉木柳木。」

B. 元馬致遠《呂洞賓三醉岳陽樓》:「他又這般饒舌,也罷,依著他,左右茶客未來哩。」

C. 清文康《兒女英雄傳》第三十七回:「左右他在那裡望著影壁作揖,索興不還他禮。」

A 例「左右」在主語之後修飾述語,B、C 兩例在主語之前修飾全句。「左右」和「好歹」位置的變化與情態程度的強弱,都與說話人的主觀意識、認知水平密切相關。語詞與不同的環境因子相互作用相互協同追求最佳生態位,是語義從實到虛,句法功能從單一到多樣的根本動力,隱喻和轉喻是語義泛化或轉移常用的手段,人群系統的主觀意識和認知則是語義和功能嬗變的導向。

李楠按積極意義到消極意義對「好歹、多少、早晚、遲早、始終、左右、橫豎、反正、死活」9 個反義複合情態副詞進行排序,並通過對排序的分析得出肯定、肯 / 否定、否定等三個類別。肯定類包括「好歹、多少、早晚、遲早、始終」;肯 / 否定類包括「左右、橫豎、反正」;否定類只有一個「死活」。〔註 130〕

他依據 CCL 語料庫、他人論文、論著,對這 9 個反義複合情態副詞在現代漢語中的所有語料進行了完全統計,並將其用於否定次數與用於肯定次數相除得到的百分數命名為否定率。通過這一統計發現,肯 / 否定類反義複合情態副詞的否定率大體徘徊在 60%左右,而肯定類反義複合情態副詞的否定率則總體低於 10%,否定類反義複合情態副詞的否定率則為 79%。這些數據與反義複合情態副詞的分類及其實際應用有著較高的一致性,由此可以推斷現代漢語反義複合情態副詞的分類具有一定的實用參考價值。

(二)大陸與港、澳、臺語法的差異

眾所周知香港語言受粵語和英語影響,但刁晏斌指出,有些所謂香港語言的創新,其實不過是早期現代漢語的繼承。尤其是早期現代漢語的語法繼續保留在香港現代漢語中,與大陸的現代漢語語法表現出明顯差異。他舉了下面的

〔註 130〕李楠《現代漢語反義複合情態副詞的語法化探究》,《赤峰學院學報》(漢文哲學社會科學版),2017 年 5 月第 38 卷第 5 期,第 121~123 頁。

例子：〔註131〕

指示代詞「這」在港式中文裏經常不借助數詞或量詞而直接與名詞組合，如「這女士、這集團、這改變」等，而這樣的形式正是早期現代漢語「這」的常態用法之一。如：

這時代中國女子教育的一線曙光，已經是搖搖欲滅的了。（《冰心文集》第一卷）

港式中文裏，連詞「和」經常連接兩個動詞性短語，如「買樓和賣樓」、「只拍電影和拍廣告」等，而這也是早期現代漢語「和」的常見用法。例如：

他自己底父親就在他家作活和趕叫驢。（許地山《春桃》）

港式中文裏，被動句較少使用「被」字，而是代之以「遭」，這也是沿用了早期現代漢語的常見形式。例如：

當生存時，還是將遭踐踏，將遭刪刈，直至於死亡而朽腐。（魯迅《野草》題辭）

香港的自然環境、社會環境、文化環境和語言環境，甚至人群系統的意識形態、生活方式都與大陸有很大的差別，在這樣的生態環境中形成了「港式中文」自身的特點。

一是帶有粵方言色彩。如「他特別多話題」、「書展太多人」，像「特別多」、「太多」直接帶賓語的句式，是常見的粵語用法。《香港粵語詞典》所收「試過」一詞，詞性標注為副詞，釋義為「表示從前有過某種行為或情況，（多用於否定式）」，舉例有「香港從來未試過有地震」等。對「曾經」義的「試過」，所舉用例如「在正常情況下，阿富汗中部和北部的冬季會在十一月底降臨，但也試過提早到來」，書中說「這顯然也是受到粵語的影響」。

二是中英文混雜現象比較普遍。例如：

相信銀行調高按息，樓價泡沫將會爆破，現在是時候沽貨了。（《新報》2011年3月15日）

汲取日本核爆教訓是時候檢討核政策。（《成報》2011年3月16日）

《香港粵語詞典》編者認為，這明顯可以看出是仿照英語「it is time to do something」這樣的句型造出來的漢語句子。

〔註131〕刁晏斌《「港式中文」與早期現代漢語》《山西大學學報》（哲學社會科學版），2012年1月第35卷第1期，第50～51頁。

三是保留較多文言成份，包括早期現代漢語中的文言和粵方言中的文言。

澳式中文所處的環境與大陸迥異，深受粵語、葡語以及其他語言的影響。澳門的官方語言分別是漢語及葡萄牙語。以粵語為日常用語的居住人口占85.7%，閩方言占 4%，普通話占 3.2%，其他漢語方言占 2.7%，使用葡萄牙語的人口則為 0.6%，其餘人口使用英語（1.5%）、塔加洛語（菲律賓，1.3%）及其他語言。澳門基本上是粵語的天下，使用普通話的人數很少，沒有引起學者的注意。不過，從一些零星的材料還是能發現澳式中文與大陸通用的中文存在差異。姚雙雲等人對大陸與澳門新聞媒體語料的統計表明，助詞「的」在澳式中文裏出現的次數明顯低於通用中文，經過深入考察，發現澳式中文運用助詞「的」出現了語法變異。〔註 132〕

1. 修飾語標記在澳式中文裏的差異

動詞做修飾語時省去「的」

A. 經審查，自二零一一年以來，其通過搜索他人在互聯網上發布信息，積極尋找偽造火車票「上線」。（《澳門日報》2014.1.14）

B. 遇到最大困難相信是經營方面。（《澳門日報》2014.1.14）

「發布的信息」省為「發布信息」，「偽造火車票的『上線』」省為「偽造火車票『上線』」，「遇到的最大困難」省為「遇到最大困難」，定中短語變為動賓短語。

（1）動詞做中心語時省去「的」

A. 隨著第八管節沉放安裝，港珠澳大橋海底沉管隧道的長度將延伸至一千三百〇五米。（《澳門日報》2014.1.7）

B. 但隨著工程深入和開展，冀當局增加信息透明度，讓居民具體瞭解工程作用，同時施工過程必須考慮對周邊居民的影響。（《澳門日報》2014.1.8）

「第八管節的沉放安裝」省為「第八管節沉放安裝」，「工程的深入和開展」省為「工程深入和開展」，定中短語變為主謂短語。

（2）短語做修飾語時省去「的」

〔註 132〕姚雙雲、雷曦、朱芸、高娟《澳門中文與「的」相關的若干語法變異》，《雲南師範大學學報》（哲學社會科學版），2015 年 1 月第 47 卷第 1 期，第 34～41 頁。

A. 我們對安倍復辟軍國主義企圖表示嚴重擔憂。（《澳門日報》2014.1.7）

B. 受影響居民更擔心爆裂玻璃窗不及時處理，碎片下墮恐傷及途人，即場向消防員求助。（《澳門日報》2014.1.14）

C. 年近歲晚，又是風高物燥季節。（《澳門日報》2014.1.14）

D. 建議自來水完善每日水質訊息發布方法，讓市民獲得最新的水質信息。（《澳門日報》2014.1.14）

主謂短語「安倍復辟軍國主義」直接修飾「企圖」，動賓短語「受影響」直接修飾「居民」，並列短語「風高物燥」直接修飾「季節」，定中短語「水質訊息」直接修飾「發布方法」，一律省去「的」。

（3）分數表達式做修飾語時省去「的」

A. 澳門在過去兩年經濟高位增長，今年 GDP 估計仍可有高單位甚至 10% 增幅。（《澳門日報》2012.9.20）

B. 以言語貶損四成七美國民眾，激起強烈批評聲浪。（《澳門日報》2012.9.22）

「10%」直接修飾「增幅」，「四成七」直接修飾「美國民眾」，一律省去「的」。

2. 名物化標記在澳式中文裏的差異

（1）主語省去名物化標記「的」

A. 擁有最多人員為保安司，共九千一百六十二人。（《澳門日報》2013.12.22）

B. 最致命是極度不穩的鋒力，近六戰僅得三球。（《澳門日報》2014.1.13）

「擁有最多人員」、「最致命」的後面都省去了「的」，直接以動賓短語充當主語。主謂短語後面不加「的」也可充當主語。如：

黃穗文稱，外港客運碼頭最引人詬病是欠缺行李輸送轉盤。（《澳門日報》2014.2.3）

主謂短語「外港客運碼頭最引人詬病」後面沒有「的」仍是全句的主語，甚至形容詞後面不加「的」也可充當主語。如：

神奇是保殊在兩場賽事的中圈遠投均一擊即中。（《澳門日報》2014.2.17）

形容詞「神奇」後面不加「的」作全句的主語。這並非個別現象。

（2）賓語省去名物化標記「的」

　　一碰到合適就結，但這兩年想專注拍多些劇。（《澳門日報》2014.1.13）

形容詞「合適」後面沒有「的」仍可作「碰到」的賓語。

由此可見，澳式中文缺省修飾語標記和名物化標記是區別於大陸現代漢語語法的一個特色。

所謂臺灣「通語」，實質上是早期現代漢語，因此，大陸普通話沒有的一些語法現象，臺灣「通語」中仍然保留著。刁晏斌對兩岸現代漢語語法進行了詳細考察，他發現大陸常用的關聯詞，臺灣「通語」仍保持早期現代漢語傳統，往往不配套或用不同的語詞相配。例如：〔註 133〕

儘管賈伯斯已名利雙收，依然認為自己是反主流文化之子。

上句裏的「儘管」，沒有「可是」或「但是」配套。又如：

　　葛賽不但取代賈伯斯，成為麥金塔部門的主管，蘋果二號部門也由他掌管。

大陸習用「而且」承接「不但」，臺灣「通語」卻用「也」與「不但」相呼應。

臺灣「通語」受到閩南話、客家話影響可以說是司空見慣，然而刁晏斌發現一些陌生化程度較高的形式卻與閩南話、客家話毫不相關。例如：

　　這個設計濫透了。顏色背景太深，有些線條的粗細不理想，按鈕也太大顆了。

這是一句道地的四川話。還有些說法如「相當／更為快速、極為／這麼負面、非常資深」等，是在比較正式的場合四川補充語（有人稱為地方普通話）使用，而「比較多人、比較好命」僅用於非正式場合的四川話口語。刁晏斌認為在以往的研究中似乎還沒有人提到的上述形式，可以在四川話中發現蹤跡。看來四川話對臺灣「通語」也產生了一定的影響。

刁晏斌考察了兩岸趨向動詞，指出用法上存在若干差異。〔註 134〕

〔註 133〕刁晏斌《試論兩岸語言「直接對比」研究》，《北華大學學報》（社會科學版），2015年 2 月第 16 卷第 1 期，第 8～9 頁。

〔註 134〕刁晏斌《海峽兩岸趨向動詞的用法差異及相關問題》，《遼寧師範大學學報》（社會科學版），2016 年 3 月第 39 卷第 2 期，第 98～107 頁。

1. 單純趨向動詞的差異

（1）「來」、「去」

大陸普通話中，這兩個語詞作趨向補語時後邊通常不出現處所賓語，而臺灣「通語」正相反。如：

A. 讓南屯居民過的舒服愉快，更多人搬來南屯。（《自立晚報》2013.2.4）

B. 以往針對這種情形只能把長輩留在家中或送去贍養中心（《自立晚報》2014.10.28）

（2）「回」

行為動作改變了原狀，用「回」作趨向補語表示恢復原狀，這是大陸普通話沒有而臺灣「通語」卻有的用法：

A. 為了安撫唐男緊張氣氛，警察請其坐在人行道上將襪子穿回。（《自立晚報》2015.4.9）

B. 預計 12 月跟新增的苗栗、雲林、彰化，三站一起啟用同時降低回原先票價。（《自立晚報》2015.7.27）

（3）「到」

大陸普通話「述＋到＋賓」格式，臺灣「通語」用「述＋對象賓＋到＋處所賓」。例如「把民生物資空投到烏來災區」，臺灣「通語」：

利用空勤總隊的直升機空投民生物資到烏來災區。（《自立晚報》2015.8.11）

有時「到」後的賓語可以指所達到的標準或數額，也可以看作一種抽象的處所賓語。例如：

決定提高懸賞緝凶的破案獎金到新臺幣二千萬元。（《經濟日報》2008.8.6）

「到」後面的補語可以虛化為表示程度。如：

買毒方便到連上課時間都可以下單，這種遙控販毒，實在有夠離譜！（《中國時報》2011.1.28）

做補語表示「動作有結果」義時，組合形式遠比大陸普通話豐富，即能夠與更多的動詞搭配使用。如：

A. 等到阮氏燕到家後，才發現到丈夫口吐白沫，事態嚴重，緊急送醫。

（《自立晚報》2015.6.18）

B. 除了古蹟本體的建材比較老舊以外，也不能破壞到古蹟的本體。（《自立晚報》2015.8.3）

C. 當務之急，唯有翻轉教育視野，建立對教育的想像，而非只是管控，輔導管教才能幫到小孩，才能走對的路。（《自立晚報》2014.12.21）

可見，臺灣「通語」單純趨向動詞的使用範圍比大陸普通話廣，在前、後兩方面均比普通話有更大的伸縮餘地：向前，可以與更多的動詞組合，構成不同表義類型的述補結構；向後，可以直接系聯處所賓語，構成普通話所無的述賓結構。

2. 複合趨向動詞的差異

（1）獨立做述語動詞時的差異

臺灣的複合趨向動詞後邊可以直接帶處所賓語，而大陸普通話中的趨向動詞所涉及的處所通常不能作賓語，這是兩岸複合趨向動詞語法功能非常明顯的區別。其中以「回來」和「回去」最具代表性：

A. 這只是個開始，以咖啡作為媒介，先帶動部落周邊產業，提振經濟發展，進而使得家鄉的人能夠願意回家，回來這片等待著他們很多年很多年的土地上。（《自立晚報》2015.6.30）

B. 葉男也懊悔地說，是自己害了女友，直說要跟女友一起回去菲律賓。（《自立晚報》2015.4.19）

C. 在中午天氣最熱的時候，派潛水伕下去海底，用金屬探測器尋找垃圾。（《自立晚報》2013.6.13）

D. 既然源頭檢測出了問題，進來臺灣就不必再談。（《自立晚報》2014.11.26）

E. 你出來這個社會做事情，你必須要有很好的本事。（《自立晚報》2014.12.30）

（2）「V＋趨向補語」中V的差異

臺灣「通語」中，能帶複合趨向補語的語詞比普通話多。例如：

A. 擔心年節期間大魚大肉讓身材走樣、又害怕沒有毅力能夠瘦回來嗎？（《自立晚報》2015.1.30）

B. 醫師打開他的身體，又縫合回去，因為他的癌已無法切除。（《自立晚報》
2015.8.11）

用作趨向補語最多、與之組合的動詞最為複雜的，是「下去」。它可與述賓
式動詞直接組合。如：

A. 為了政黨一己之私，讓全民利益陪葬下去。（《自立晚報》2014.3.21）

B. 這麼好的施政成績一定要有適當接班人，接棒下去，繼續往前奔跑。
（《自立晚報》2014.6.21）

C. 對臺灣社會而言，一棒接一棒下去是非常重要的！（《自立晚報》2014.
6.7）

形容性語詞也可以後接趨向補語「下去」，如：

而這個成果，我相信，還會繼續茁壯下去；而只要繼續茁壯下去，臺灣
人民在未來，將一定能夠實現彭先生在五十年前所勾勒的未來。（《自立
晚報》2014.9.13）

甚至「下去」前面的動詞可以省略，形成「狀語＋趨向補語」的格式。如：

這三個月不是結束，而是開始，還會一直下去，達到弊絕風清。（《自立
晚報》2009.7.9）

（3）趨向補語與處所賓語位置差異

複合趨向動詞補語與處所賓語共現的位置與大陸普通話不一樣。

如：

A. 他還需要將這項訊息帶回去臺北市政府。（《自立晚報》2004.9.11）

B. 我把當地狀況和需要帶回來臺灣，鼓勵更多人支持。（《自立晚報》2014.
7.31）

（4）複合趨向補語是否離析使用的差異

大陸普通話一般採用「中賓式」的離析形式，而臺灣「通語」則採用「後
賓式」的整體形式。如：

遊客除了享受美味海鮮，探頭出去，便能感受墾丁大街的熱鬧氣氛，增
添幾分樂趣。（《自立晚報》2011.2.3）

回來種筍時父親告訴他，竹筍隨便種就能長筍出來。（《自立晚報》2015.
6.25）

為了維護複合趨向動詞的整體形式，不惜重複其中的一個成份：

A. 胃腸怎麼洗？每天吸一點新鮮的空氣進來，吐出一點污濁的氣出去。（《自立晚報》2011.7.17）

B. 你的心把它轉變了，就可以寫出這樣子的詩出來，很美！（《自立晚報》2015.2.16）

現代漢語在不同的生態環境中與不同的環境因子相互作用相互協同，維持著語言與環境的動態平衡和生存發展。相異的環境中存在的語言異化是必然的。社會環境、文化環境固然深刻地影響著語言的嬗變，然而人群系統的意識觀念和認知取向有時對語言異化特徵的形成非常關鍵。寧可重複也不節省，這顯然是人的主觀意識在起作用。

（三）海外華語語法的特徵

移居海外的中國人遍及全球各大洲，凡居住華人的地方由於生態環境的差異，華語語法必然各具特色。這裡不可能全面系統地探討這個問題，只能就一些顯著特點作示範性介紹，以期推動對海外華語做進一步的研究。

王彩雲對馬來西亞華語與大陸現代漢語普通話助詞的出現頻率和用法進行了考察和比較，指出馬來西亞華語不同於普通話的特色。〔註135〕

1. 結構助詞

（1）「的」

大陸現代漢語普通話助詞「的」連接定語和中心語詞。馬來西亞華語則可用於狀中結構之間，這顯然是對早期現代漢語特點的保留。如：

A. 寒冬冷冷的吐出毫無人情的話。

B. 瑤玲的好友明珠總愛嘮嘮叨叨的提她。

馬來西亞華語「的」還可用在數量定語與中心語詞之間。如：

A. 這「一線天」之後，赫然竟是一個米冢一般百餘丈的樐子。

B. 四人往茅舍裏走去，只見一間又一間的房間，都甚雅潔。

普通話用連謂結構。馬來西亞華語卻把「的」用在前後兩個連續發生的動作之間，前一動作是後一動作的伴隨狀況，在此位置「的」進一步虛化為語氣助詞。如：

〔註135〕王彩雲《馬來西亞華語助詞的變異》，《華文教學與研究》，2016 年第 2 期，第 78～87 頁。

A.「喂！那個低著頭的女人很奇怪。」秋葉推推夏亮的說。

B. 春暖望了一眼，然後就看眼前的顧客停頓了三秒，突然很興奮又轉過頭的說：「豬啊！那個不是兩個月前寒冬有點興趣的那個女嗎！天終於等到了，夏亮你準備忙死吧！」

馬來西亞華語「的」虛化為語氣助詞，可以用在語句中強調之前的內容。如：

A. 人又黑黑實實有些土味的，她身不由己地拒絕他一切的約會。

B. 人總是那樣的，不懂得珍惜眼前所有，失去方知後悔。

馬來西亞華語定中短語可以省略結構助詞「的」。如：

A. 我渾身昏沉沉，懶洋洋倚靠在客廳門邊。

B. 媽媽專注凝視前方大路，我正襟危坐……

大陸現代漢語普通話狀態形容詞後邊加「的」才能作謂語，馬來西亞華語不加「的」，直接作謂語。如：

A. 街道上的一切在日光暴曬下徹底赤裸裸。

B. 媽媽纖弱的身影站得直挺挺，毫不退縮。

王彩雲認為是受到英語影響。她舉了兩個例子：

She is ill / sick in bed.（她臥病在床。）

The weather is good.（天氣不錯。）

（2）「地」

限制性狀語與中心語詞組合普通話一般不加「地」，馬來西亞華語卻可以，「地」實際上已虛化為語氣助詞。例如：

A. 三人窩在沙發裏聊心事，然後互相地安慰對方，幫對方擦眼淚……

B. 這看起來是很感人的畫面，只可惜同時地也讓他覺得幼稚之極。

修飾動作的狀語與中心語詞組合普通話一般要加「地」，馬來西亞華語可以省略。例如：

A. 她眯著眼對我微笑，朝我揮揮手，我不由自主走向她。

B. 直到我重新把目光放在她身上，才發現她早已靜靜打量我許久。

「地」的這兩種情況都是早期現代漢語語法的保留。

（3）「所」

大陸普通話「所」後的及物動詞比較簡單，複雜形式是動詞帶結果補語。

馬來西亞華語「所」後的動詞短語比較複雜，動詞可以帶狀語或趨向補語。如：

A. 大丈夫敢作敢當，嫁禍他人，是一般江湖好漢所不屑為的。

B. 芊芊根本不敢相信眼前的男人所說出來的話，忍不住芊芊開聲大罵：
　「曹龍！」

這種語法形式也是早期現代漢語語法的保留。

大陸普通話「有所」後加動詞往往表示積極意義，而馬來西亞華語「有所」後加動詞可以表示消極意義。如：

A. 你內力高深，但要拔掉那枚石頭，仍是有所不能。

B. 他低吼著站在原處，大概還是對藍逸的放電能力有所顧忌。

大陸普通話「所」後加單音節動詞構成的短語在語句中可以作主語和賓語，但單音節動詞僅限於「知、見、聞、能」，為數甚少。馬來西亞華語「所」後出現的單音節動詞還有「造、思、覺、犯、用、成、動」等，範圍較廣。如：

A. 當然這「蠟燭」並非蠟制的，不知由什麼所造。

B. 但他依然如同朽木，又似睡了千年的老樹，全無所覺，眾人近前，亦連眼皮也沒睜翻半下。

馬來西亞華語的「所」用在動詞之前並沒有構成名詞性短語，那就意味著它已經虛化為語氣助詞。如：

A. 可是很多時候人們還是受到一些根深蒂固的觀念所影響。

B. 秦玉舒以會館婦女組主席身份受邀出席一項由「華團婦女組織聯合會」所主辦的盛大「婦女節研討會」。

2. 時態助詞

（1）「著」

馬來西亞華語在表示持續態的動詞後省略「著」。試看如下一段文字：

　　踏進店裏，馬上撲來濃濁的氣息，空氣中隱隱飄散灰塵的顆粒。光線幽暗，我的每一腳步彷彿陷入黑暗中。環顧周遭，擺賣許多無法想像的貨品，橫樑懸掛碩大的貝殼裝飾品和色彩繽紛的繩索。沿著牆面的玻璃櫥櫃置放仿冒的混血臉孔的洋娃娃。

這段文字中謂語動詞「飄散、擺賣、懸掛、置放」的後面，都省略了表示

持續時態的「著」。

至於王彩雲所謂「著」的冗餘用法，其實並非冗餘，而是表示行為動作的持續狀態。「吃著每一道菜」、「坐著兩人的電單車」、「圍繞著主題的懸念」、「黑著臉」，這樣的用法在大陸普通話中普遍存在。馬來西亞華語介詞「向」、「往」後面跟「著」，是早期現代漢語語法的保留。除「往著」之外，大陸普通話裏至今仍保留介詞後加「著」的用法。不過，介詞後的「著」已經虛化為語氣助詞了。如：

A. 向著勝利勇敢前進。（中國少年先鋒隊隊歌歌詞）

B. 為著理想勇敢前進。（中國少年先鋒隊隊歌歌詞）

C. 朝著陽光奔跑。（2018 年四川省宜賓市中考作文題目）

（2）「過」

大陸普通話「過」用在動詞和形容詞後表示行為、狀態的過去時。馬來西亞華語還可以用在動賓結構或動補結構之後，這種用法繼承了早期現代漢語語法的特點。如：

A. 還是受傷過不敢再嘗試另一段情感。

B. 不能說全未動心過。

C. 校服非常不整齊，微卷的酒紅色短髮，臉上化著煙薰妝，裙子被改短過，嘴裏叼著煙……

邱克威通過對馬來西亞華語口語的調查和分析，得出對詢問句的幾點看法：〔註 136〕

1. 普通話的「VP＋不」（喝茶不）這種詢問句式，馬來西亞華語基本不使用。

2. 馬來西亞華語口語「VP＋沒有」（「喝茶沒有」，意為「要不要喝茶」），表示未然詢問。其中 VP 是動詞或動詞性短語。

3. 馬來西亞華語口語「VP＋沒有」（「好看沒有」，意為「是不是好看」），表示是非詢問。其中 VP 是形容詞或形容詞性短語。

4. 對於形容詞性的「VP＋沒有」的理解與使用比較一致；對動詞性的「VP＋沒有」則根據動詞的不同而表現出理解與使用上的差異。

〔註136〕邱克威《馬來西亞華語口語中的「VP 沒有」特殊問句》，《國際漢語學報》第 7 卷第 1 輯，第 67～75 頁。

5. 普遍認為「VP＋沒有」這種句式是受方言影響所致，故只出現於口語，未見於書面語。

邱克威認為馬來西亞華語口語受閩粵方言影響而形成「VP＋沒有」句式，經歷了兩個階段。階段一，通過閩粵方言「［bo］／［mou］＋VP」兼表已然與未然句式的類推，華語中「沒有＋VP」取得了可兼表已然與未然的功能。否定副詞「沒有」實現了時間功能的泛化，不受過去與將來的限制。階段二，華語仿照「VP＋［bo］／［mou］」閩粵方言句式構成「VP＋沒有」，並承接閩粵方言這一句式的表意功能，如「吃飯沒有」表示「要不要吃飯」，「厲害沒有」表示「是不是厲害」。馬來西亞華語口語的這種變異，與生態環境中閩粵方言相互作用相互協同，維持自身生存發展的生態運動密切相關。

與馬來西亞毗鄰的新加坡，那裡的華語具有與大陸普通話不同的特色。陸儉明從句式、句法格式和詞的重疊式的功能等三個方面考察了新加坡華語的句法特徵，並且探討了產生變異的原因。〔註137〕

1. 句　式

（1）雙賓語句式

新加坡華語裏有兩種雙賓語句式，一種與大陸普通話相同，另一種則是新加坡華語的特色。例如：

A. 我給錢他，叫他去買票。

B. 他剛才給這本書我。

這種「V＋直接賓語＋間接賓語」的句式多用於口語，而且只限於「給」。

（2）比較句式

大陸普通話有「X比Y」和「XAY＋數量詞」兩種比較句式。新加坡華語裏也有這兩種，但第一種常在Y後面加「來得」。例如：

A. 自己承認總比人家審問來得乾淨利落。（吾土·戲劇25）

B. 他比誰都來得沉默、安靜。（金獅獎69）

新加坡華語裏還有一種大陸普通話沒有的比較句式「XA過Y」，A一般為單音節形容詞。例如：

〔註137〕陸儉明《新加坡華語句法特點及其規範問題》（上）、（下），《海外華文教育》，2001年第4期，第1～11頁、2002年第1期，第1～10頁。

A. 和鄰居和睦相處，總好過正面衝突。（吾土‧戲劇 149）

B. 它自己所訂的公務員起薪卻低過最低生活費。（《聯合早報》1995 年 3 月 9 日 26 版）

（3）「被」字句

由於受英語影響，新加坡華語裏「被」的使用面比普通話廣泛得多。以下語句裏的「被」，普通話不用。

A. 信已被投入了郵筒。（都市 1）

B. 君子拋棄了仁德，怎麼還能被稱為君子呢？（倫理‧中四 5）

C. 這件事，立刻流傳開去，成了美談，一直到今天，還被傳誦著。（倫理‧中四 37）

D. 大廈附近 6 條街的居民都已被撤離一空。（《新明日報》1995 年 4 月 20 日 26 版）

（4）疑問句式

新加坡華語疑問句式與大陸普通話的不同，主要表現在選擇問句和反覆問句。選擇問句除了大陸普通話的「（是）……，還是……」之外，更常用「（是）……，抑或……」和「（是）……，或／或者／或是……」這兩種句式。例如：

A. 消息到底是真實抑或炒家在故弄玄虛？（吾土‧小說上 74）

B. 鞏俐答應前往，究竟是張藝謀大力游說，抑或是上海電影製片廠的要求呢？（《聯合早報》1995 年 5 月 16 日副刊 4 版）

C. 遇上你是我一生的對，或錯？（想飛 63）

D. 他們是真的沒有絲毫不捨？或者是那份憾然的別情已經被瀚然的人潮沖淡了，淹沒了？（牛車水 15）

E. 此時該是得意，或是羞愧？（吾土‧小說上 146）

反覆問句有由副詞「不」和由副詞「沒有」構成的兩類。由副詞「不」構成的反覆問句，大陸普通話有「V 不」和「V 不 V」兩種說法，新加坡華語只有「V 不 V」一種句式。例如：

A. 媽媽，您說對不對？（今後 68）

B. 你知道不知道，我是未來的跑車冠軍哪！（跳舞 30）

由副詞「沒有」構成的反覆問句，大陸普通話有「VP＋沒有」和「V沒（有）V」兩種說法。新加坡華語也有「VP＋沒有」，沒發現「V沒（有）V」，更常用的說法是「有沒有＋VP」。例如：

A. 我這次訪英，有沒有得到新的心得？（風箏 194）

B. 爸爸有沒有買東西給珍珠吃呀？（吾土‧小說上 199）

C. 有沒有給醫生看呀？（惡夢 125）

2. 句法格式

（1）複合趨向動詞後面帶處所賓語

這種句法格式包括兩種情況。一是單個複合趨向動詞後面帶處所賓語：

A. 聽祖父說，他們已經回去印度了。（吾土‧小說上 223）

B. 她決定進去店鋪裏看看。（跳舞 60）

C. 新加坡已通知陳成財大使回來新加坡。（《聯合早報》1995 年 4 月 12 日 1 版）

另一種情況是由帶複合趨向補語的述補結構直接帶處所賓語：

A. 想不到過了半個鐘頭後，同一輛車又駕回來我們這裡。（風箏 186）

B. 當初也是你自己把他帶進來這廠裏的。（吾土‧小說上 44）

C. 你如果逼我回去，我就立刻飛回去澳洲。（大鬍子 47）

（2）「形容詞＋量詞」結構

大陸普通話在「形容詞＋量詞」結構前邊只能出現數詞，而新加坡華語能用副詞加以修飾：

A. 他心裏想：越大只的，顏色越漂亮的，越好。（勝利 8）

B. 年輕的小販，把蛇皮果擺放在竹籮裏，很大粒，是爸爸愛吃的水果。（塵世 209）

C. 你怎麼一個人住在那麼大間的舊屋裏呢？（青青 68）

「副詞＋形容詞＋量詞」這種句法格式在西南官話裏非常普遍，不能排除新加坡華語沒有受到西南官話的影響。如例 C 就是道地的四川話。

（3）同位性偏正結構「N 的人」

大陸普通話沒有這種結構。新加坡華語「N 的人」中的「N」，只限於人稱代詞或指人的名詞。如：

A. 你的人為什麼這樣的嚕嗦？（新馬 197）

B. 你哪裏可以這樣說？院長的人很好的。（木子 100）

（4）「V 回」述補結構

大陸普通話沒有這種表示「回覆」意的「V 回」結構，但臺灣「通語」有，因此也不能排除新加坡華語沒有受到臺灣「通語」的影響。如：

A.「天冷，快些演好，穿回大衣。」（《聯合早報》1995 年 3 月 22 日副刊 5 版）

B. 說回德士司機。德士是旅遊業裏重要的一環，對我國的經濟活動扮演積極的角色。（平心 73）

C. 我愛人家多少，我一定要得回相等的愛。（年歲 27）

「穿回大衣」意為「穿上脫下的大衣」，「說回德士司機」意為「回過來說德士司機」。

（5）「有＋VP」結構

大陸普通話書面語基本上不使用這種結構，但口語中的「有＋VP」結構已經很普遍。而新加坡華語超越了石月嬌所總結大陸普通話該結構中「有」的 4 種情況，新加坡華語「有＋VP」結構能表示將來時和用於假設句，這是大陸普通話口語所沒有的。如：

A. 明天國慶大檢閱，我們有參加表演節目。（吾土・戲劇 59）

B. 媽咪，如果今天晚上爹地有回家的話，你說，我好不好把這個秘密講給爹地聽？（原文未注明出處）

（6）用「到」聯結的帶狀態補語的述補結構

大陸普通話用「得」聯結動詞和狀態補語，新加坡華語也用「得」，但更多的是用「到」。如：

A. 還是死了的好。真的！我做人都做到厭了。（吾土・小說上 193）

B.「你今天玩到好高興呀！」（年歲 54）

C. 我常常去找符喜泉女士，找到自己都不好意思了。（《聯合早報》1995 年 4 月 22 日 19 版）

（7）表約數的結構

新加坡華語表約數有兩種說法：一種和大陸普通話一樣用相鄰的兩個數字表示，如「兩三塊」、「五六十歲」；另一種更常見的是用「量詞（或位數詞）＋多＋兩（二）＋量詞（或位數詞）」結構表示。如：

A. 所化也不過塊多兩塊錢。（風雨 88）

B.「一套多少錢？這麼小看我。」「千多兩千塊！」（藍天 50）

C. 家才，這個地方，你也住了十多二十年了，就這麼一句話，說走就走？
（華文教材 4B59）

D.（電話卡）只買了百多二百塊。（新視第八波道 1995 年 8 月 25 日晚 10
點新聞）

這些例句全是道地的四川話，不能排除西南官話對新加坡華語的影響。

3. 詞的重疊式的功能

（1）單音節形容詞重疊式的功能

大陸普通話單音節形容詞重疊式作謂語、補語、定語，其後必須帶「的」。
新加坡華語單音節形容詞重疊式作謂語、補語、定語，其後可以帶「的」，但不
帶「的」更普遍。如：

A. 他鼻樑高高，嘴唇微翹，像一尊美麗高雅的石膏像。（吾土·小說上 156）

B. 瞧啊！蠟燭的亮光把我們的影子拉得長長。（風雨 17）

C. 最回味的是家門前那棵老樹下，與哥哥姐姐攀長長樹藤蕩秋韆玩森林王
子「泰山」遊戲的日子……（《聯合早報》1995 年 5 月 3 日 6 版）

（2）動詞重疊式的功能

大陸普通話動詞重疊式不能帶任何數量成份，但新加坡華語動詞重疊式後
面可以帶不定量的數量成份。如：

A. 談談幾次，就可以約她去拍照。（勞達劇作 23）

B. 啊！真的，罵罵一下就下來了！（勞達劇作 43）

C. 你和同學們可以彼此先認識認識一下。（追雲 16）

馬來西亞和新加坡遠離中國大陸，那兒的華語所具備的特徵有的是繼承了
早期現代漢語的特點，更多的是因為生態環境不同而產生的變異。泰國北部緊
靠雲南邊境的華人村，那兒的華語處在與馬來西亞和新加坡不同的複雜生態環
境之中。泰北華人在學校說華語，這種華語是雲南方言與普通話在特定生態環
境中相互作用產生的語言生態變體，它是對普通話、方言社會交際的功能補充，
我稱之為補充語。有人稱為地方普通話。泰北華人在家裏和日常生活場合說雲
南方言，在正式場合說華語和泰語，在村子外的場合說泰語。每個泰北華人都

必須懂幾種語言，每種語言都不可避免地受到其他語言的影響。石鳳、麻淑怡通過問卷調查、訪談、現場錄音等方法，對泰北熱水塘村、大谷地華人村華語動態進行實時考察，共收集到 6 份語料、16 份調查問卷、20 篇學生作文。語料包括日常生活口語、書面用語（以學生作文為主）。研究結果表明泰北華人村華語語法的變異受到周邊語言尤其是泰語的影響。〔註 138〕

1. 結構助詞「的、地、得」省略

「戴紅帽子女同學」、「村裏店子」省略了「的」；「痛快跟他聊一聊」、「緊張站在門口」省略了「地」；「他畫比我好很多」，省略了「得」。

表 6.67　泰北華人村華語結構助詞變異

變異類型	出現頻率
省略「的」	50
省略「地」	57
省略「得」	43

泰語定中短語中心語在前，定語在後，多音節形容詞修飾前邊的名詞時，可加「的」也可不加「的」。大陸普通話動詞、形容詞作狀語時「地」不能省略，泰語雖與「地」有對應關係，但省略「地」的頻率較高。在動補結構中，泰語不需要結構助詞來支撐動補關係。泰北華人村華語省略「的、地、得」顯然是受到泰語助詞用法的影響。

2. 關於後綴「子」

調查者在收集到的談話語料和學生作文裏發現有單音節名詞後面加「子」構成雙音節名詞的情況，如「到前麵店子買」、「腿子」、「撑子」（傘）、「桶子」等。大陸普通話單音節名詞、動詞、形容詞、量詞可以與「子」綴組合轉化為名詞，但並非所有的名詞、動詞都能加「子」構成雙音節名詞，以上例子大陸普通話通常用不加「子」綴的單音節語詞「店」、「腿」、「桶」等。於是調查者認為泰北華語裏所出現的單音節名詞加後綴「子」的現象，是這類構詞法的泛化。這種看法沒有考慮到雲南方言屬西南官話，而「店子、腿子、撑子、桶子」

〔註 138〕石鳳、麻淑怡《泰北地區華人村華語使用及變異情況調查研究》，《語言藝術與體育研究》，2018 年第 8 期，第 315～317 頁。

正是西南官話出現頻率很高的常用詞。西南官話單音節名詞、動詞後加「子」構成的雙音節名詞範圍遠超普通話。單音節動詞「撐、拐」後加「子」構成名詞「撐子（雨傘）、拐子（騙子；瘸子）」；單音節名詞後加「子」構成的雙音節名詞更為普遍：「店子、腿子、桶子、罐子、甌子、珠子、領子、凳子、椿子、竹子、心子、性子、皮子」等等，甚至單音節親屬稱謂名詞也後加「子」構成「姑子、舅子、姨子」。由此可見，泰北華語裏的「店子、腿子、撐子、桶子」是吸收的雲南方言詞彙，並非構詞法的泛化。

3. 語序變異

語序對漢語和泰語而言都是語法表達的重要生態特徵。泰北華人村華語語序的變異情況如下：

表 6.68　泰北華人村華語語序變異

語序變異	出現頻率
定語與中心語的位置	51
狀語與中心語的位置	45
狀語或定語前移	23
述賓式＋趨向補語	17
述賓＋數量補語	35

定中結構定語和中心語的位置對調。大陸普通話「臺灣老師教我們」，泰北華語則是「老師臺灣教我們」，「臺灣」作為定語在中心語「老師」之後。

狀中結構狀語和中心語的位置對調。大陸普通話「好好寫」、「再多吃一點」、「多學一種語言」，泰北華語則是「寫好好」、「再吃多一點」、「學多一種語言」。「寫、吃、學」是中心語，「好好、多」作為狀語在中心語之後。

狀語或定語前移。大陸普通話「老姆笑得那麼開懷」、「她塗著一身香水」，泰北華語的說法是「老姆那麼笑得開懷」、「她一身塗著香水」。「那麼」是補語「開懷」的狀語，位置在謂語動詞「笑」之前；「一身」是賓語「香水」的定語，位置在謂語動詞「塗」之前。大陸普通話定語和中心語、狀語和中心語的結構緊湊，不會像泰北華語那樣前移。

「述賓式＋趨向補語」句式，泰北華語賓語和補語的位置與大陸普通話不同。大陸普通話「拿出一袋米來」、「放下心來」，而泰北華語則說「拿一袋米

出來」「放心下來」。「一袋米」是「拿」的賓語，「出來」作為補語，位置在賓語「一袋米」後，「心」是「放」的賓語，補語「下來」位置也在賓語「心」之後。

「述賓＋數量補語」句式，泰北華語數量補語的位置在賓語之後。如「逛遊樂場一次」、「去中國一次」，「一次」作為數量補語放在賓語「遊樂場」、「中國」的後面。大陸普通話的說法是「逛一次遊樂場」、「去一次中國」，數量補語的位置在述語和賓語之間。

泰北華語的以上幾種語序與泰語基本一致，確證漢語系統中最穩定的語法系統，在複雜的生態環境中本質的生態特徵也不可避免地產生了變異。這樣的事實有力地說明了語言與生態環境的相互作用對語言的嬗變具有何等重要的意義。

第七章　生態漢字系統

　　言語一發即逝，沒辦法存留下來，人們便想出各種方法來記錄言語信息，文字便是其中之一。毫無疑問，只要是人類，就必定有語言；但並非有了語言，就一定會有記錄言語的文字。在這 21 世紀科技如此發達的今天，我們這個星球上仍然存在沒有文字的民族；已經使用文字的絕大多數國家或民族，其文字並非源於自造，而是借用或改造外來文字。例如日文平假名源於漢字草書，片假名則源於漢字楷書。有的自源文字被借用一變再變，為世界許多國家或民族廣泛使用。大約公元前 13 世紀，腓尼基人創造了人類歷史上第一批字母文字，腓尼基字母是世界字母文字的開端。在西方，它派生出古希臘字母，以古希臘字母為基礎發展出拉丁字母和斯拉夫字母。而希臘字母和拉丁字母是所有西方國家字母的基礎。在東方，它派生出阿拉美亞字母，由此又演化出印度、阿拉伯、希伯萊、波斯等民族字母，以及中國的維吾爾、蒙古、滿文字母。而腓尼基字母則是依據古埃及的圖畫文字創造的。由此可見自源文字對人類文明的影響有多麼深遠多麼難能可貴。不過，腓尼基字母文字早已消亡，而黃河流域中國古代華夏民族所創造的漢字，卻是世界上唯一保持至今仍在使用的自源文字。

　　自源文字的產生並非語言的需要，而是由於使用語言的特定人群的需要。人類在沒有文字的環境中，以語言為主要的信息交流手段，度過了數萬年漫長的歲月。在如此漫長的歲月中，人類與其生存環境相互作用相互協同，彼此都在不斷地變化。只有當環境發展到一定的水平，人類的智力也進化到相當的高

度，為了保持與環境的動態平衡，才會產生創造文字的動力。因此，文字的產生，是特定人群與特定生態環境相互作用的結果。

人類最初是在原始的自然環境中生活。為了生存，同一血緣關係的個體必須結成群體，一個群體就是一個社會的雛形。許多不同血緣關係的氏族和部落為了爭取生存的空間和資源，相互鬥爭與融合，形成了比較複雜的社會結構，每一個個體都是特定社會結構的產物。不同的社會環境產生不同的文化，同一社會群體使用的語言，無不浸透該社會結構孕育的文化。自源文字的產生，是自然、社會、文化發展到一定水平的結果，但自然、社會、文化發展到一定水平，並不會必然產生文字。在生態語言系統中，只有人群系統具有認知意念和主觀能動性，因此，除了各個環境層次的各種因子的作用之外，人群系統的創造力和認知水平，是文字產生的決定性因素。自然環境、社會環境、文化環境不斷增長的信息源源不竭地傳輸給人群系統，人群在這些信息的作用下大腦功能不斷進化，他們先是用符號和圖畫記錄言語語義，符號和圖畫是人群智力創造的成果。人群智力創造的成果反過來作用於自然環境、社會環境和文化環境，成為環境進化的推動力。人群系統在環境進化水平提升的過程中不斷改進、增長和完善原始的符號和圖畫，這些原始的符號和圖畫經過漫長的時間錘鍊，逐漸形成了比較系統的文字。凡是創造自源文字的民族，其生存的環境必然已發展到迫切需要文字的水平，其創造力和認知水平也必然達到了那個時代的高峰。漢字是華夏民族與所在的生態環境相互作用相互協同不斷進化的產物，更是華夏民族聰明才智的證明與創造力的體現。

第一節　生態環境與漢字起源

任何民族的生態語言系統並不必然產生記錄該民族言語的文字，但任何自源文字的產生，必定是該民族的人群系統與自然系統、社會系統、文化系統、語言系統相互作用的結果。因此，要弄明白生活在黃河流域的古代華夏民族為什麼創造了漢字，必須對當時的自然、社會、文化、語言狀況以及華夏民族的由來和動態加以考察，瞭解各個環境層次中各種因子之間的相互關係和作用，才能進一步探索漢字起源、發展、成熟、優化，持續使用數千年至今長盛不衰的機制以及與不斷變化的生態環境保持動態平衡的奧秘所在。

一、生態環境

　　歐亞大陸板塊與印度洋板塊碰撞，使喜馬拉雅山脈崛起並形成了青藏高原。亞洲大陸的地形由西向東從高到低呈現為三級階梯，氣候也發生明顯變化。由於喜馬拉雅山脈和青藏高原的崛起，其西部和北部乾燥少雨，形成戈壁沙漠。乾燥的西北風卷帶大量的沙塵沉降到中國的西北部，這裡的地理環境和氣候條件使動植物的生長繁殖比較艱難。在春夏季節，太平洋上的風吹向東亞大陸，帶來動植物生長繁殖必須的雨水，在南方約 80 到 90 英寸，北方約 20 英寸。〔註1〕每年冬季乾冷的西北風與春夏溫暖濕潤的東南風在這裡交替轉換，這是形成中國大陸氣候特點的主要原因。

　　亞洲大陸西部的抬升使亞洲內陸變得乾旱，並且形成了新疆的戈壁沙漠和乾旱的蒙古高原。乾燥的西北風捲起戈壁沙塵向東運動沉降形成黃土高原，黃土的厚度有的超過 500 英尺，〔註2〕為農耕文化的產生奠定了必不可少的物質基礎。西高東低的地理形勢和太平洋上東南季風帶來的降雨造就了黃河、長江兩大水系，這為農耕文化的產生和發展提供了強大動力。

　　末次冰期結束，全球變暖，冰川融化，海平面升高，日本列島與大陸分離，中國東部海岸線向西退縮，形成了中國地理、氣候、物種多樣性的自然生態環境系統。從太平洋上進入大陸的東南季風降雨量由東向西逐漸減少，因此茂盛的森林基本上分布於中國的東半部，而乾旱的西部地區基本上是草地和灌木叢，只有冰雪消融具有豐沛水源的山區針葉林才能生長。遠古時期，中國東部的森林從北到南有大興安嶺北段的寒溫帶林、東北的溫帶林、華北的暖溫帶林、華中和西南的亞熱帶林以及華南的熱帶林。茂密的森林為人類以及物種多樣性的發展提供了廣袤的生存空間。氣候學家通過對樹木的年輪、冰層、湖底的沉積層、濕地、沼澤等等證據的研究，重建了遠古的氣候。考古證據表明，中國大陸在公元前 6000 年至公元前 1000 年是以往 1.8 萬年中最溫暖濕潤的時段。從那時起直至 20 世紀，隨著東南季風逐漸式微，中國整體上經歷了一個越來越乾燥寒冷的過程。氣候的變化必然影響到森林生態結構的變化以及許多物種的生存狀態，在公元前 6000 年的華北平原生長著茂密的

〔註 1〕〔美〕馬立博著，關永強、高麗潔譯《中國環境史：從史前到現代》，北京：中國人民大學出版社，2015 年 10 月版，第 18 頁。

〔註 2〕〔美〕馬立博著，關永強、高麗潔譯《中國環境史：從史前到現代》，北京：中國人民大學出版社，2015 年 10 月版，第 26 頁。

竹林，生活著鱷魚、犀牛和亞洲象，但是現在都已看不到了。〔註3〕

　　距今約 170 萬年前的雲南元謀人會使用火，還用粗陋的石器狩獵。約 100 萬年前，陝西藍田人使用簡單的打製石器狩獵。約 50 萬年前，北京猿人也會使用火，還會製造粗糙的石質工具從事狩獵。約 3 萬年前，北京山頂洞人會製造較為精緻的石器和縫紉工具，不僅狩獵野獸還捕撈魚類。山頂洞人被認為是蒙古人種。現代人類（智人）走出非洲經東南亞進入東亞時，元謀人、藍田人、北京猿人等早期人類大約在 5 萬年前已從亞洲大陸消失。定居在東亞大陸的族群，從南到北並非土生土長，都來源於非洲，為了生存，不得不進行狩獵與採集。末次冰期結束全球變暖，為動植物的生長繁衍提供了合適的環境，人類在以狩獵為主的同時，採集穀類植物的活動和經驗的積累，為農業的興起和發展準備了條件。中國農業的興起在北方黃河流域是人工栽培稷（包括粟和黍）；在南方長江流域則是把多年生野生水稻改造為一年生人工培植的水稻。新石器時代中國北方今甘肅、陝西和山西西部，是沙塵暴沉降的沙土累積起來的黃土高原，土層厚度達 250 米，這裡沒有森林而只有低矮的蒿叢。〔註4〕考古學研究顯示，距今 8000 至 7000 年前，隨著黃土高原氣候變暖和雨水增多，稷的栽培已在這裡得到發展。〔註5〕文獻記載的炎黃時期處於新石器時代晚期，新石器時代西安半坡農業村落文化遺址距今約 7000 至 5000 年，出土的罐、甕中存放著粟。臨潼的姜寨遺址還發現了黍。可證 5000 年前居住於今陝西一帶的炎黃族群在當時的自然生態環境中，已經從事農業經濟活動，並創造了早期的農耕文化。掌握了先進農耕技術的炎黃族群不斷發展壯大並向東擴展，與黃河下游的東夷族群鬥爭並融合，成為華夏民族的雛形。文獻記載的堯舜禹時期處於新石器時代末期，炎黃族群與東夷族群結成了部落聯盟，東夷族群的皋陶、益成為部落聯盟的骨幹。大禹時期，進一步融合了南方一部分苗蠻族群，因此，炎黃族群、東夷族群、苗蠻族群構成了華夏民族的主體。原始社會末期，農業生產的發展促進了手工業的獨立和發展，農業和手工業的發展又促進了

〔註3〕〔美〕馬立博著，關永強、高麗潔譯《中國環境史：從史前到現代》，北京：中國人民大學出版社，2015 年 10 月版，第 39 頁。

〔註4〕〔美〕馬立博著，關永強、高麗潔譯《中國環境史：從史前到現代》，北京：中國人民大學出版社，2015 年 10 月版，第 41 頁。

〔註5〕〔美〕馬立博著，關永強、高麗潔譯《中國環境史：從史前到現代》，北京：中國人民大學出版社，2015 年 10 月版，第 42 頁。

商品經濟的繁榮，社會財富積累增多，私有制產生，部落聯盟被奴隸制國家取代。在從狩獵採集到農耕生產的重大變革過程中，原始的自然環境孕育並推動了人群構建新的社會結構和文化，而漢字的產生則是社會和文化發展到一定水平的表徵。

二、漢字起源

關於漢字起源的文字記載最早見於《易·繫辭下》：「上古結繩而治，後世聖人易之以書契。」結繩只是幫助記事的一種方法，並非文字符號。距今 7000 至 5000 年的仰韶文化臨潼姜寨遺址出土的彩陶缽口沿黑寬帶紋上，有 50 多種刻畫符號，明顯蘊含語義信息，雖然有的符號未能破譯其確切含義，無疑是原始漢字產生的濫觴。距今 6500 至 4500 年的大汶口文化莒縣陵陽河遺址出土的陶器上有語義明確的刻符，這是迄今為止已發現的最早的漢字。《說文解字·序》說：「古者包羲氏之王天下也，仰則觀象於天，俯則觀法於地，視鳥獸之文與地之宜，近取諸身，遠取諸物，於是始作《易》八卦，以垂憲象。及神農氏，結繩為治，而統其事，庶業其繁，飾偽萌生。黃帝之史官倉頡，見鳥獸蹄迒之跡，知分理之可相別異也，初造書契。」包羲氏娶少典，生黃帝、炎帝。黃帝史官倉頡所在時代距今約 4700 年，與莒縣陵陽河陶器刻符的時代相當，因此，倉頡整理漢字的可信度很大。錢塘江流域距今 5300 至 4500 年的良渚文化陶器、玉器上，出現了為數不少的單個或成組具有表意功能的刻符，被認為是原始文字。良渚古城遺址於 2019 年 7 月 6 日 10 時 42 分被聯合國教科文組織通過，列入《世界遺產名錄》，5000 年的中國文明不再只是神話傳說，而是具有世界公認的考古實證。距今 4300 至 4000 年的山西襄汾陶寺遺址出土的陶扁壺上，有用朱砂書寫的可釋為「文堯」的象形文字。安陽殷墟出土的甲骨片上也有不少用朱砂書寫的文字。從南到北的考古發現，證實漢字在新石器時代晚期已經產生。漢字並非倉頡一人所造，但倉頡對當時的文字曾進行過系統整理應是可信的。從那時直到殷商後期，漢字逐漸形成成熟的體系，歷時將近兩千年。

圖 7.1 仰韶文化西安半坡陶器刻符

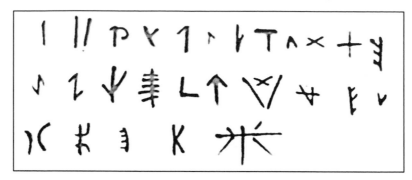

圖 7.2 仰韶文化臨潼姜寨陶器刻符

圖 7.3 大汶口文化陶器刻符

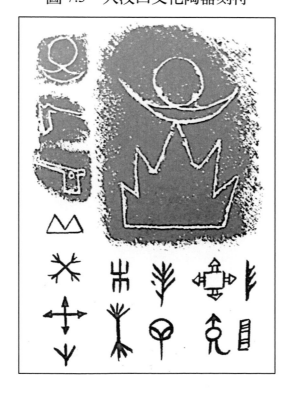

第二節　生態漢字系統的結構與功能

　　人類生存發展的歷史，在生態學意義上就是一部破壞自然生態，犧牲自然環境，從而建立人類社會的歷史。當人類以狩獵和採集為生存手段的時候，對自然環境幾乎沒有造成危害。隨著農業、手工業的興起和商業的繁榮，人類砍伐、焚燒森林，開墾荒地種植莊稼，開發自然資源作為手工業原料和交換的商品，自然結構遭到人為破壞，自然結構與人類建立的社會結構之間就不可避免地產生了矛盾運動。然而，人類社會是以自然環境為基礎的上層建築，一旦自然環境被徹底摧毀，人類社會也就不復存在，因此，自然結構與人類社會結構必須交流信息，相互協同，才能維持生態系統的動態平衡，為人類提供生存和發展的空間。

　　特定的社會結構孕育和催生特定的文化，可是，文化高度發展的社會並不必然產生自源文字。例如，作為原生形態文明之一的南美洲秘魯的印加文明，雖已建立了強大的帝國，並沒有創造和使用文字；好些游牧民族如中國北方的匈奴，其初期文明雖然建立了國家，也沒有自創的文字。看來，作為文化表徵的自源文字，不只是由於社會因子和文化因子的作用，應當還有更深層次的原因——自然環境是常常被忽視的重要因素。

　　從自然條件看，人類的自源文字全部產生於北半球，緯度在 15 度到 35 度之間。這些緯度的地區處於熱帶、亞熱帶，氣溫適度，水源充足，有利於農業的發展。除中美洲叢林隱蔽的瑪雅文而外，所有的自源文字都產生於水量充沛的江河流域。楔形文字產生於西亞底格里斯與幼發拉底兩河流域；聖書字產生於非洲的尼羅河兩岸；印章文字產生於南亞的印度河流域；漢字則在東亞的黃河流域誕生。

　　從文化背景看，自源文字都以農耕社會孕育的農業文明為基礎，農業文明是催生自源文字的強大動力，而農業必須以充足的水源為後盾。可以說自源文字是以豐沛的水源澆灌出的碩果。但瑪雅文字例外，瑪雅人在中美洲的叢林中不以大江大河為依託，是因為他們從事的農業是以種植比較耐旱的玉米為主，以及他們具有高超的儲水技術。然而，由於沒有大江大河作為持續發展的依託，水源一旦枯竭就不得不多次遷徙，瑪雅文明也就消亡了。

　　千百年來人類為了生存而對養育自身的大自然不斷進行開發利用，但到了20 世紀中葉，忽然發現高度發展的社會物質文明反而威脅著人類的生存。人類

為了拯救自己，不得不重新認識並調整自身與生態環境的關係。這樣，系統生態學的原理就被廣泛應用於人類活動領域的方方面面。生態學的原理滲透到各個學科領域，為科學研究的綜合發展開闢了廣闊的前景。

漢字是世界上現存文字中最富於藝術性的有很高審美價值的文字，也是世界上所有自源文字中唯一仍在使用的文字。它為中華民族古老文化的建設和傳承做出了不朽的貢獻，在當前我國人民的物質文明和精神文明建設中，仍然發揮著重要作用。但是，由於現代信息傳播技術的高速發展，一部分學者認為漢字難學難寫難認，對漢字是否能適應高科技時代心存疑慮，有的學者甚至主張以拼音文字取代漢字。這樣，漢字與社會究竟存在什麼關係，中國的文化如果沒有漢字將會是什麼前景，應該怎樣正確評價漢字的功能，就成為漢字學迫切需要研究的課題。從東漢許慎的《說文解字》算起，漢字的研究已有將近兩千年的歷史，專家學者燦若星雲，論文著作汗牛充棟，其成績是舉世公認的。然而，長期以來，學者們對漢字的探討，基本上是就漢字論漢字的純文字學研究。這種研究僅限於探討漢字體系內部的結構和規律，至於影響漢字演變的外部環境因素，論之綦少甚至完全被忽略。因此，傳統漢字學的研究工作是不全面的，這就勢必影響到對漢字嬗變規律的全面認識和對漢字功能的正確考量。20 世紀 80 年代的文化熱使不少學者將漢字與中國文化聯繫起來，這就打破了純文字學研究的一統天下，給漢字的研究帶來一股新鮮空氣。這是一個進步，但僅僅邁出這一步是遠遠不夠的。

一、結構與聯繫

實際上，漢字並不是孤立存在的，它的產生和嬗變與自然、社會、文化、漢語、人群等環境因素密切相關。根據系統生態學的原理，應當把漢字及其存在的環境作為一個整體來進行多層次多角度的考察，全面深入地探討漢字變化發展的根本原因、方式、目的和規律，為漢字的綜合研究開拓廣闊的前景。根據生態學原理運用現代科學方法對漢字進行綜合研究的學科，我謂之生態漢字學。這裡不擬展開對這門學科的論述，僅簡要介紹一下生態漢字系統的有關內容。

漢字系統與它所存在的環境系統共同構成了生態漢字系統。漢字系統所存在的環境系統，我謂之漢字的外生態環境系統；對任一漢字而言，漢字系統內的其他漢字及其相互關係構成這一漢字的內生態環境系統。漢字的外生

態環境系統包括自在環境系統和自為環境系統。漢字的內、外生態環境簡稱生態環境。生態漢字系統是在一定時空條件下存在的漢字符號體系，通過人群主體與特定環境系統進行物質、能量、信息交換，相互聯繫，相互作用而構成的動態有機系統。生態漢字系統理論探討漢字與環境相互作用的表現形態、運動方式、運動的原因、目的和規律，揭示漢字與環境互動演進的生態學意義，從漢字與環境的相互關係入手考察漢字，分析漢字，闡釋漢字，以科學手段挖掘漢字的潛能，使漢字對社會和文化的發展發揮更大的作用。

　　生態漢字系統由處於底層的自在環境系統，處於中層的自為環境系統和處於上層的漢字系統等三個子系統構成。自在環境系統包括自然系統和非自然系統。自然系統由非生物、微生物和一般生物三個層級構成。非自然系統也有三個層級，由低到高依次為社會結構、文化結構和漢語結構。自為環境系統即人群系統，這是生態漢字系統中的能動結構，也是處於自在環境系統與漢字系統之間的中介層級。它一方面從自在環境系統攝取能量信息，同時自身也不斷產生新信息，而且把吸收到的各種信息進行篩選、加工、處理，輸入漢字系統；另一方面，人群系統又運用漢字系統向自在環境系統傳播能量信息，並且反作用於人群自身，重新調整能量信息在人群的不同層次、不同集團中的分布，推動人群的進步。漢字系統在運動過程中，通過人群系統對自在環境做功，使自在環境的各個層級不斷有序化，進而促進整個生態漢字系統的優化。生態漢字系統的基本結構層級可以借助金字塔形表示如下：

圖 7.4　生態漢字系統結構示意圖

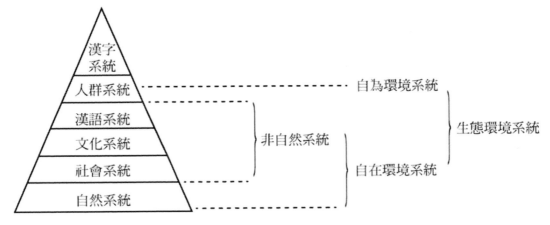

　　漢字系統從低到高由形體、規則、內容三個層級構成。漢字形體是最基本的層級，它是構成漢字系統的物質基礎。這個層級由字元、字素和字符三個層

次構成。字元是長短曲直形態不同的線段，新石器晚期陶文和殷商時期的甲骨文都是由長短曲直形態不同的線段構成的。戰國時期的簡帛文出現了後世所謂的筆劃，筆劃雖然形態各異，但仍然是長短不同的線段。筆劃是構成漢代以降漢字形體最基本的建築材料，數萬個漢字都是由點、橫、豎、撇、捺、鉤、挑等基本筆劃構成的。字元絕大多數不負載語音或語義信息，主要作為構成字素的材料。字素是負載有一定語音、語義和文化信息的符號，它主要作為構成字符的結構部件，還可單獨充當字符。字符主要由字元或字素組合構成，也可以由字元或字素單獨充當，但字元極少充當字符，而字素充當字符的情況較多。任何字符都一定負載或多或少的語音、語義及社會、文化等等功能信息。在特定文本環境中，所謂空載字符仍然具有功能信息。在字符層次上，可以按不同的特徵聚合成類，稱為字類。但字類只是字符的橫向集合，不是高於字符的結構層次。如按部首編排字典，按字音編排韻書，就是根據相似特徵集合歸類的。規則層級也包含三個層次，即結構規則、書寫規則和價值規則。結構規則是字符結構成份相互組合的條例和方法。書寫規則是字符形體在承受材料上的空間位置按時間推移展開的秩序，包括單個字符內各個結構部件的相對空間位置以及多個字符相對空間位置隨時間陳設的秩序。價值規則包括區別規則、經濟規則和審美規則。字符形體在這些規則的支配下，力求避免形體雷同，儘量節省構造材料，在與對應語詞信息保持動態平衡的前提下，追求字形美觀。漢字系統的最高層級是內容。內容層級包括字符形體負載的言語信息、文化信息和情感信息三個層次。內容可以與字符形體毫無聯繫，這是硬性規定的無動機的內容；也有與字符形體相聯繫的，這是約定初始就有動機的內容。言語信息包括字符創造、嬗變及其與對應語詞互動的相關信息。文化信息是指廣義的古今文化範疇凝結於字符的意識形態、社會政治經濟信息。情感信息是人群系統賦予字符的主觀意識和情態。

　　生態漢字系統中各個子系統信息互通，相互聯繫，相互作用，相互協同，相互影響；各子系統內各個層級之間同樣信息互通，相互聯繫，相互作用，相互協同，相互影響；整個系統的所有同構層級之間也信息互通，相互聯繫，相互作用，相互協同，相互影響。在這樣一個縱橫交錯的信息網絡中，任何環節上的變化都受到其他環節的作用和影響，而任何環節上的變化也對其他環節的

信息分布和運動變化產生作用和影響。因此，任何字符的運動變化都不是無緣無故的孤立行為，都在不同程度上表徵著漢字生態系統的運動變化。這就為科學闡釋漢字的嬗變提供了強有力的理論依據，開拓了考察和研究漢字的多維視角和廣闊視野。

二、調節與進化

　　一切系統無時無刻不在運動變化，運動變化一旦停止，就意味著系統的崩潰和消亡；但一切系統又都存在穩定化的趨勢，系統如果不能維持穩定，結構就會解體，系統同樣消亡。這就迫使一切系統與環境之間物質、能量、信息的交流必須保持衡量，系統才能處於動態穩定。這種狀態即生態系統的動態平衡。要保持生態系統的動態平衡，就在於系統與環境之間的物質流、能量流、信息流必須有一定的數量界定和秩序，在這個限度內，系統才能維持一定的結構與功能，從而具備相對的穩定性。

　　運動是一切物質的基本屬性，物質的運動必然產生能量的變化，而能量的變化攜帶著物質、能量的信息。信息必須以物質、能量的變化為載體，當它通過載體時，形成對物質、能量的組織和控制，使無序的物質、能量被組織成按特定方式排列分布的有序流程。在生態漢字系統中，自為環境即人群系統從自在環境獲取信息，然後進行篩選、過濾、儲存、加工並產生新信息。它一方面輸送信息給漢字系統，另一方面又反饋信息作用於自在環境。漢字系統通過自為環境一方面吸收自在環境信息和人群系統創造的新信息，同時又在自為環境和自在環境中傳播信息，並且調節自為環境以及自為環境與自在環境的相互關係。漢字系統與生態環境之間的有機聯繫是一種合乎系統生存目的的、有選擇的聯繫，系統具有選擇能力的前提是結構和功能的組織化、有序化和複雜化。

　　生態漢字系統是一個具有自調節能力的開放系統，又是一個耗散結構。在線性非平衡區，系統內部各元素以及系統與環境相互作用的不平衡所形成的干擾，促使系統偏離穩定態，但系統具有的抗干擾能力使隨機漲落造成的偏差衰減直至消失，從而回歸穩定態。在遠離平衡的非線性區，微漲落由於相干效應被放大為巨漲落，巨漲落的作用力一旦超過系統回歸的作用力，就會使系統躍遷到一個新的穩定態，形成新結構。在系統嬗變的分支點附近，隨機的漲落可以產生多個宏觀有序結構，提供系統嬗變的多個方向，系統與環境相互選擇的

結果，可能保留下一種結構，也可能出現多種結構並存的局面。漲落機會存在於漢字的具體運用之中，漢字系統通過人群主體在不斷的運用過程之中與環境相互選擇，協同進化。相互選擇，協同進化的機制是信息的反饋。信息的反饋是系統自我調節的前提。系統的功能目的決定著系統的行為選擇，在嬗變的分支點以內，當信息輸出與預定目的出現偏差時，通過負反饋調節系統內部行為，排除干擾，提高系統對環境的適應性，維持系統的穩定。如果環境突變，外力因素超過自調能力，系統的崩潰就難以避免。超過嬗變的分支點以後，系統通過正反饋以隨機的漲落探索和發現新的穩定態，把微漲落放大為巨漲落，實現結構的創新。系統調節能力的大小，取決於系統結構成份的多樣性、網絡的複雜度、能量的儲存度、信息的負載度和有序度以及反饋機制的靈敏度。

世界上的一切系統都毫無例外地存在著由低級到高級的進化過程，系統自我保持的價值要求導致系統的合目的性運動。系統的進化過程就是價值導引的合目的性與合規律性相統一的過程。實質上，也就是使能量和信息盡可能最大化地通過系統的運動過程。因此，功能尺度是衡量系統進化水平的標準。

漢字的進化有兩個方面。一是適應進化，這是漢字系統在總能量大致保持穩定的情況下，與環境系統相互作用而發生的運動變化。其實質是保證系統在多變的環境中處於動態穩定地位。進化結果改善了系統與環境的相互關係，使漢字在特定環境裏具有得天獨厚的適應能力，保持了在特定環境中的生態優勢，能夠抵禦其他文字系統的外來衝擊，但攝取能量和信息的能力並沒有顯著提高。由於系統穩定性增強，慣性增大，創新能力則降低，故這種達到「頂級狀態」的系統在整體上很難實現功能的突破性飛躍。

再是等級進化，這是漢字系統不斷提高自身儲存能量信息和做功能力的運動過程。漢字系統分布地域愈廣，使用漢字的人口愈多，表明該系統佔有廣泛而豐富的能源和信息源，具有較強的進化潛力。但進化受系統內外多種因素的制約，所以具有進化潛力並不能預定進化的必然結果。能源信息源的變化及系統攝取能量信息能力的變化，都影響到做功水平，進而影響到進化水平。從歷時看，等級進化是一個從低級到高級發展的不可逆過程，但並不排除某些漢字功能等級的退化甚至消亡；從共時看，並不因為高級系統的出現低級系統的文字就自然消亡。不同等級的漢字系統以不同的生態形式相互影響，相互作用，優勝劣汰，競爭求存。

漢字在同一時代和不同的時代都有不同的生態結構和形態，甚至物質載體不同，結構形態也不一樣。陶器、甲骨、銅器、竹木、石頭、絹帛、紙張等不同物質載體上的漢字，結構和形態都有差異，這些差異都是漢字系統數千年來與生態環境協同進化的成果。漢字在殷商時期形成系統之後，隨著經濟的發展，社會的進步和文化的繁榮，功能不斷強化。商周時期漢字基本上只在中原地區流行，而清代就擴展到西自蔥嶺，東到海濱，北起內蒙，南達西沙的遼闊疆域。使用漢字的人口數也在不斷增長，漢字體系從遠古的華夏民族創造運用發展到現代擁有數十個兄弟民族共同使用，目前僅中國境內以漢字為主要書面表達手段的人數就超過 10 億。現代科技的飛速發展不斷改變著漢字系統的生態環境，研究漢字系統與生態環境的相互關係事關漢字的現狀與未來，是中華民族文化建設不容忽視的重要課題。

三、生態位與功能級

任何一個漢字都可與特定環境整合為一定的生態位，在不同的環境中，一個漢字可以與不同環境整合為多個不同的生態位。佔有較多生態位的漢字，做功能力較強，生存能力也較強。漢字與環境的關係直接與漢字的功能狀態相關聯，對特定漢字在各種不同環境條件下的功能狀態的考察，是認識漢字形體嬗變動因與規律的主要依據。功能狀態不同，表明漢字與環境因素的作用方式和作用力的強弱存在差異。漢字與環境的相互作用是產生生態變體的根本原因，因此，漢字生態位本質上就是具有一定時空分布的漢字生態變體與一定環境因素共同構成具有等級取向的功能整合體。確定漢字生態位重在考察漢字在一定環境條件下的時空分布狀況，具有相同時空分布的漢字處於同一生態位，因此漢字生態位可能部分重疊或完全重疊。處於同一生態位的漢字既可能相互競爭，也可能長期共存。生態漢字系統是漢字系統與一定環境系統的功能整合體，因此，生態漢字系統是一種典型的漢字生態位。生態位理論完全適用於生態漢字系統。

漢字在與環境相互試探、選擇、整合的過程中，不斷調節作用方式和生態形式，以求建立相互之間最適當的關係網絡。環境是變化發展的，它與漢字的關係也處於永恆的變化調整之中，因而漢字為著生存也不能不變化，並且在變化中總是受功能目的導引尋求與環境最大限度的適應，追求最佳生態位。漢字生態位的功能實質和運動取向為漢字功能級理論和漢字進化理論奠定了基礎。

生態位不同，功能水平固然不一致；具有相同生態位的漢字由於與環境的作用方式和作用力大小不同，功能水平也不可能相等。功能水平不一致的根本原因是不同的漢字對環境信息利用能力的強弱不同。漢字系統是對漢語系統功能上的擴展與補充，是人群主體對環境信息的利用向更深更廣領域開拓過程中的產物。從宏觀看，漢字系統對環境信息的利用能力也處於逐步增長的進化過程之中。漢字對能量信息的利用能力標誌著它的做功能力。一個漢字佔有能源與信息源的多少和攝取能量信息量的大小，決定其理論功能級的高低。

漢字的功能級是衡量漢字功能水平高低的理論標準，它與下列因素有關：

1. 特定漢字分布的地域寬廣度；
2. 特定漢字存在的歷時長度；
3. 以特定漢字表達母語的人口數；
4. 特定漢字的社會層次覆蓋率；
5. 使用特定漢字的總人口數的空間分布。

有關數據可以通過歷史資料查閱和社會抽樣調查獲取，然後利用矩陣求出功能系數。功能系數即漢字做功能力的理論標讀數。它可以標示不同性質的文字系統功能級的相對高低，也可以標示同一文字系統內各個文字的功能級的相對高低。如果建立相關數據庫，利用大數據進行考察，能夠更全面地瞭解和探索漢字嬗變的動態與規律。功能級理論有助於把握漢字的運動取向與合目的性特徵，便於深入揭示漢字與環境的作用方式和規律，為漢字預測提供理論依據。

第三節　漢字的生態結構類型

漢字並非漢語必然產生，但漢字與漢語必然關係密切，因為漢字實質上是漢語盡可能最大化獲取能量信息能力的拓展與昇華。漢語有了漢字作為記錄的符號，其獲取能量信息就不再受空間和時間的束縛，漢語的語音和語義也就不可避免地與漢字符號發生密切的對應聯繫，以利於能量信息在無限的空間與時間裏運動傳播，為漢語的生存和發展開拓更為廣袤更為自由的天地。人群主體在造字之初，就注意到用漢字表示漢語語詞的語音和語義，所謂字音、字義，造字之初就是漢字所記錄語詞的語音和語義。

漢語有音無形，漢字有形無音，漢字的讀音是造字的人群主體為便於記錄

漢語信息而賦予的。形音互補為語義傳播插上了雙翅，語義信息能夠在更為廣袤的時空中傳播，顯然是因為漢字的產生衝破了時空的侷限，大大增強了漢語的生命力。環境在運動變化，與環境相互作用的漢語不能不運動變化，漢語的音、義在不斷地運動變化，記錄漢語音、義的漢字也不能不運動變化。古今漢字異形異音是完全正常的現象，如果一個漢字從三千年前至今形、音、義毫無改變那才真是咄咄怪事。漢字記錄漢語實質上是漢語做功能力的拓展與強化，同時也是漢字獲得生命力並且維持生存的根源，什麼時候漢字不能適應漢語音義的變化，不能記錄、儲存、加工和傳播漢語信息，那就表明漢字的生命力已經衰竭，消亡也就在所難免了。

　　由於漢字的形、音、義與漢語有著如此緊密的聯繫，學界在探索漢字性質的時候都在形、音、義的相互關係上絞盡腦汁。有一部分漢字的字形在造字之初就含有對應語詞的某些信息，並用符號將這些信息形象化，於是有的學者認為漢字是象形文字。然而象形符號並非僅僅描寫事物的形貌，而是借助形貌圖像表示對應語詞的有關信息，何況傳統「六書」中象形字為數不多，因此漢字是象形文字之說後來為表意文字所取代。但漢字系統中不僅有表意符號，而且存在大量表音的符號，這是不容迴避的事實，意音文字之說於是應運而生。趙元任認為漢字是語素文字（《語言問題》，北京，商務印書館 1980 年 6 月版）。裘錫圭認為漢字是語素—音節文字（《文字學概要》（修訂本），北京，商務印書館 2013 年 7 月版）。漢字既記錄語素，又記錄音節，因為無論古代漢語還是現代漢語都有一些聯綿字和外來語音譯字，這些漢字對應的不是語素而是音節，似乎後說比較全面。不過，說漢字是音節文字理論上顯然站不住腳，事實也不能支持這種看法。任何文字都具有記錄信息的多功能潛力，要求每個漢字毫無例外完全與語素對應是不可能的，也是不科學的，一些漢字雖然記錄的不是語素而是音節，但這類音節仍然攜帶結構和語法信息，有的音節甚至負載文化信息或情感信息。《詩·周南·關雎》「關關」，毛傳：「和聲也。」孔穎達疏：「毛以為關關然聲音和美者，是雎鳩也。」[註 6]從現代語言學的詞法角度看，「關關」是個疊音詞，「關」是不負載語義的音節。其實它在特定的文本環境中表示鳥的和鳴聲，不僅負載語義信息，而且負載有雌雄相和男女相愛的文化信息。

〔註 6〕〔清〕阮元校刻《十三經注疏》，北京：中華書局，1980 年 10 月版，第 273 頁。

按現代語言學的觀點，「鴛鴦」這個語詞裏的「鴛」和「鴦」記錄的都是不負載語義的音節。但古代學者不這麼看，《說文・鳥部》「鴛」和「鴦」字條下分別說明這兩個字讀「夗聲」和「央聲」，其餘的釋文都一樣：「鴛鴦也。從鳥」。顯然，許慎認為這兩個漢字都負載了鳥的信息。《詩・小雅・鴛鴦》「鴛鴦于飛」，毛傳：「鴛鴦，匹鳥。」鄭玄箋：「匹鳥，言其止則相耦，飛則為雙，性馴耦也。」〔註7〕現代語言學對漢語語詞的分析完全不考慮語詞所在的具體生態環境，孤立地做脫離語境的純形式化考求；而古代學者長於隨文釋義，重視文本環境與語詞的相互聯繫，同一個語詞出現在不同的文本環境中，它的語義和結構關係就有可能不同。古代學者把漢字及其所處的環境作為一個整體來加以考察的做法，較之西方語言學脫離語境的純形式化考求，更接近生態學的基本原理。

即使結合語境考察漢字，言語流或文本中仍然存在不負載語義的音節。儘管無語義的純音節並不多，但必須接受漢字記錄空載音節是客觀存在的事實。漢字記錄空載音節既是漢語維持系統格局的需要，也是漢語語詞複音化趨勢的催動，更是漢字多功能潛力的體現。決定漢字性質的主要依據是絕大多數漢字都記錄語素，至於很少一部分漢字記錄音節，那是漢字功能的擴展。漢語是沒有形態變化的語言，空載音節作為語法手段使單音語詞變成複音語詞；漢語是富於審美的語言，空載音節作為羨美手段推動漢語的樂音化；漢語是富於情感的語言，空載音節有利於表達複雜的感情。同一個漢字在此環境中對應的是一個空載音節，而在彼環境中卻對應的是一個語素。如《莊子・秋水》「於是焉河伯始旋其面目，望洋向若而歎曰……」，其中「望」記錄的是一個音節；而《論語・子張》「君子有三變：望之儼然，即之也溫，聽其言也厲」，這個「望」記錄的是一個語素。同一個漢字與不同環境因素整合為不同的生態位，表明這個漢字具有較強的利用環境信息的能力和做功的能力，因此，同一個漢字既可記錄語素又可記錄音節是該漢字功能強化的表現。這並非個例而是普遍事實：漢字系統中凡是記錄空載音節的漢字都能記錄語素。漢字以記錄語素為主的多功能屬性這一本質特徵決定了漢字是語素文字。

傳統「六書」理論自漢代以來影響深遠，清儒對「六書」的研究達到高峰，但學者各執己見，尤其是對「轉注」的理解，更是異說紛呈，莫衷一是。第一

〔註7〕〔清〕阮元校刻《十三經注疏》，北京：中華書局，1980 年 10 月版，第 480 頁。

個跳出「六書」圈子的唐蘭提出「三書」說（《中國文字學》，上海，上海古籍出版社 2001 年 6 月版），然而「三書」不能完整概括漢字的類型。裘錫圭在他的《文字學概要》裏提出新「三書」說，把漢字分成表意字、假借字和形聲字三類，並且指出還有記號字、半記號字、變體表音字、合音字和兩聲字等五類不能納入新「三書」的文字。這樣一來，「三書」變成了「八書」，漢字類型人為地複雜化了。

漢字系統作為漢語系統的功能擴展體系，漢字字符結構必須最大化地體現與對應語素的音義和文化信息的聯繫。兩者聯繫的功能側重點及多功能狀態分布，是劃分漢字生態結構類型的唯一標準。根據這一標準，漢字具有表意、表音、意音兼表、記號等四種生態結構類型。

一、表意型

表意型漢字包括傳統「六書」的指事字、象形字和會意字。裘錫圭分表意字為抽象字、象物字、指示字、象物字式的象事字、會意字、變體字等六類。構成表意型漢字的字元或字素一定與對應的語素義相互聯繫。以字元對應語素義的漢字為數不多，如甲骨文「、（上、下）」在弧線或線段的上方或下方加上短線表示方位；甲骨文「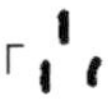（小）」以三條或四條短豎線表示「微小」的語素義。

絕大多數表意型漢字是以字素對應語素義。如甲骨文「山、水」都是以一個字素充當字符，分別與起伏的山峰和流水兩種語素義相對應。比較普遍的是用多個相互關聯的字素共同表示一個語素義。甲骨文「既」，左偏旁為食器，右偏旁是跪坐的人形，把食器和跪坐的人聯繫起來，這兩個字素共同表示人在就食的語素義。甲骨文「宿」，「」像房屋，「」裏有一個人的側面形體和「」，「」為簟席，這三個字素相互系聯共同表示人睡在室內簟席上這一語素義。金文「藝」，左上方是「木」，左下方是「土」，右邊是伸出兩手跪坐的人形。這三個字素共同表示人把植物種到土裏這一語素義。「興」甲骨文作「」，四隻手和一對象，五個字素共同表示眾手舉起重物這一語素義。「朝」甲骨文作「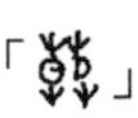」，四棵草中有日與月，六個字素共同表示清晨草原上日月共現的景象這一語素義。

以一個字素為主，在這個字素的某部位加上一個或多個字元，也能構成表

意型漢字。例如在字素「木」的上端加上一條線段就成為「末」，字素「木」與作為字元的上端線段共同對應樹的末梢這個語素義；在字素「木」的下端加上一條線段就成為「本」，字素「木」與作為字元的下端線段共同對應樹的根部這個語素義。「亦」甲骨文作「夾」，金文作「夾」，字素「夾」的左右兩邊各有作為字元的一或二條短線，它們共同表示人的兩腋這一語素義。

二、表音型

語言中一種語義與約定的語音相聯繫，聽到特定的語音立即會引起約定的語義聯想。漢字字符通常與約定的音義相聯繫，看到特定的字符立即會引起約定的音義聯想。這是很正常很普遍的現象。不過，並非所有的漢字字符都對應著約定的語音和語義，表意型漢字字符只對應一定的語素義，沒有提供任何語音信息。表音型漢字字符的功能有三種情況：只提供了語音信息；只提供了語義信息；同時提供了語義和語音信息。但是，表音型漢字字符提供的只是棄置不用的無效語義信息，提供的語音信息精確度也有限。這種字符就是傳統稱說的假借字。假借字和裘錫圭所說的變體表音字無疑都是表音型漢字。兩聲字「衙」、「冪」的「午、吾、己、其」四個字素都對應語音信息，與語素義毫不相干，它們也是表音型漢字。但《說文》所收的兩聲字「竊」、「齏」與「衙」、「冪」是兩回事。《說文・米部》：「竊，盜自中出曰竊。從穴，從米，卨、廿皆聲。」董蓮池《說文解字考正》引劉釗所考為從宀從米萬聲。〔註8〕《說文・韭部》：「齏，齏也。從韭，次、屰皆聲。」「竊」、「齏」既然都有字素對應語素義，那它們都是意音兼表型漢字。合音字的兩個字素若不對應語素義也是表音型漢字，但像「甭」、「嫑」、「嬲」這樣字素既對應語素義又對應語音的合音字，是意音兼表型漢字。裘錫圭所說的半記號半表音字「耻」和「幹」，其中「耳、榦」是記號，「止、干」兩個字素都標識語音，沒有語義信息，所以「耻」和「幹」也是表音型漢字。

假借字在殷商甲骨卜辭中普遍出現，在後代傳世文獻中也屢見不鮮，我們不能受字符提供的語義信息誤導，因為假借字只與語音信息相聯繫。歷來有「本無其字」的假借與「本有其字」的假借之分，「本有其字」的假借，是文本中用語音相同或相近的字符代替既有字符並被普遍接受的用字習慣。為了

〔註8〕董蓮池著《說文解字考正》，北京：作家出版社，2004年12月版，第283頁。

與「六書」的假借相區別，這種用字習慣被稱為「通假」。從漢字的功能目的考察，無論「本無其字」還是「本有其字」，無論是「六書」的假借還是文本用字的「通假」，無論其本字對應的是本義還是引申義，只要漢字字符提供的有效信息僅限於語音，該字就是表音型漢字。下面一段卜辭有 11 個字符，其中 7 個字符只有語音是有效信息：

貞今日壬申其雨之日允雨（《乙》三四一四）

甲骨文「貞」作「㫃」，象鼎器之形，假借為貞問之「貞」。「今」作「㫃」，象木鐸形，藉以表時間。「壬」作「工」，所象不明，借為天干之一。「申」作「㇏」，象電閃曲折形，借為地支之一。「其」作「㘱」，象簸箕之形，借為表推測的語氣詞。「之」作「㞢」，象人足於地有所往，借為指示代詞。「允」作「㠯」，徐中舒《甲骨文字典》第 958 頁：「象人頭頂有標誌之形。信也，用於驗辭。」這些字符最初肯定與特定的語素義相聯繫，但在這段卜辭中，只有語音是有效信息，因此，它們在這個特定的文本環境中都是表音型漢字。

與前修及時賢對漢字類型劃分的觀念不同，以往的學者劃分漢字類型持靜態不變的觀念，一個漢字一旦劃入什麼類型，就永遠是那種類型，而且為了確定某個漢字究竟歸屬某種類型爭論不休。這是脫離生態環境孤立研究漢字的必然結果。漢字的類型其實只是漢字在某些生態環境較常出現的一種表徵，但誰也不能保證同一個漢字只在某一生態環境不在其他環境出現。環境不同，漢字與環境的關係不同，漢字與環境相互作用力不一樣，漢字在不同生態環境中的功能狀態必然不同，其類型特徵也就不一樣。甲骨文「㽅」與清晨草原上日月共現的景象這一語素義相聯繫，據此，我把它歸入表意型漢字。如果「㽅」在某一特定文本中只有語音是有效信息，那麼它就是表音型漢字。如上文的「申」，如果在另一特定文本中與「陳述」語素義相聯繫，那它就不是表音型漢字，而是表意型漢字。

有人會問：一個漢字與不同的生態環境整合可能分屬不同的生態結構類型，那麼漢字類型的劃分還有什麼意義呢？答案是：漢字所屬的生態結構類型表徵漢字通常具有的主要功能，還表明漢字與特定生態環境構成了有利於自身生存發展的較為穩定的生態位，這有利於我們考察漢字與環境保持動態平衡的運動機制、特點與規律。同一個漢字與不同的生態環境整合分屬不同

的生態類型，這是由環境的不同特徵以及漢字的多功能屬性決定的。一個漢字與不同的生態環境整合無論產生多少個生態結構類型，都表明這個漢字對不同的生態環境具有較強的適應能力，佔據了較多的生態位。這有利於我們考察漢字功能的強弱消長變化與環境因素的關係，以及漢字字形、字音、字義的嬗變動因與規律。

當一個漢字與它所常出現的生態環境保持動態平衡，功能狀態相對穩定的時候，它所屬的生態結構類型也就相對穩定。當一個漢字經常出現在不同的生態環境中，佔據了多個生態位，功能泛化，它就可能分屬不同的生態結構類型。多個生態結構類型可能長期共存，也可能在生存競爭中保持其中一個生態結構類型。同一個漢字，在不同的歷史時段可能歸屬不同的生態結構類型；同一個歷史時段，同一個漢字在不同的地域也可能歸屬不同的生態結構類型；甚至在同一個歷史時段，同一個地域，同一個漢字在不同的文本環境中也可能歸屬不同的生態結構類型。漢字生態結構類型的動態穩定與嬗變，是漢字功能狀態在宏觀上的反映。

三、意音兼表型

這種類型的漢字，字符至少包含兩個字素，這樣才能兼顧對應語音和語素義。儘管現代漢字中形聲字占絕對優勢，但在殷商甲骨卜辭中為數尚少。形聲字的產生，以表意型和表音型漢字為基礎。裘錫圭《文字學概要》指出形聲字產生的四種途徑：在表意字上加注音符；把表意字字形的一部分改換成音符；在已有的文字上加注意符；改換形聲字偏旁。這樣，兼表意音的形聲字數量與日俱增，逐漸成為最能產的漢字生態類型。

一般說來，意音兼表型的漢字有一個字素表意，一個字素表音就完全符合經濟性原則了，但有些漢字表意或表音的字素不止一個，這有可能是在已有的形聲字上添加了意符或音符。這些有多個意符或音符的意音兼表型漢字，其意符或音符有的是不同歷史層次信息的累積，有的則是造字時的原始素材，並非暗示在同一生態環境中該字符同時對應多種語素義或多種語音。

出於經濟性原則考慮，表意或表音的字素人為地簡化結構成份，使本來結構完整的字素變得殘缺不全，傳統稱為「省形」與「省聲」。這樣做雖然減少了書寫的麻煩，但「省形」降低了字符與語素義對應的準確度，「省聲」則增

加了確定字符語音的難度，因此，這種得不償失的做法沒有推廣價值。《說文》中的「省形」與「省聲」依據小篆字形說解，如果不結合其他古文字資料考察，就不能瞭解漢字字符的嬗變與其信息分布、功能狀態及生態類型的變異息息相關。字符的嬗變一般有規律可循，但無規律的訛變也不罕見。例如「監」，《說文·臥部》：「臨下也。從臥，䘓省聲。」在漢代，構成「監」的一個字素被認為是「䘓」省去部分結構元素的音符，因而「監」是意音兼表型漢字。此字甲骨文作「𥃭」（《佚》九三二），金文作「𥃩」（《應監甗》），像人睜大眼睛對著盛水的器皿俯首照視。先秦時期「監」這個字符從人從目從皿會意，沒有與語音對應的字素，是個表意型漢字。

又如《說文·橐部》所收的五個字符作如下說解：

橐，囊也。從束，圂聲。

橐，囊也。從橐省，石聲。

囊，橐也。從橐省，襄省聲。

𣖖，車上大橐。從橐省，咎聲。

𣗄，囊張大皃。從橐省，匋省聲。

《毛公鼎》銘文「橐」作「𣘸」，像兩頭紮緊的口袋。按小篆字形這五個字符都應從「𣗭」。因此，正確的說解應是：

橐，囊也。從𣗭，圂省聲。

橐，囊也。從𣗭，石聲。

囊，橐也。從𣗭，嗀聲。

𣖖，車上大橐。從𣗭，咎聲。

𣗄，囊張大皃。從𣗭，缶聲。

根據《毛公鼎》銘文可知「橐」並不從「束」，而是從「𣘸」。小篆形體「𣗭」由「𣘸」演變而來。這樣，《說文·橐部》所收的五個字符，其字素對應的語素義和語音信息的分布狀況也相應改變。

表意或表音的字素由於環境的變化，尤其是對應的語素義或語音信息發生變異，字素就會調整甚至改換。因為漢語語詞的音義與生態環境處於永恆的互動之中，同一個形聲字古今音符或意符不一樣，實屬正常現象。值得關注的是，有些字素的歷時變異往往蘊含文化信息。例如「槃」，《說文·木部》：

「承槃也。從木，般聲。（薄官切）🔵，古文，從金。🔵，籀文，從皿。」「槃」甲骨文作「🔵」（《戩》四五・一）。所謂「承槃」，是長方形的木製品。「受」的甲骨文🔵（《後上》一八・三），其中承槃也作🔵。隨著冶煉技術的進步，盛水的青銅器皿也稱為「盤」，但青銅製的盤與木製的承槃是功能完全不同的兩種用品。周屬王時期的散氏盤是用來盛水的一個帶底座的青銅圓盤，形制功能與殷商晚期的長方形木質槃迥然有別。周宣王時期的虢季子白盤長 137.2 釐米，寬 86.5 釐米，高 39.5 釐米，重 215.3 千克，像一口大浴缸。該器銘文作「🔵」，從「皿」不從「🔵」，真實反映了生產力的發展水平和製作工藝的進步。又如甲骨文「🔵」，隸定作「暖」，從貝爰聲，顯示商代以貝作為貨幣。小篆從金，隸定作「鍰」，顯示冶金技術的進步，貨幣已經從貝變為金屬了。古代戰爭曾使用一種拋射石塊謂之「礮」的機械，《玉篇・石部》：「礮，匹皃切，礮石。」《廣韻・效韻》：「礮石，軍戰石也。」《康熙字典・石部》：「礮，俗作『砲』，機石也。」《玉篇》收了「砲」，但未釋義。表音的字素「駁」換作筆劃簡單的「包」，新造的俗字「砲」與正字「礮」並行，保留了表意的字素「石」。但隨著火藥的發明和使用，砲不再拋射石塊，而是噴射火藥，於是表意的字素「石」換成了「火」，造出與《說文》釋為「毛炙肉」的「炮」形體相同的字符。從字素的替換不難感受到技術的進步和武器威力的增長。

意音兼表型漢字通常是一個字素表意，另一個字素表音，但有些表音的字素還蘊含語義信息。例如《說文》所收的「駟」：「一乘也。從馬，四聲。」這個「四」，不但表音，而且表示「四匹馬」。「橋」：「水梁也。從木，喬聲。」這個「喬」，不但表音，而且表示「橋樑高於水面」。《說文》所收的「亦聲字」如：

「鈴，令丁也。從金從令，令亦聲。」

「功，以勞定國也。從力從工，工亦聲。」

「令、工」這兩個字素就是含有語義信息的音符。不過，傳統所謂「聲兼義」的情況也受時代偏限。例如「黃」，《說文》訓為「地之色也。從田，從芡，芡亦聲。」「黃」在許慎的時代是「聲兼義」的意音兼表型漢字。但此字甲骨文作「🔵」（《乙》四五三四）、「🔵」（《前》一・五二・二），金文作「🔵」（《召尊》）。董蓮池《說文解字考正》引唐蘭的意見，認為「黃」是「尪」的本字。[註9]「🔵」

〔註9〕董蓮池著《說文解字考正》，北京：作家出版社，2004 年 12 月版，第 547 頁。

像突胸凸肚的殘廢人形象，是個獨體象形字。因此，「黃」在先秦時期應是表意型漢字。

四、記號型

記號型漢字有兩類，一類是造字之初硬性規定的符號。如甲骨文用「✕、∧、十」表示「五、六、七」，字符與語素義和語音信息都沒有必然聯繫。另一類是造字初期字符所對應的語素義或語音信息在後代失去聯繫，造字理據不明，並且暫時沒有破釋的可能，這就只能作為記號字。

就漢字系統宏觀而論，金文與甲骨文形體不同，簡帛文、小篆與金文也有差異，隸變之後的漢字字形與先秦各種古文字形更有明顯區別。許多現代漢字與它的古文字形相較，早已變得面目全非，似乎成了強迫記憶的記號。然而，我們不能把隸變之後的漢字字符不加考察就認為是記號字，因為隸變之後的漢字字符絕大多數與歷代古文字符存在形體上的傳承關係以及語義或語音信息上的邏輯聯繫。

裘錫圭《文字學概要》認為現代漢字的「日」相對於甲骨文的「☉」已經變成記號字了。同理，「並」相對於甲骨文的「𡘀」也是記號字。「特」的本義「公牛」現代已經不用，字素「牛」就變成記號；由於語音嬗變，字素「寺」喪失了表音作用，整個字符完全變成了記號。照此類推，現代漢字絕大部分都是記號字，這樣多的記號字要學習就只能死記硬背。事實並非如此，因為它們不但與古文字符有形體上的傳承關係以及語義或語音信息上的邏輯聯繫，它們相互之間也存在形體、語義或語音信息上的橫向聯繫。甲骨文字符「我」像一種鋸齒形武器之形，假借為第一人稱代詞，它原本對應的語素義成了無效信息，只與語音信息保持聯繫，無論古今語音怎樣嬗變，「我」仍然是表音型漢字，而不是記號字。從邑者聲的「都」，不會因為「邑」變成了「阝」，就由意音兼表型漢字變成了記號字。有些所謂半記號字其功能側重點很明顯，例如裘錫圭所舉的簡化字「鸡」，字素「鸟」對應語素義，「又」是空載字素；「疟」的字素「疒」對應語素義，「𠃜」是空載字素；「丛」的字素「从」對應語音信息，「一」是空載字素。因此，「鸡、疟」是表意型漢字，「丛」是表音型漢字。

第四節　漢字的生態運動

《甲骨文合集》（郭沫若主編，北京，中華書局 1981 年 12 月版）蒐集了不少朱書和墨書，這些毛筆書寫的漢字，字符結構與用銅刀鐫刻的甲骨文差別不大，但筆劃形態除了尖端出鋒之外，一般比較渾厚，因為毛筆不可能寫出細若蚊足的線條。有意思的是，殷商晚期的朱書和墨書展示了後代出現的篆書、隸書以及楷書的筆法，這是頗為令人深思的。例如《甲骨文合集》第 11 冊 35259 號「𠂇」中鋒用筆，筆劃渾圓粗壯如篆書；35260 號「𠄠」方頭起筆，運筆線條圓轉如篆書。第 6 冊 18905 反，橫畫「一」有平捺如隸書，斜撇「丿」有回鋒。第 10 冊 32116 號最頂上一字的右偏旁作「干」，完全是隸書寫法。《小屯南地甲骨》（中國社會科學院考古研究所編，北京，中華書局 1980 年 10 月版）第 4163 頁（T31：61 反）朱書「米」，用筆如楷書，尤其是點的寫法。下面是選錄《甲骨文編》（中國社會科學院考古研究所編，北京，中華書局 1965 年 9 月版）所收朱書運用後代篆書、隸書、楷書筆法的例證：

第 5 頁：「示」（《乙》三四〇〇），用筆如篆書。

第 15 頁：「王」（《寧滬》一・二五〇），結構和筆劃基本上同楷書。

第 18 頁：「中」（《掇》二・七八反），用筆圓轉如篆書。

第 85 頁：「齒」（《乙》三三八〇反），用筆如篆書。

第 94 頁：「十」（《甲》八七〇），起筆藏鋒，運筆中鋒，末筆出鋒，如楷書寫法。

第 110 頁：「棄」（《甲》二九〇三），線條粗細均勻，用筆圓轉如篆書。

第 116 頁：「父」（《甲》二九〇三），中鋒用筆，線條粗細均勻，最末一筆捺出隸書波磔。

第 128 頁：「夋」（《乙》六七五二），用筆圓轉。中間一豎是標準的篆書筆劃，中鋒運筆，起筆收筆都藏鋒。

第 147 頁：「卜」（《乙》六七二二），用筆圓轉藏鋒如篆書。

第 150 頁：「囚」（《乙》七〇六四），筆劃圓轉，粗細均勻，中鋒用筆如篆書。其中「廿」是標準的篆書寫法。

第 169 頁：「羽」（《乙》七七八），中鋒用筆，線條圓轉如篆書。

第 205 頁：「其」（《乙》七二八五），中鋒用筆，線條圓轉平正，標準篆書。

第 208 頁：「曰」（《乙》八二〇二反、《乙》三三八〇反），筆劃均勻渾厚，標準篆書。

第 283 頁：「日」（《乙》三四〇〇），筆劃均勻渾厚，標準篆書。

第 313 頁：「米」（《甲》八七〇），橫豎起筆都藏鋒，收筆出鋒，隸書筆法。

第 371 頁：「彡」（《甲》八七〇、《甲》二六三六），楷書筆法。

第 516 頁：「亙」（《乙》六七二二）中鋒運筆，起筆收筆藏鋒，篆書筆法。

第 545 頁：「甲」（《甲》八七〇），字形如楷書之「十」。

隸書、楷書筆法例證不多，可視為偶然現象。篆書筆法相對較多，但在全部朱書墨書材料中只占很小一部分，普遍的是起筆收筆都鋒芒畢露，與大篆、小篆的寫法恰成反比。不難想見，如果不在甲骨上鐫刻，而是在其他材料上書寫，殷商晚期社會生活中實際書寫的漢字應該具有與甲骨文不同的形態。距今 4300 至 4000 年的山西襄汾陶寺遺址出土的陶扁壺上，有用朱砂書寫的「文堯」二字，可證古代漢字書寫是常態，鐫刻或鑄造是特殊需要。河南安陽殷墟和陝西周原出土的龜甲和獸骨上鐫刻的絕大部分是卜辭，那是需要永久保存的王室檔案；歷年出土的青銅禮器上鑄或刻的文字，那是家族地位和權力的象徵，也需要後代永久保存。因此，存世甲骨卜辭和銅器銘文，都是社會上層統治階級出於特殊需要而使用的漢字形態。至於統治階級內部交流，治理國家的各種文件，社會下層普通民眾社會交際使用的漢字是怎樣的形態，不得而知。《書‧多士》說「惟殷先人，有冊有典」，甲骨文「冊」作「𣲃」（《甲》二三七），像一根繩子把若干條形物串聯起來。現在能見到的最早的是戰國時期的竹簡，殷商竹簡肯定有，希望將來能有所發現。殷商竹簡一旦出土，即可證實漢字從古以來就並行兩套系統：一套是在鄭重場合使用的正體，另一套是日常情況下使用的俗體。殷商甲骨卜辭中出現的朱書和墨書，筆劃鋒芒畢露的字體更接近銅刀鐫刻的甲骨文正體，帶有篆書、隸書和楷書筆劃特徵的字體，是更接近在竹木材料上書寫的俗體。

關於漢字形體演變，學界早已形成共識，按出現的時間順序：甲骨文 → 西周春秋文字 →秦系文字、六國文字 →小篆 →隸書、草書 →行書 →楷書。這樣的演變順序很容易造成誤會，尤其是在小篆變為隸書這個關鍵環節很難自圓其說。有人在做漢字形體比較時，自覺或不自覺地把西周銅器銘文當作甲骨文形體的嬗變結果，這是明顯的誤會。

　　首先，卜辭是在甲骨上用銅刀鐫刻，銅器銘文絕大多數是製版用銅汁澆鑄冷卻加工，鐫刻的很少，所用的材料與工藝性質迥別。其次，應用的交際場合不同。卜辭是最高統治者與神明對話的記錄，作為檔案儲存；銅器銘文是貴族社會地位的象徵，流傳子孫後代。銅器銘文在殷商晚期開始流行，銘文字數較少，一般只有幾個字，字數最多不過 40 餘字；西周春秋的銅器銘文字數一般較多，大盂鼎、散氏盤、毛公鼎有多達數百字的銘文。從銘文的字形、字體和風格看，西周春秋銅器銘文是殷商晚期銅器銘文的繼承和發展，而殷商晚期銅器銘文是與甲骨文同時期存在但字體、風格迥別的兩種正體。西周春秋銅器銘文與殷商晚期甲骨文並不存在直接的繼承關係，不能一般地認為西周春秋銅器銘文是甲骨文形體嬗變的結果。

　　所謂正體當然是相對俗體而言，對「正體」與「俗體」的定義，我同意裘錫圭《文字學概要》提出的看法：「所謂正體就是在比較鄭重的場合使用的正規字體，所謂俗體就是日常使用的比較簡便的字體。」然而，接下來的一句話是：「在講漢字形體演變的時候，應該充分注意甲骨文作為一種俗體的特點。」甲骨文是日常使用的簡便字體嗎？這就與自己下的定義背道而馳了。澆鑄銅器銘文傳諸子孫固然是鄭重的場合，說殷商晚期、西周春秋銅器銘文是當時的正體符合定義，然而，商王通過貞人與神明對話豈非鄭重場合？整治甲骨用刀鍥刻費時費力何謂簡便？其實無論字形繁複還是簡便，只要是日常使用就是俗體，只要常在鄭重場合使用就是正體。何況有的甲骨文字形之所以較之銅器銘文簡便，主要是載體的材料性質不同造成的。銅器銘文填實的字素，甲骨文用線段刻畫；銅器銘文的圓形，甲骨文刻成方形。這些都是因材制宜，各得其便的自然之舉，並非甲骨文刻意求簡。即使甲骨文字形真比銅器銘文簡便，甲骨文仍然是當時的正體。求神告天的王室檔案，地位遠高於家族珍藏的銅器銘文，不用正體而用俗體，說得過去嗎？

　　殷商時期，在鄭重場合使用的正體是甲骨文和銅器銘文，與之並行的俗體是《書·多士》所說的典冊文字。不能因為迄今沒有出土殷商時期的典冊文字，就予以否認。竹簡或木牘上的殷商典冊文字形體結構較之甲骨文和銅器銘文應當更便於毛筆書寫，從龜甲和獸骨上書寫的朱書和墨書看來，典冊文字應當與甲骨文正體以及銅器上鐫刻的銘文比較接近。

　　周原出土的甲骨文有占卜刻辭和記事刻辭兩類，字形和字體直接繼承殷商

甲骨文，但鐫刻的線條極為纖細。自發現周原甲骨文迄今，再也沒有晚於西周早期的甲骨文出土，這意味著甲骨文隨著占卜活動的式微逐漸退出了歷史舞臺。目前我們所知道的西周春秋文字正體有兩種：一種是銅器銘文和周宣王太史籀的《史籀篇》；另一種是以山西出土的《侯馬盟書》為代表的國際文件。盟書用毛筆書寫在玉片和石片上，絕大部分是朱書，少數墨書。盟書是春秋晚期的一種正體文字，字體比較接近戰國文字。這種手寫的正體字與澆鑄的銅器銘文風格完全不一樣，應當與當時並行的俗體簡牘文字比較接近。西周春秋的簡牘文字應當是殷商典冊文字的繼承和發展，遺憾的是迄今沒有出土實物來證明這一推斷。

　　戰國時期各諸侯國文字異形，變化非常顯著的是日常用的俗體。各國之間交流信息如果用俗體，彼此都不認識，所以必須用正體。這個正體就是西周春秋銅器銘文的餘脈——戰國銅器銘文。不過，戰國銅器銘文也在變異，其中秦國比較遵循傳統，因此秦國的銅器銘文與西周春秋銅器銘文字形的差別不大。戰國後期秦國銅器銘文和《詛楚文》基本上是以小篆為正體。戰國時期各諸侯國的俗體差別明顯，但理論上它們都應當源於西周春秋的簡牘文字。目前所知的具有代表性的戰國俗體字，一是楚國的帛書和簡牘文字；再是秦國的簡牘文字。

　　1942 年長沙子彈庫楚墓被盜掘，楚帛書後來流入美國。帛書用筆圓轉如篆書，但字體扁平，直有波磔，曲有挑勢，更多隸書的特徵，繼承了殷商朱書和墨書的篆隸筆法。20 世紀 50 年代發現五里牌、仰天湖、楊家灣、信陽長臺關、望山楚簡；70、80 年代發現藤店、天星觀、九里、九店、夕陽坡、秦家嘴、包山、慈利楚簡；90 年代發現雞公山、老河口、磚瓦廠、范家坡、曹家崗、郭店、新蔡葛陵、上海博物館藏戰國楚簡。1994 年上海博物館從香港購回一批竹簡，2001 年 11 月～2012 年 12 月由上海古籍出版社出版《上海博物館藏戰國楚竹書》（1～9 冊），加上 2007 年作家出版社出版的《上海博物館藏戰國楚竹書文字編》，一共 10 冊。2008 年 7 月，清華大學收藏了校友趙偉國捐贈的 2388 枚戰國楚簡。2012 年 1 月浙江大學出版社出版了《浙江大學藏戰國楚簡》。這些材料為研究漢字俗體字形在南方楚國的嬗變奠定了基礎。

　　秦國的簡牘文字幾乎都是隸書。1975 年 12 月，湖北雲夢睡虎地出土墨書秦簡 1155 枚，木牘 2 件，都是隸書。木牘是兩封家信，字體較竹簡草率。時間在戰國晚期及秦始皇時期。1979 年四川青川出土木牘墨書 154 字。據牘文所

記，時間為秦武王二年，即公元前 309 年，是現已出土秦簡牘文字中時間最早的。字形既有篆書筆法，大多數已出現隸書的筆勢和寫法，接近漢隸。較之當時的銅器銘文有明顯差別：牘文字形不像銘文字形狹長，而是正方形或扁形；筆劃盤曲減少，圓者變方，由繁變簡；出現銘文沒有的點、劃、提、按和明顯的回鋒與出鋒；向右方的末筆有波挑，顯示大篆快寫趨向隸書特徵的變化。牘文字形結構的簡率、活潑、參差與銘文字形的嚴整、凝重、均衡表現出迥然不同的兩種字體風格。1984 年 4 月，甘肅天水放馬灘出土墨書秦簡 460 枚，全是隸書。時間在秦昭王三十八年，即公元前 269 年。1989 年 10 月湖北雲夢龍崗出土墨書秦簡 293 枚，木牘 1 件墨書 38 字，全是隸書。竹簡文字左高右低，書寫草率。時間在秦二世二年（公元前 208 年）至漢高祖三年（公元前 204 年）之間。1990 年 12 月，湖北江陵楊家山出土墨書秦簡 75 枚，字體為隸書。時間推測在公元前 278 年至西漢建立之前。1993 年 3 月，湖北江陵王家臺出土墨書秦簡 813 枚，字體為隸書。時間推測在公元前 278 年至西漢建立之前。1993 年 6 月，湖北荊州周家臺出土墨書秦簡 381 枚，木牘 1 件，字體為隸書。時間在秦始皇三十四年（公元前 213 年）至秦二世元年（公元前 209 年）。2002 年 6 月湖南龍山里耶古城出土墨書秦簡 38000 餘枚，約有 20 餘萬字。2005 年 12 月又出土 51 枚簡牘。里耶秦簡中有古篆、古隸，隸中帶楷書字體。紀年從秦始皇二十五年（公元前 222 年）至秦二世二年（公元前 208 年）。2002 年 12 月、2008 年 8 月，從香港購回兩批秦簡藏入湖南大學嶽麓書院，共 2174 枚，尚未出版。其中《日誌》年代為秦始皇二十七年（公元前 220 年）、三十四年（公元前 213 年）、三十五年（公元前 212 年）。2010 年，北京大學收藏秦竹簡 763 枚，木簡 21 枚，木牘 6 件，竹牘 4 件，木觚 1 件，尚未出版。年代為秦始皇三十一年（公元前 216 年）至三十三年（公元前 214 年）。

現存的楚帛書、楚國簡牘文字和秦國簡牘文字是從西周春秋簡牘文字發展而來，它們與同時代並行的銅器銘文正體沒有直接繼承關係。儘管兩者在字體、風格上迥別，但在字形上、結構上仍保持許多共同點，因為它們畢竟是在不同場合不同材質上出現的同一種文字。由於兩者在字形上、結構上的可比性，這可能是導致隸書是小篆變來的誤會產生的根本原因。僅以青川木牘和楚帛書為例，可以發現大篆快寫，圓轉變為方折，帶出波挑，顯然是戰國簡牘文字對西周春秋簡牘文字的繼承發展。戰國後期，秦國的簡牘文字已經基本上演

變成隸書，而同時代的銅器銘文也基本上由大篆變成了小篆。小篆與秦隸在同一歷史時段各自佔據了適合自身生存發展的不同生態位，是漢字多功能特徵的表現。小篆漸趨成熟的時期，秦隸已基本形成，小篆變隸書事實上沒有可能。秦王朝廢除六國文字實行書同文，不僅確立了小篆在鄭重場合的權威地位，也確立了秦隸日常使用的正統地位。漢王朝全面繼承了秦王朝的正俗兩體文字，秦隸嬗變為漢隸，在非鄭重場合廣泛使用，顯示出強大的生命力。小篆在漢代雖然是正體，然而生存空間狹小，式微是不可避免的了。

古文字雖然逐漸退出歷史舞臺，但漢字的正俗兩體依然並行，不過俗體歷來為社會上層所不齒，歷代關注俗字的學者寥若晨星。東漢服虔作《通俗文》，主要闡釋通語俗詞，目的是正字正音正義，並非研究俗字。真正以俗字為考察對象的著作是唐代顏元孫作的《干祿字書》，其例以四聲隸字，又以二百六部排比字之先後，每字分俗、通、正三體。遼代僧行均作《龍龕手鑒》，收 26430 餘字，列有正體、或體、俗體、古文以及訛體。1930 年 2 月中央研究院歷史語言研究所出版了劉復、李家瑞編著的《宋元以來俗字譜》，該書收集了宋元明清 12 種民間刻本中所用的俗字 6240 個，與 1604 個正體字對應，平均一個正體對應 3.9 個俗體。龐大的俗字群體是漢字系統吸收新成份的主要來源，而研究俗字的人實在不多，俗字的研究至今仍是漢字研究的薄弱環節。

正俗兩體漢字嬗變的生態運動從古持續至今，兩者相互影響，相互協同，構成互補格局。正體維護了漢字的嚴整規範，俗體適應了民間的日常需求。由於俗體更富有創造性，提供了漢字不竭的生命力，歷代字書都從民間不斷吸收俗字，俗體也就變為正體。僅《簡化字總表》就從《宋元以來俗字譜》中採用了 331 個俗字，不論正體還是俗體，都在不同的生態環境中不停地運動變化。漢字的生態運動，與生態漢語系統中多種環境因子的相互作用關係密切。各種不同生態環境與漢字的相互選擇，相互作用，導致紛繁複雜的生態運動。相互選擇是有條件有目的的，因而從宏觀看是有規律可循的。研究漢字的生態運動，就是對漢字嬗變規律的探索和對漢字生態運動目的的揭示。常見的漢字生態運動大略有六種類型。

一、泛化與競爭

漢字的泛化是指一個漢字在不同的生態環境中變為多個形體的生態運動。

同一漢字在不同的生態環境中具有多個不同的形體，表明這一漢字佔有眾多的生態位。生態位重疊的形體在特殊環境條件下可能長期共存，但泛化引起競爭是常態。

漢字形體泛化是持久地經常發生的生態運動，越是使用頻率高的漢字，發生泛化的機會就越多。人群主體在使用漢字的時候，主觀意念和經濟規則發揮潛在作用，字形很容易產生隨機變異。變異的積累造成了字形泛化。現在有不少人把「同意、青菜、石獅」寫成「同忢、青芉、石狓」，一個漢字就有了正俗兩種形體。其實民間書寫的漢字，遠不止兩種形體，不同的時代，不同的地區，不同的文本，同一個漢字在實際生活環境中常有多種形體出現。隨便到農貿市場轉一圈，就會發現硬紙牌上書寫的各種蔬菜水果名稱，不少是商販們改造或創造的漢字。這也難怪，漢字要長久存在，就必須用起來簡便，僅僅簡便還不行，還要提供與字形相聯繫的音義信息。為了在複雜多變的不同環境中都能更好地發揮漢字傳遞信息的功能，同一漢字的不同形體相互競爭不可避免。

《甲骨文編》蒐集的漢字，幾乎都不止一個形體，少的幾種，多的幾十種。沒有任何聖人能造出如此之多形體各異的漢字，因此，所謂倉頡造字其實只是做了篩選整理的工作。貞人們在使用過程中的隨機創造使同一個漢字形體各異，但構成漢字的字素卻有高度的一致性。例如「天」，甲骨文至少有這樣幾種不同的字形：吴、矛、禿、禿、禿，〔註10〕它們基本上都保持了人的正面形體「大」，而頭頂上有三種不同的符號。《金文編》所收銅器銘文有的把頭和軀幹填實，不同的形體比甲骨文還多：禿、矛、禿、禿、禿、禿、禿，〔註11〕但仍保持了人的正面形體「大」。《戰國古文字典——戰國文字聲系》所收戰國古文禿、禿、禿、禿、禿、禿、禿、禿，〔註12〕其中有的字形已改變了人的正面形體，疏遠了對應的語義信息，不利於表意，從而降低了自身的生存能力。《睡虎地秦簡文字編》所收秦隸「天」只有兩種毛筆書寫的形體：「天」和「天」。〔註13〕《馬王堆簡帛文字編》所收的「天」是用毛筆書寫的漢隸：禿、

〔註10〕中國社會科學院考古研究所編《甲骨文編》，北京：中華書局，1965 年 9 月版，第 2 頁。

〔註11〕容庚編著，張振林、馬國權摹補《金文編》，北京：中華書局，1985 年 7 月版，第 3〜4 頁。

〔註12〕何琳儀著《戰國古文字典——戰國文字聲系》，北京：中華書局，1998 年 9 月版，第 1117 頁。

〔註13〕張守中撰集《睡虎地秦簡文字編》，北京：文物出版社，1994 年 2 月版，第 1 頁。

天、天、天、天、天、天。〔註14〕馬王堆簡帛文字的時代為漢文帝前元十二年（公元前 168 年），當時秦隸「天」和「天」還沒有取得統治地位，曾是楚國故地的長沙，西漢初年戰國古文的變體仍在民間使用，如漢隸「天、天、天、天」顯然是戰國古文「天、天、天」的簡體。直到東漢，「天」的許多形體逐漸消亡，只有一種形體保持下來。如延熹四年（公元 161 年）的《華山碑》作「天」，建寧元年（公元 168 年）的《衡方碑》作「天」，建寧四年（公元 171 年）的《西狹頌》作「天」。

「莫」的甲骨文字形比較多：茻、茻、茻、茻、茻、茻、茻、茻、茻、茻、茻、茻、茻、茻，〔註15〕所有的字符都把「日」、「艸」或「木」作為構形的主要字素，但是「艸」、「木」數目逐漸減少，而「日」由圓變方，甚至變為菱形和三角形。《金文編》「莫」有五個形體：茻、茻、茻、茻、茻。〔註16〕銅器銘文「莫」中的「日」也由圓變方，但沒有出現菱形和三角形；有「艸」無「木」，而「艸」的數目也有減少的趨勢。《戰國古文字典——戰國文字聲系》所收「莫」的戰國古文形體多樣：茻、茻、茻、茻、茻、茻、茻、茻、茻、茻、茻、茻、茻，〔註17〕「日」由圓變為方形或三角形，有「艸」無「木」，有的字形下部的兩棵艸變為「兀」或「丩丩」。《睡虎地秦簡文字編》只有三種字形：莫、莫、莫，〔註18〕字形下部的兩棵艸變為「大」或「大」。《馬王堆簡帛文字編》「莫」有八種形體：莫、莫、莫、莫、莫、莫、莫、莫。〔註 19〕字形下部的兩棵艸比睡虎地秦簡文字變得更複雜，泛化的字形下部作「大」的似乎競爭力比較強，如《衡方碑》作「莫」，但直至西晉，「六」都還出現在碑文中，如《辟雍碑》作「莫」。不過，《宋元以來俗字譜》引《太平樂府》作「莫」，引《嬌紅記》作「莫」，不但「大」取得了穩定的地位，

〔註14〕陳松長編著《馬王堆簡帛文字編》，北京：文物出版社，2001 年 6 月版，第 1 頁。

〔註15〕中國社會科學院考古研究所編《甲骨文編》，北京：中華書局，1965 年 9 月版，第 24～25 頁。

〔註16〕容庚編著，張振林、馬國權摹補《金文編》，北京：中華書局，1985 年 7 月版，第 40 頁。

〔註17〕何琳儀著《戰國古文字典——戰國文字聲系》，北京：中華書局，1998 年 9 月版，第 720 頁。

〔註18〕張守中撰集《睡虎地秦簡文字編》，北京：文物出版社，1994 年 2 月版，第 10 頁。

〔註19〕陳松長編著《馬王堆簡帛文字編》，北京：文物出版社，2001 年 6 月版，第 36 頁。

正體上部的「✝✝」，俗體已變為「✓」或「✝✝」。〔註20〕

　　「車」的不同甲骨文形體至少有 20 種，構形的主要部件基本上依據車輪、車廂、軛具。形體較簡的如：◈（《存下》三七九）；有的捨棄軛具，如：◈◈（《坊間》三・七一）；有的還省去車廂：◈◈（《乙》八○八一）。有個形體甚至只剩下一個車輪：✖（《鐵》六二・一）。〔註21〕銅器銘文不同形體的數量不亞於甲骨文，軛具的構形比甲骨文更繁複，但以一個車輪作為主要構形部件的銅器銘文多達 17 例，如：◈（《彔伯簋》）、◈（《鄂君啟車節》）。〔註22〕《戰國古文字典——戰國文字聲系》所收戰國古文有 12 種不同的形體：車、車、車、車、車、車、車、車、車、車、車、車。〔註23〕其中只有一個形體以兩個車輪為構形的主要部件，其他的都以一個車輪作為主要構形部件。有三種字形的車輪用空圈代表。《睡虎地秦簡文字編》所收秦隸「車」只有兩種毛筆書寫的形體：**車、車**。〔註24〕後者上部作「**大**」，前無先例。《馬王堆簡帛文字編》所收「車」的五種形體屬同一類型，都以一個扁方形的「田」為車輪，車輪上下兩條平行的橫線為車鍵。〔註25〕隸變後楷書「車」成為穩定的正體，但民間的俗體仍然繼承了用空圈代表車輪的傳統，如《宋元以來俗字譜》引《古今雜劇》「車」作**車、車**。〔註26〕

　　泛化與競爭不僅貫穿漢字字形歷時的嬗變過程，共時層面也同樣存在這樣的生態運動。《宋元以來俗字譜》所收宋元明清的 12 種文本，其中不乏同一種文本或同一朝代的文本刻寫同一個漢字而形體殊異的情況。

　　同一種文本的同一漢字形體不同的如：《通俗小說》「興」作「**興、興、**

〔註20〕劉復、李家瑞編《宋元以來俗字譜》，北京：中央研究院歷史語言研究所，1930 年 2 月版，第 72 頁。

〔註21〕中國社會科學院考古研究所編《甲骨文編》，北京：中華書局，1965 年 9 月版，第 531～532 頁。

〔註22〕容庚編著，張振林、馬國權摹補《金文編》，北京：中華書局，1985 年 7 月版，第 931 頁。

〔註23〕何琳儀著《戰國古文字典——戰國文字聲系》，北京：中華書局，1998 年 9 月版，第 531 頁。

〔註24〕張守中撰集《睡虎地秦簡文字編》，北京：文物出版社，1994 年 2 月版，第 210 頁。

〔註25〕陳松長編著《馬王堆簡帛文字編》，北京：文物出版社，2001 年 6 月版，第 574 頁。

〔註26〕劉復、李家瑞編《宋元以來俗字譜》，北京：中央研究院歷史語言研究所，1930 年 2 月版，第 91 頁。

「**臾**」。《古今雜劇》「從」作「**糼、徔、迯**」;「羅」作「**羅、羅、罗**」;「處」作「**處、厨、処**」。《太平樂府》「勁」作「**劻**、劲」;「微」作「**微、微**」;「舉」作「**舉、牽、牽**」;「處」作「**處、厨、処**」。《目蓮記》「條」作「滌、条」;「後」作「**後、次**、後」;「勸」作「**勸、勸、勸**」;「舉」作「举、**牽**、**牽**」;「處」作「**處、厨、処**」。《嬌紅記》「處」作「**處、厨、処**」。《嶺南逸史》「處」作「**處、厨**、处」。

同一朝代的文本刻寫同一個漢字而形體殊異的如:《目蓮記》「囑」作「囑、嘱」,「窩」作「**窩**」;《金瓶梅》「囑」作「嘱」,「窩」作「**窩**」;《嶺南逸史》「囑」作「囑」,「窩」作「**窩**」。《目蓮記》「賓」作「**崀、賓**」,《嶺南逸史》作「賓、**賓**」。《通俗小說》和《三國志平話》「熱」作「**热**」;《古今雜劇》作「热、**热**」;《太平樂府》作「**熱、热**」。《通俗小說》「留」作「**畱**」,「穩」作「穩」;《古今雜劇》作「**畱、畱**」,「穩」;《太平樂府》作「**畱**」,「穩、**穩**」。

泛化產生的變體在競爭中得以保持下來的如宋代《古列女傳》「吳」作「**吴、吴**」,元代的《古今雜劇》和《太平樂府》都保持了這兩種字形。元代的《古今雜劇》「命」作「**侖、令**」,歷經幾百年,到清代的《目蓮記》仍作「**侖、令**」。《古今雜劇》「劍」作「**劍、劒**」,清末的《嶺南逸史》作「**劒**、劍」,僅把「**双**」換為「刂」。《古今雜劇》「壞」作「坯、**壞**」,《目蓮記》沒有「**壞**」,去掉「坯」下部的一橫作「坏」。與此類似的例子《東牕記》「懷」作「**怀、懷**」,《目蓮記》、《金瓶梅》、《嶺南逸史》都去掉「**怀**」下部的一橫作「怀」。《古今雜劇》「喪」作「丧、**丧**」,《目蓮記》、《嶺南逸史》保持不變。《太平樂府》「擔」作「担、擔」,清末的《嶺南逸史》保持同樣的形體。《通俗小說》「書」作「**书、書**」,《嬌紅記》、《目蓮記》、《嶺南逸史》完全繼承了這兩種不同的形體。宋刊《取經詩話》「淚」作「泪」,元、明兩個朝代的七種文本全都保持了「泪」這個形體。

《宋元以來俗字譜》所收 6240 個俗字裏有 331 個俗字現在被確認為通行的簡化字。茲臚列如下,以備參考。

侠(俠)　个(個)　条(條)　偻(僂)　付(傅)

债(債)　传(傳)　伤(傷)　仆(僕)　仪(儀)

则(則)　傥(儻)　刚(剛)　刬(剗)　剂(劑)

剑（劍）　刘（劉）　劳（勞）　势（勢）　劲（勁）

励（勵）　径（徑）　后（後）　从（從）　劝（勸）

犹（猶）　狱（獄）　独（獨）　叫（呌）　吴（吳）

单（單）　问（問）　丧（喪）　寿（壽）　喽（嘍）

嘱（囑）　啰（囉）　园（園）　娄（婁）　娱（娛）

妇（婦）　娇（嬌）　执（執）　坚（堅）　垫（墊）

墙（墻）　坏（壞）　屿（嶼）　岗（崗）　嵝（嶁）

峦（巒）　实（實）　宾（賓）　宝（寶）　寝（寢）

庙（廟）　么（麼）　应（應）　庐（廬）　厅（廳）

对（對）　专（專）　时（時）　夺（奪）　昼（晝）

昙（曇）　会（會）　东（東）　支（枝）　弃（棄）

枣（棗）　荣（榮）　楼（樓）　朴（樸）　机（機）

桧（檜）　桥（橋）　樯（檣）　柜（櫃）　权（權）

栾（欒）　椟（櫝）　爱（愛）　恼（惱）　怜（憐）

恋（戀）　怀（懷）　扫（掃）　挟（挾）　抚（撫）

搂（摟）　扑（撲）　抬（擡）　担（擔）　挡（擋）

摆（擺）　撒（撒）　携（攜）　掷（擲）　挽（攙）

摊（攤）　挡（攩）　挛（攣）　揽（攬）　数（數）

欤（歟）　欢（歡）　泪（淚）　浃（浹）　渊（淵）

济（濟）　潜（潛）　浊（濁）　涛（濤）　浏（瀏）

滥（濫）　湾（灣）　洒（灑）　漓（灘）　滩（灘）

无（無）　热（熱）　灯（燈）　营（營）　点（點）

烛（燭）　炜（燀）　烁（爍）　炉（爐）　环（環）

玺（璽）　画（畫）　异（異）　当（當）　痒（癢）

盏（盞）　尽（盡）　监（監）　众（眾）　睁（睜）

砖（磚）　祸（禍）　砺（礪）　禅（禪）　礼（禮）

祷（禱）　称（稱）　稳（穩）　穷（窮）　窃（竊）

灶（竈）　笔（筆）　节（節）　篓（簍）　筹（籌）

筛（篩）　篱（籬）　罗（羅）　罢（罷）　圣（聖）

声（聲）　听（聽）　联（聯）　胆（膽）　脑（腦）

脔（臠）　与（與）　举（舉）　旧（舊）　处（處）

号（號）　萤（螢）　蝉（蟬）　蛰（蟄）　虫（蟲）

蚁（蟻）　蝇（蠅）　蚕（蠶）　蛮（蠻）　蝼（螻）

里（裏）　裆（襠）　亵（褻）　褛（褸）　万（萬）

庄（莊）　盖（蓋）　梦（夢）　荐（薦）　芦（蘆）

薮（藪）　粝（糲）　纯（純）　纸（紙）　红（紅）

纷（紛）　丝（絲）　经（經）　绿（綠）　细（細）

紧（緊）　绳（繩）　绣（繡）　继（繼）　缨（纓）

亲（親）　观（觀）　词（詞）　觉（覺）　计（計）

诉（訴）　话（話）　诗（詩）　论（論）　谁（誰）

语（語）　议（議）　谢（謝）　请（請）　谈（談）

费（費）　贯（貫）　赁（賃）　货（貨）　贺（賀）

败（敗）　资（資）　贿（賄）　赏（賞）　质（質）

邹（鄒）　郑（鄭）　过（過）　这（這）　远（遠）

迁（遷）　还（還）　迈（邁）　迩（邇）　遗（遺）

边（邊）　鉴（鑒）　镂（鏤）　銮（鑾）　门（門）

间（間）　闲（閑）　闭（閉）　闪（閃）　闹（鬧）

闻（聞）　阁（閣）　阅（閱）　阎（閻）　阔（闊）

阳（陽）　阴（陰）　升（陞）　随（隨）　虽（雖）

双（雙）　雏（雛）　离（離）　难（難）　云（雲）

雾（霧）　灵（靈）　顶（頂）　题（題）　顾（顧）

养（養）　余（餘）　髅（髏）　髓（髓）　体（體）

鱼（魚）　医（醫）　丑（醜）　凤（鳳）　麦（麥）

吊（弔）　壮（壯）　来（來）　状（狀）　两（兩）

争（爭）　为（為）　帅（帥）　师（師）　净（淨）

杀（殺）　务（務）　帐（帳）　报（報）　牵（牽）

义（義）　装（裝）　乱（亂）　齐（齊）　屡（屢）

尝（嘗）　尔（爾）　几（幾）　皱（皺）　监（監）

台（臺）　谷（穀）　猪（豬）　厉（厲）　奋（奮）

办（辦）　艰（艱）　战（戰）　斋（齋）　粘（黏）

临（臨）　弹（彈）　归（歸）　弥（彌）　瓮（甕）

殡（殯）　矫（矯）　脍（膾）　献（獻）　党（黨）

祢（禰）　辞（辭）　属（屬）　断（斷）　触（觸）

弯（彎）

俗體被確認為正體，只是人為地規定了它們在鄭重場合的地位。換句話說，這些形體佔據了優勢的生態位，不僅在民間文本中出現，而且能夠應用於官方文件，但這並不意味著泛化和競爭的終止。民間的俗體依然不斷產生，出現頻率高、流行地域廣、持續時間長的俗體，會取代繁難冷僻的正體。

字形的泛化是漢字數目與日俱增的原因之一，同一個漢字的多種形體為漢字嬗變提供了競爭與選擇的機會，而競爭一方面催動新字形產生，另一方面又迫使那些隨機產生卻很少使用的字形逐漸消亡。從東漢許慎《說文解字》收字9353 個到 2010 年第二版《漢語大字典》收字 60370 個，漢字數量不斷攀升，其中就包含了大量已經消亡的漢字。據裘錫圭《文字學概要》提供的信息：甲骨文單字約有四五千個，《十三經集字》統計十三經共用單字 6544 個，一般使用的漢字的數量也還是四五千個的樣子。這個看法是符合實際的，掌握 5000 漢字就可以維持通常的文本信息交流，如果要研究歷史文本，那就需要借助工具書讓那些消亡的漢字起死回生。

二、類化與避讓

漢字形體的類化是漢字學研究的重要課題，在稱述這一現象時，往往類化與同化作為同一概念混用，沒有統一的科學定義。類化與同化其實是兩個不同的概念，不應混為一談。僅就類化而言，各家也有各自不同的理解，這很不利於研究工作的開展。有一種意見試圖借助西方語言學理論區分類化與同化這兩個不同的概念，認為「索緒爾所談的『句段關係』和『聯想關係』即詞的『組合』和『聚合』關係」，「『聚合』和『組合』關係不但存在於文字符號系統中，而且對文字符號產生直接的影響」，漢字的類化與同化就是在不同的聚合與組合關係中發生的現象：〔註27〕

〔註27〕孫建偉《從聚合與組合視角看漢字的「類化」與「同化」現象》，《內蒙古社會科學》（漢文版），2016 年 1 月第 37 卷第 1 期，第 165 頁。

　　　　漢字的「同化」現象是在漢字與漢字組合過程中發生的，而漢
字的「類化」現象則形成於文字符號的「聚合」過程中。進一步來
看，漢字「同化」現象發生的直接原因是形體共現，同時受人們書
寫習慣或認知習慣的影響；漢字「類化」現象出現的直接原因是其
所記錄的詞義處在同一個聚合群內，從而在字形上有所反映，或是
某些構件在書寫中向同一寫法趨近，進而形成同一個聚合體。

　　不錯，漢字系統中確實存在「聚合」和「組合」關係，這種關係的確對漢
字形體的嬗變產生影響。但是，不論類化還是同化，都只能在造字或漢字運用
的過程中發生，漢字形體的一切變化，都是漢字與其所在生態環境相互作用、
相互協同的生態運動所造成。「聚合」是語言材料按類集合，這些語言材料就
像倉庫裏的物品按類放置貯存，處於靜態，是字形類化的歷史積累。所謂形聲
字形旁或聲旁的類化，並非因為它們聚合在一起才發生類化，而是它們在語流
中發生的變異已為既成事實，在靜態條件下按它們的形體特徵分類而已。「組
合」是言語成份相互選擇構成動態的語流，字形、語音、語義、語法的變異都
在語流中發生，這是語言生命力的表徵。處於靜態的語言材料只有進入言語流
才能變為言語成份，獲得生命，產生變異。因此，字形的類化並非因「聚合」
而發生，即使「詞義處在同一個聚合群內」，也必須在適宜的環境條件下，語
流中字音或字形相互影響相互作用發生趨同的變異，才有類化的可能。

　　類化與同化並非「在不同的聚合與組合關係中發生的現象」，而是漢字在運
用過程中所造成的形體趨同現象。

　　儘管如此，從漢字研究的科學性著眼，類化與同化作為兩個不同的概念應
予嚴格區分，不宜混為一談。漢字的類化，是由於語音或語義類同而造字採用了
相同的構件，或由構件不同的漢字與環境因子相互作用，使漢字在語流中某些
構件變為相同形體的現象。漢字的同化，即造字形體偶然相同及借用現成形體
借而不還，或形體不同的漢字在語流中與環境因子相互作用，變為相同形體的
現象。由此可見，同化是類化的極致，類化只是使漢字內部的某些字元或字素變
為同形，而同化則是若干漢字的整個形體變得完全一樣。異化則是漢字在運用
過程中與環境因子相互作用，增減或改變字元、字素，產生新形體的現象。

　　漢字從造字之初，字形就和字義存在密切聯繫。傳統六書的象形、指事、
會意字都是通過字形傳達字義信息。從東漢許慎的《說文解字》用表徵字義的

540 個字素建立部首，歷代字書直到現代的《漢語大字典》，都依據表義字素的形體特徵按類分部。但是按字形特徵建立的部首，只是具有相同字元或字素的漢字的靜態分類，是字形類化的歷史積累，並不是實時語流中發生的類化運動。因此，研究類化不能停留於按字形特徵或字音特徵的靜態分類，而應更深入地探索語流中類化運動產生的原因。

常見的類化發生在語流中一個漢字的字形受位置相鄰的另一個漢字字形的影響。「鳳」是古代傳說的五色神鳥，甲骨文字形最初是長尾鳥的象形符號，後來添加了「凡」作為聲符；「皇」《說文·王部》訓為「大」。從白王聲，「白」是孔雀尾翎的象形符號（《皇字新解》，《語言研究》1986.2）。兩字音、義各異，但是，後來組合為雙音詞並且進一步凝固為聯綿詞之後，「皇」受「鳳」影響，「鳳皇」類化為「鳳凰」。「展」《說文·屍部》訓為「轉」；「轉」《說文·車部》訓為「運也。從車專聲」。兩字音、義有別，組合為雙音詞並且進一步凝固為聯綿詞之後，兩者共同表示一個語義，並且存在疊韻關係，「展」受「轉」影響「展轉」類化為「輾轉」。

「火伴」變為「伙伴」，「昏姻」變為「婚姻」，「獫允」變為「獫狁」，「巴蕉」變為「芭蕉」，「扁鵲」變為「鶣鵲」，「嬰孩」變為「嬰孩」，都是因為相鄰兩個漢字共同表示一個語義，長期連用，為字形在語流中的類化提供了便利。可見這是類化發生的一個重要原因。

類化並非孤立產生，有的情況是以異化為先導。語流中由於字音強弱不同引發音變，為適應新出的字音而改變字形，造成漢字異化。異化後的字形又為類化提供了機會。

《詩·豳風·七月》：「一之日觱發，二之日栗烈。」《小雅·蓼莪》：「南山烈烈，飄風發發。」《小雅·四月》：「冬日烈烈，飄風發發。」鄭玄箋：「烈烈，猶栗烈也。」程俊英《詩經譯注》第 415 頁：「烈烈，魯《詩》作栗栗，亦作栗烈。」「栗」為上古質部來母字，質部擬音［-et］；「烈」為上古月部來母字，月部擬音［-at］。同一語詞書面字形的不同，體現了實際字音的微妙變化。雙聲聯綿詞「栗烈」的來源，有兩種可能：讀「栗栗」的人群在連續的語流中發第二個音節力度相對減弱，韻母主元音變鬆，音值由［-et］變為［-at］，為適應語音的實際變化，「栗栗」異化為「栗烈」；讀「烈烈」的人群比較著力於第一個音節，其韻母主元音逐漸高化，為照顧實際讀音，字形「烈烈」異化

為「栗烈」。《曹風‧下泉》「冽彼下泉」孔穎達疏:「《七月》云:『二之日栗冽』,字從水,是遇寒之意,故為寒也。」「烈」字從火,與寒意不合,故「栗烈」在語流中字形又異化為「栗冽」。段玉裁《說文解字注》冰部下「冽」字條曰:「凜冽,寒貌。」「栗」受「冽」影響類化為「凜冽」。

段玉裁《說文解字注》云:「《詩》『二之日栗烈』,《說文》冰部作僳冽。」「栗烈」異化為「僳冽」,「僳」,從亻栗聲,強調寒冷是人的感受。《經典釋文‧毛詩音義‧豳‧七月》「栗烈」條下云:「並如字,栗烈,寒氣也。《說文》作颲颲。」《說文》徐鉉注:「颲,力質切;颲,良薛切。」栗、颲同為質部來母字;烈、颲同為月部來母字。「栗烈」異化為「颲颲」既保持了原來的字音,又使新產生的字形類化。顯然,這不是字形的影響,而是運用語詞的人群強調自身的感受,把寒氣與風關聯起來。由於人群認知意向的導引,兩個相鄰的漢字在保持與原來的字音相同或相近的條件下發生異化,而異化的結果使新產生的字形類化。例如:

彪休→咆哮;扶服→匍匐;杳窱→窈窕;扶蘇→婆娑。

可見人群認知意向的導引,是類化產生的又一重要原因。

伴隨著形聲字的大量產生,形旁和聲旁都發生了類化。形旁類化的歷史積累,造成了語義與形旁相關的許多字群。聲旁類化的歷史積累,一是使一群漢字的讀音相同或相近,如「泧、峨、娥、鵝、俄、餓、蛾」,其中的聲旁「我」就只是標識聲音的字素,沒有任何語義;再是使一群漢字不但讀音相同或相近,而且存在語義聯繫。

自北宋王聖美提出右文說,經沈兼士的系統研究,學界已普遍接受有些形聲字的聲旁有兼表語義的功能。例如「喬」,《說文‧夭部》:「高而曲也。」此字《邵鍾》銘作「喬」,《侯馬盟書》作「喬」,于省吾《甲骨文字釋林》第458頁說:「喬字的造字本義,係於高字上部附加一個曲劃,作為指事字的標誌,以別於高,而仍因高以為聲。」這是完全正確的。考《說文》所收從「喬」聲之字,聲旁「喬」兼表「高」義的有:

橋,「水梁也。從木,喬聲。」水上之梁必高於水面。

僑,「高也。從人,喬聲。」

鐈,「似鼎而長足。從金,喬聲。」足長必高。

趫,「善緣木走之才。從走,喬聲。」善緣木必攀高。

蹻，「舉足行高也，從足，喬聲。」

繑，「絝紐也。從糸，喬聲。」絝紐必在絝之高處。

嶠，「山銳而高也。從山，喬聲。」

驕，「馬高六尺為驕。從馬，喬聲。」

撟，「舉手也。從手，喬聲。」手舉則高。

鷮，「走鳴長尾雉也。乘輿以為防釳，著馬頭上。從鳥，喬聲。」著馬頭上則高。

但是，並非所有聲旁都能兼表語義。《說文》所收下列從「喬」聲的字，聲旁就沒有「高」義：

嬌，「姿也。從女，喬聲。」

矯，「揉箭箝也。從矢，喬聲。」

敽，「繫連也。從攴，喬聲。」

蟜，「蟲也。從蟲，喬聲。」

類似的例子如「鰕、瑕、騢、霞」的「叚」含有紅義，「蝦、椵、鰕、葭、暇、遐、假、瘕、豭」中的「叚」卻沒有紅義。

同一聲旁，在不同的漢字中可兼表好幾種語義。如：「輔、補、哺、餔」（相輔相稱義）；「鋪、舖、浦、圃、敷」（鋪陳散佈義）；「脯、晡、浦、匍」（盡義）。「破、簸」（分析義）；「被、帔」（加被義）；「波、坡、披、頗、跛、陂」（傾斜義）。兼表語義的聲旁為探究語源和研究同族詞提供了便利，而在漢字形體上，則是一群聲音相同或相近的字符類化的表徵。

並非只有形聲字的形旁和聲旁才發生類化，事實是漢字形體內部的任何構件，不論字元還是字素，都有發生類化的可能。郝茂以青川木牘、放馬灘秦簡、睡虎地秦簡、龍崗秦簡為研究對象，指出秦簡簡文中發生的類化生態運動，使字源不同字形殊異的漢字內部的構件變為同形。如「鬥」與「門」、「采」與「米」、「卂」與「凡」都是構件類化。還有「胃、黑、藩、膚」本來與「田疇」之「田」毫不相干，但在簡文中，這些字形內部都出現了與「田疇」之「田」形體相同的構件「⊞」。〔註28〕張靜也列出郭店楚簡簡文中字形

〔註28〕郝茂著《秦簡文字系統之研究》，烏魯木齊：新疆大學出版社，2001 年 8 月版，第 53～56 頁。

內部構件類化的幾組材料：〔註29〕

　　1.「剌、平、用、周、束、帚、沈」等字形內部都有一個相同的構件「用」，其中「用」由甲骨文「中」（《京津》3092）變為「用」；

　　2.「兩、害、南、矞、帝、魚、執、章」都有相同的構件「羊」；

　　3.「史、妻、克、厭、婁」都有「屮」；

　　4.「翏、光、應、錄、募、莆」都有「火」；

　　5.「眚、事、祇、殺」都有「乀」；

　　6.「貞、畐、壴、復、且、員、實、重、眾、胃、畏、得」都有「目」。

　　類化的極致是同化，類化缺乏制約機制必然導致漢字形體同化，形體相同的漢字難於區分語義，因此，為避免同形，漢字在類化過程中增減或改變構件的「避讓」運動，實質上是異化的表徵。原形體與避讓產生的新形體通常總是保留一定的形體特徵作為區分語義的標誌。例如「烏」與「鳥」，「烏」字沒有表示眼睛的一橫，避免與「鳥」字同形。又如「茶」與「荼」，《說文·艸部》：「荼，苦荼也。從艸，余聲。（同都切，臣鉉等曰：此即今之茶字。）」《玉篇·艸部》：「荼，杜胡切，苦菜也。又《爾雅》曰『檟，苦荼』。注云：『樹小似梔子，冬生葉可煮作羹飲』。又除加切。」《玉篇》不見「茶」字，而「荼」字有杜胡切、除加切兩讀，可見南朝梁代還沒有「茶」字，苦菜和茶這兩種植物都用「荼」字表示。到南唐才出現「茶」與「荼」的分立。《廣韻·麻韻》：「荼，苦菜。又音徒。」「荼」在麻韻讀宅加切，又音徒，用來表示苦菜。同樣讀宅加切的「檟」，《廣韻》釋為「春藏葉，可以為飲。巴南人曰葭檟。」釋文下列出「茶」字，注明「俗」。宋代茶葉的「茶」正字為「檟」，民間俗字為「茶」，為了避免與表示苦菜的「荼」相混，俗字「茶」去掉了「禾」上的一橫。

　　古文字也不乏其例。甲骨文獨素字「火」作「火」，作為字素則有好幾種形體：「火、火、火、火、火」。甲骨文獨素字「山」作「山」，作為字素則作「山、山、山」。兩字形體極易混淆。《睡虎地秦簡文字編》「火」無論作為字符還是字素都作「火、火」；「山」為獨體字符作「山、山、山」，為字素則作「山」或「山」。淘汰了容易相混的字形。

　　「戊、戌、戉」古字形並不從戈，現代楷書卻與從戈的「戌、戎」混為一類：

〔註29〕張靜《論郭店楚簡中的字形類化現象》，《古籍研究》，2005年第1期，第2～4頁。

　　戉，《說文・戉部》：「中宮也，象六甲五龍相拘絞也。戉承丁，象人脅。」不確。甲骨文作「千」（《乙》八六五八），像古代一種闊口兵器，不屬戈類。

　　戌，《說文・戌部》：「滅也。九月陽氣微，萬物畢成，陽下入地也。五行土生於戊，盛於戌，從戊含一。」不確。甲骨文作「牛」（《京》六四四），像古代斧鉞之類的兵器，不屬戈類。

　　戊，《說文・戉部》：「斧也。從戈，乚聲。」「從戈，乚聲」不確。甲骨文作「弌」（《續》四・二九・一），是一個不能分拆的獨體象形字。

　　這三個楷書字形雖與戈類相混卻各有相互區別的字元。

　　「己、巳、已」的楷書形體非常相似，其實字源不同：

　　己，《說文・己部》：「中宮也。象萬物闢藏詘形也。己承戊，象人腹。」不確。甲骨文作「弓」（《前》一・六・一）、「己」（《鐵》三九・四），像繩索纏繞之形。

　　巳，《說文・巳部》：「巳也。四月，陽氣已出，陰氣已藏，萬物見，成文章，故巳為蛇。象形。」不確。甲骨文作「旵」（《粹》一一一五），為「子（甹）」之簡省，象子未成形。卜辭借為「祀」。

　　有人認為《說文》的「弖」就是隸定的「已」，不確。《說文・巳部》：「弖，用也。」甲骨文作「奵」（《合集》八三八反），簡省作「夕」（《合集》二二五二七），《睡虎地秦簡文字編》作「ОＡ」（《日甲》二），《郭店楚簡文字編》作「乞」（《老甲》一三），隸定為「以」。[註30] 裘錫圭《說「以」》（《古文字論集》一〇六頁）認為其字構形「象人手提一物，其本義大概是提挈、攜帶這一類意思」。「用也」為引申義。可見「已」與「弖」無涉。甲骨文、兩周金文都沒有「已」的蹤影，《睡虎地秦簡文字編》、《郭店楚簡文字編》「已」、「巳」同形，直到戰國晚期「已」尚未創字，而以「巳」對應其所表達的語素義。

　　《玉篇・巳部》：「巳，徐里切。嗣也，起也。又弋旨切。退也，止也，此也，棄也，畢也，又訖也。」一字兩讀，語義不同。《廣韻・止韻》出現「已」與「巳」分立：「已」讀羊己切，釋為「止也，此也，甚也，訖也。又音似」；「巳」讀詳里切，釋為「辰名。《爾雅》曰：太歲在巳，曰大荒落」。

〔註30〕張守中、張小滄、郝建文撰集《郭店楚簡文字編》，北京：文物出版社，2000年5月版，第198頁。

「己、巳、已」來源各異，現代楷書字形雖然有共同的字元「⊐」而類化，卻各自憑藉另一個字元「乚」筆劃的長短避免同形。

為了避免字形過分類化造成語義混淆，具有相同字元或字素的漢字會發生異化相互避讓，產生不同的字元或字素以便相互區別，利於辨義。趙誠《古文字發展過程中的內部調整》一文舉了兩組例子：〔註31〕

甲骨文「𩵋、𣅀、𣌁、會」都有相同的字素「⊔」，像盆一類的器皿。這就與像嘴巴的「⊔」同形，為了避免引起誤會，後來像盆的「⊔」變成了「臼」，隸定作「曰」。這組字楷書作「魯、杳、曹、會」，不再與「口」相混。

甲骨文「臽、舂、舊、盇、蠱」都具有相同的字素「∪」，而其中有的「∪」表示器皿，有的表示坎穴。後來表示坎穴的「∪」變成了「臼」，隸定作「臼」。「臽、舂、舊」楷書作「臽、舂、舊」。表示器皿的「∪」變成了「皿」，隸定作「皿」。「盇、蠱」楷書作「盇、蠱」。這樣形義分明，絕不相混。

類化使漢字形體趨同，具有相同構件的漢字形體，利於記憶學習掌握，但表示不同語義的字元或字素相同的數量太多不利於辨別語義，也掩蓋了語源和字源，這就迫使一群漢字內部相同的字元或字素發生異化相互區別，避免類化程度過高妨礙表義的準確性。漢字的類化與異化相輔相成，類化抑制了異化的無限擴展；異化一方面提供了類化發生的機會，另一方面又抑制類化發展為同化。

三、同化與異化

同化是類化的極端情況，是漢字形體出於辨義目的必須儘量避免發生的現象。但是，就漢字系統的功能目標而言，同化是節省造字材料，限制漢字數量增長的策略。因此，作為生存策略的生態運動，從古到今漢字系統中一直存在同化的產物——同形字。

同形字是一個異議紛呈的概念，可以歸納為兩種意見。一種意見是：「所謂同形字，是指用一個文字符號分別記錄兩個或兩個以上不同的詞，其文字符號就是同形字，其現象稱為異詞同形現象。」這個定義包括了五種情況：早期同形，詞語之間有源流關係；假借同形，詞語之間無聯繫；假借同形，詞語本為

〔註31〕趙誠《古文字發展過程中的內部調整》，載山西省文物局考古研究所編《古文字研究》（第十輯），北京：中華書局，1983 年 7 月版。

同源；音變構詞形成的同形字；造字耦合，異詞之間無聯繫。〔註 32〕另一種意見認為：「同形字是形體相同的幾個字，有著不同的構形來源與理據，記錄意義無關的幾個詞（詞素），分屬不同的字位。同形字有三種區別特徵：一是一個字形記多詞，二是構形「來源與理據」的多重性，三是不同字位間意義無關、義不同源。」這個定義旨在釐清「同形字與假借字、異體字、同源字、古今字之間的關係」，為文本研究工作提供便利。〔註 33〕

　　漢字之所以同形，首先是造字的偶然性。造字偶然產生同形，不是漢字系統有目的的生態運動，而是隨機的漲落。漲落可能衰減，其中有的同形字自然消亡；漲落也可能放大，造成一群同形字。但是漢字系統的自我調節機制會把同形字控制在一定水平、一定範圍、一定數量之內，整體上不會威脅到系統的辨義功能。《廣韻・嶝韻》：「櫈，几櫈；凳，床凳。出《字林》。」這兩個字互為異體，讀音都是都鄧切。《耕韻》：「橙，柚屬。宅耕切。」分別對應家具和水果的這兩個「橙」字顯然是偶然同形，現在，對應家具的「橙」已消亡，而「凳」獨存。《說文・水部》：「湹，河津也。在西河西。從水垂聲。（土禾切）。」《廣韻・戈韻》：「湹，水在西河。」讀土禾切。《說文・口部》：「唾，口液也。從水，垂聲。（湯臥切）湹，唾或從水。」《廣韻・過韻》：「唾，《說文》云：『口液也』；湹，上同。」讀湯臥切。「唾」與「湹」互為異體，對應口液的與對應水名的「湹」同形也是偶然的，現在對應口液的「湹」已消亡，而「唾」獨存。隨機的漲落不可預測，但漢字在使用過程中與環境因子相互作用發生變異，則是無可迴避注定要發生的事實。因此，這是考察的重點。

　　傳統「六書」的假借，本無其字，依聲託事，歷來認為是用字法，不是造字法。有人認為是不造字的造字，因為雖然沒有造出新字卻用現成的字對應語素義，節省了造字材料卻有了代表新語詞的字符。例如「我」，甲骨文字形「𢦒」（《佚》五五〇）像一種鋸齒形的兵器，借它的形體表示第一人稱。一個字形分別對應兩個語素義，承擔了兩個字符的功能。「鋸齒形兵器」與「第一人稱」語義對立，字形同化。作為「植物繁殖器官」的「花」與「耗費」的「花」也是

〔註 32〕倪懷慶《〈墨子〉中的同形字探析》，《寧夏大學學報》（人文社會科學版），2013 年 3 月第 35 卷第 2 期，第 52～55 頁。

〔註 33〕李軍、王靖《同形字的定義與特徵》，《南昌航空大學學報》（社會科學版），2016 年 3 月第 18 卷第 1 期，第 83 頁。

兩個毫不相干的語素義，「耗費」的「花」借用「植物繁殖器官」的「花」的現成字形，造成同化，本來應該分別用兩個字符對應的現在卻只用一個。這是在經濟性原則作用下，人群主體所進行的有目的性的字形同化。隨著古代鋸齒形兵器的消失，作為第一人稱代詞的「我」喪失了競爭對手，但「植物繁殖器官」的「花」與「耗費」的「花」依然堅持同形，毫不相讓。

漢字在運用過程中，受文本環境、人群主體認知意向的影響，漢字的形體會發生變異而同化。

《爾雅·釋草》：「蘜，治蘠。」「蘠蘼，虋冬。」《說文·艸部》：「蘜，治牆也。」「治牆」之「牆」受「蘜」影響添加艸，類化為「蘠」，結果與「蘠蘼」之「蘠」同形。

《爾雅·釋草》：「蘩，皤蒿。」「蘩，菟葵。」「繁，由胡。」阮元《校勘記》：「唐石經雪牕本注疏本同《釋文》『蘩』音『繁』，今作『繁』。按『繁』當作『蘩』，此『蘩，由胡』與上『蘩，皤蒿』一也，字皆從艸。付崧卿本《夏小正》『蘩，由胡。由胡者，繁母也。』上『蘩』下『繁』最有區別。《春秋·隱三年》正義及邢疏『蘩，皤蒿』皆引陸機疏曰《夏小正》『蘩，遊胡』。今本《夏小正》亦作『繁』，皆俗寫流傳失其本真，非古字通也，《詩》『采蘩』字亦從艸。」阮元認為由胡是艸類，本字應該是「蘩」，但從漢字發展歷史看，形聲字後出，俗寫反而保其本真。《釋草》「茷，蒸縷」郭璞注：「今繁縷也。或曰雞腸草。」《廣韻·豪韻》：「繁縷蔓生，或曰雞腸草也。」《說文·艸部》：「蒸，艸也。」徐鍇《說文繫傳》：「今繁縷草。」「繁縷」為草類，傳寫為「蘩縷」當是人群主體心理認知作用的影響，「由胡」之「繁」變為「蘩」作如是觀。這樣類化的結果，訓為「由胡」與訓為「皤蒿」、「菟葵」之「蘩」三個字符同形。

《爾雅·釋木》：「無姑，其實夷。」《經典釋文》：「夷，舍人本作桋，同。」《爾雅·釋木》：「女桑，桋桑。」《經典釋文》：「桋，大兮反，或作夷。」「夷桑」之「夷」受「桑」影響類化為「桋」，無姑之實的「夷」因為是樹木上結的果實，被人為地加上「木」字素變為「桋」，這兩個字就與《說文·木部》訓為「赤楝」的「桋」同形。

《爾雅·釋魚》：「大者魧，小者鯢。」《說文》：「魧，大貝也。一曰：魚膏。」《經典釋文》：「魧，謝戶郎反，郭胡黨反，《字林》作蚢，云：大貝也。又口葬反。」古代「蟲」的概念涵蓋一切生物。《大戴禮記·曾子天圓》：「毛

蟲之精者曰麟，羽蟲之精者曰鳳，介蟲之精者曰龜，鱗蟲之精者曰龍，倮蟲之精者曰聖人。」如《莊子・逍遙遊》「之二蟲又何知」的「蟲」，指稱「蜩與學鳩」（即蟬與小鳥）。《爾雅・釋蟲》：「蚢，蕭繭。」郭璞注：「食桑葉者，皆蠶類。」《爾雅》、《說文》作「魠」，《字林》作「蚢」，顯然是人群主體在運用過程中按照認知意向主觀改寫。這樣一來，訓為「大貝」的「魠」變為「蚢」，與訓為「蕭繭」的「蚢」同形。

《說文・艸部》「萎，食牛也。從艸，委聲。（於偽切）」因為語義的影響，「萎」的後起字易「艸」為「食」作「餧」，而文本中由於形似，「餧」也寫成「餒」，於是「食牛」的「餧」與「飢餓」的「餒」同形。《玉篇・食部》：「餒，奴罪切，饑也。一曰：魚敗曰餒。又於偽切，餒，飼也。」「餒」對應了「饑也」和「飼也」兩項不同的語義。《玉篇・食部》也收了「餧」：「奴罪切，餓也。」與「餒」的第一個語義相近。《篆隸萬象名義・食部》有「餒」無「餧」：「餒，奴猥反，耕，餓，飤。」「飤」即「食」、「飼」。「餒」集三義於一身。《龍龕手鑒・食部》也是有「餒」無「餧」：「餒，於偽反，飲也。」這個讀於偽反的「餒」，就是《說文》「食牛」義的「萎」的後起字。《說文・食部》：「餒，饑也。從食，委聲。一曰：魚敗曰餒。（奴罪切）」《說文》的「餒」已經襲取了「餧」的讀音和語義，而且在運用中產生了異體「鮾」、「朘」、「鮽」、「胲」。慧琳《一切經音義・前高僧傳》音：「餒者，奴磊反，或從魚，作鮾，魚敗臭也。《論語》曰：『魚餒而肉敗。』孔注云：『魚敗曰餒。』亦從肉，作朘，並臭壞之魚。」《廣韻・賄韻》：「餒，饑也。一曰：魚敗曰餒。奴罪切。餧，上同。鮽，魚敗。胲，上同。」此「胲」又與「骸」小韻下讀土猥切訓「腿胲」的「胲」同形。可見字形的異化也為同化提供了契機。

訛寫也可能造成字形同化。《說文・臣部》：「牽也，事君也。象屈服之形。」而郭沫若《甲骨文字研究》釋「臣」為豎目，這是一個由於傳寫疏忽造成兩字同形而引起的誤會。我在《「臣」字新論》一文中指出：「『臣』於造字之初，與『目』在形、音、義三方面都完全無涉，但後來甲文橫寫之『目』有變豎者，字形與『臣』混而為一，豎寫之『目』原有的讀音遂為『臣』的讀音所取代，各自原有的意義卻在形、音統一的條件下保持下來。」[註34]「臣」甲骨

〔註34〕李國正《「臣」字新論》，《廈門大學學報》（社會科學版），1985 年第 1 期，第 125 ～127 頁。

文通常作「⿱」（《乙》五二四），像一人手足對縛，中部圈狀物象繞繩之形。有的在繩圈內加一短劃特別指明縛處。金文之「臣」則在繩圈內加一圓點。《侯馬盟書》作「⿱」，「臣」字「綁縛」的意義在字形上表現得非常明顯。「目」甲骨文通常作「⿱」（《鐵》一六・一），橫豎之別為甲骨文中「目」、「臣」之分野。《甲骨文編》中「臣」字橫寫僅見一例，即「（《京津》一二二〇）方人其臣商」片之「⿱」，像縛者仰天之狀。甲骨文「目」橫寫乃通例，偶見斜寫而近豎之字形，如「⿱」（《鄴》三下・四一・三），「臣」、「目」相混由此發端，兩周金文「目」、「臣」已同化。小篆中以「目」為造字構件的「望、監、臨」和以「臣」為造字構件的「臤、堅、臧、緊、賢」因為「目」、「臣」同形而具有相同的構件。

　　「言」與「糸（幺）」的甲骨文字形本來區別很明顯，如果刻寫疏忽就會造成字形接近或相同。「言」的甲骨文字形從⿱從口，通常刻作「⿱」，偶而也刻作「⿱」，如第一期甲骨文就有「⿱」（《合》四六七）。用刀如果圓滑一些，「⿱」就很容易刻為「⿱」。同理，刻「⿱（幺）」時如果生硬些，也很容易刻為「⿱」，這就難免「言」與「幺」相互混淆。造字之初，「幺、糸」並無不同，甲骨文作「⿱」（《粹》八一六）、「⿱」（《甲》三五七六）、「⿱」（《乙》五三九七）、「⿱」（《京》四四八七）、「⿱」（《乙》一二四）等形。《汗簡・言部》的「諷、試、謁」三字，左偏旁不作「言」而作「⿱」，與「糸（幺）」的《說文》古文及甲骨文字形完全一模一樣。這是「言」訛為「糸（幺）」的證據。《古文四聲韻》所收「巒、變」兩字的上部分別作「⿱、⿱」，還保持著甲骨文「糸（幺）」的構形元素「⿱、⿱」。《古文四聲韻》引古《孝經》「亂（亂）」字上部作「⿱」，下部作「十」，中部作「⿱」；引《道德經》、古《尚書》和《籀韻》，「亂（亂）」字的上部與下部同古《孝經》一樣，但中部依次為「⿱、⿱、⿱」，作為「亂（亂）」字構件的「幺」，分別寫為「⿱、⿱、言」。長沙子彈庫楚帛書的「⿱（幺）」也寫作「⿱」。《集古文韻・琰部》「⿱」字的左偏旁「言」也有「⿱、⿱」兩種寫法，可見「幺」訛為「言」是較為普遍的現象。這樣，「幺、言」古文同形就為甲骨文「糸（幺）」分化出金文「蠻」提供了有力的證據。從言、絲的金文「蠻」是從第一期的甲骨文「系（⿱）」訛變而來。

　　《說文・言部》以「⿱」為「蠻」的古文，這個古文形體是「系」之甲骨

文字形「⿰」的遺緒。「⿰」下部的「又」是後來添加的，這與「亂（亂）」字的情況相似。「亂（亂）」甲骨文作「⿰」（見《南南》一·一八二「⿰」字的左偏旁），而金文在下部加「又」就成了「⿰」（《召伯簋》、《琱生簋》銘）。據此可知，「蠻」的金文和古文這兩類古字形都源於「系」之甲骨文的不同形體。「亂（亂）」之魏三體石經古文「⿰」則肇自西周晚期《毛公鼎》銘「亂（亂）」的異體「⿰」。睡虎地秦墓《日書》甲種第 5 號簡（正面）以及湖北荊門包山楚墓第 192 號簡的「亂（亂）」都作「⿰」，保留了《毛公鼎》銘「亂（亂）」的異體字「⿰」兩旁的四「口」。湖北荊門郭店楚簡「亂（亂）」既作「⿰」（《尊六》）、「⿰」（《尊二五》），又作「⿰」（成三二），顯示戰國時期在楚國，「亂（亂）」的字形上部正處於由「⿰」變「⿰」，再向「⿰」嬗變的階段。長沙子彈庫楚帛書和魏三體石經《書·無逸》的「亂（亂）」都作「⿰」，兩旁的「呂」變為「⿰」。《汗簡·爪部》所收「亂（亂）」的一個古文與《說文·言部》所收「蠻」的古文「⿰」同形；《汗簡·爪部》所收「蠻」的古文與《古文四聲韻》卷四所收古《孝經》「亂（亂）」的古文「⿰」同形。由於「蠻」、「亂」兩字戰國古文同形，「蠻」承擔了「亂」字的「亂」、「治」兩義，因此，長期以來兩字被誤以為表示的是同一個詞。

　　漢字運用過程中由於訛寫導致的同形，會被隨機利用，如甲骨文「臮（望、望）」的產生，就是「見」的字素「人」上之「目」由橫寫改為豎寫所致。甲骨文的「見」，「人」上之「目」一律橫寫，但是，橫寫的「目」由於人群主體為了突出舉目遠望的語義，在認知意向作用下故意豎寫，這就使字形發生異化，形成「見」與「臮」的對立。而這種對立，恰是利用了「臣」、「目」由於訛寫導致的同形。因此，《說文》中以「臣」為字素之字，語義有兩個來源：一類如「叡、堅、賢、緊」的語義與「綁縛」義的「臣」有關；另一類如「望、監、臨」的語義則與「目」有關。

　　隸變不僅導致古文字大量偏旁類化，也是造成漢字同化的動因之一。⿰，《說文·肉部》：「胤也。從肉，由聲。（直又切）」⿰，《說文·冃部》：「兜鍪也。從冃，由聲。（直又切）」這兩個字小篆只有聲符相同，隸變後同形，都作「冑」。⿰，《說文·舌部》：「在口，所以言也，別味也。從干，從口，干亦聲。（徐鍇曰：凡物入口必干於舌，故從干。食列切）」⿰，《說文·口部》：「塞口也。從

口，昏省聲。（昏音厥，古活切）舌，古文從甘。」《廣韻・薛韻》：「舌，口中舌也。《山海經》云：長舌山有獸名長舌，狀如禺而四耳，出則郡多水。又姓。《左傳》越大夫舌庸也。食列切。」《廣韻・鎋韻》：「舌，塞口也。《說文》作「舌、話、栝」之類從此。」讀下刮切。這兩個字小篆只有字素「口」相同，隸變後同形，都作「舌」。

同化減少了漢字的數量，而異化使漢字數量增長；同化使語義表達模糊混淆，異化在一定程度上消減了同化造成的辨義困難。漢字系統通過這樣的互逆運動，使系統成份新陳代謝，不斷進化。漢字在使用過程中與環境因子相互作用，增減或改變字元、字素，既抑制了同化的擴展，又產生了新字。上文舉的「茶」，去掉「一」這個字元，產生新字「茶」；「巳」，把字元「乚」的左豎寫短一點，產生新字「已」。不過，「茶」、「已」都是一個形體對應兩個互不相干的語素義，這種情況較少。大量的異化發生在一個漢字形體增添表聲或表義的字素，產生語音上或語義上有聯繫的一群新字。如「鳥」加表聲音的字素「奚」異化為「雞」，加「甲」異化為「鴨」，加「凡」異化為「鳳」，加「牙」異化為「鴉」；「辟」加上表示不同語義的字素，就異化產生「避、劈、癖、僻、霹、劈、譬、辟、擗、璧」。這些孳乳字大部分脈絡清楚，但有的異化現象撲朔迷離，由於字形嬗變錯綜複雜以致語源不明，給研究工作造成困難。最典型的莫過於對「亂」字的研究。

因為「亂」在古籍中訓「治」，對這種反常的現象必須作出科學的解釋。自乾嘉迄今，王念孫、錢大昕、段玉裁、林義光、郝懿行、徐朝華等學者相繼提出了反訓說、轉注說、同形說、假借說、同訓說，他們或限於語義，或偏於字形，或重於音韻，未作全面考察，故難窺其全豹。我在《說「亂」》一文中，從追溯字形淵源入手，全面考察「亂」何以具有「治」義。〔註35〕

扼要而言，字符「亂」由「𤔔」和「乚」兩個字素構成。「𤔔」最古老的字形見於西周懿王時的《牧簋》銘文，下部不從又而從土，孝王時《五年琱生簋》銘文從又，與小篆字形基本相同。金文中「𤔔」與「司」構成新字「嗣」，「𤔔」的下部除繼續保持又而外，還有「寸、止、巾、⼂、屮」等等多種變體。《甲骨文編》卷三「𤔔」（《師友》一・一八二）左邊的字素是「𤔔」，下部從「又、

〔註35〕李國正《說「亂」》，《古漢語研究》，1998 年第 1 期，第 30～36 頁。

寸、止、巾、个、屮」等等多種變體的金文，都是以「𤔔」為基礎增添構件造成的。「𤔔」從爪從幺從工，楊樹達認為「工乃象互形」，「互可以收繩，亦可以收絲」。〔註 36〕陳維稷主編的《中國紡織科學技術史》（古代部分）第 51 頁指出：1979 年江西貴溪崖墓（距今 2595±75 年屬春秋戰國之間）中發掘出一批紡織工具，其中就有幾塊平面呈工形的繞紗框。這種工具既可繞紗，也可繞絲，絲從框上脫下即成束絲，該書附有實物圖形可資驗證。工為繞絲框證據確鑿，無可爭議。由此可知「𤔔」的造字本義應為「治絲」，義域泛化即有「治」義。「𤔲」右邊的「ㄎ」，郭沫若認為「象古之剞劂，即刻鏤之曲刀形，因以用於黥鑿罪人或俘虜之額，故借施黥之刑具剞劂表現罪愆之義」。〔註 37〕可見「𤔲」的造字本義為「治罪」。《甲骨文編》卷三認為此字《說文》所無，誤。《說文·辛部》的「辭」，左邊字素的初文是「𤔔」，右邊字素的初文是「ㄎ」，《說文》訓「辭」為「訟」顯然不是造字本義。「𤔔」分別增添字素「ㄎ」和「司」，產生甲骨文「𤔲」和金文「𤔲」。裘錫圭《文字學概要》舉出「䈤、員、䛐」等三個兩聲字，而「𤔲」在兩周金文裏也是個兩聲字，它在銘文裏既有「主管」義，讀「司」聲；又有「治理」義，讀「𤔔」聲。試看以下用例：

（穆王）《靜簋》銘：「丁卯王令靜𤔲射學宮。」

（孝王）《盠方尊》銘：「用𤔲六𠂤王行參有𤔲：𤔲土、𤔲馬、𤔲工。」

（春秋）《晉公𥂴》銘：「□□百蠻，廣𤔲四方，至於大廷，莫不來□。」

（春秋）《𢉀壺》銘：「商之台□𤔲衣裘車馬。」

前兩例用為「主管」義，讀「司」聲。經典「𤔲」多作「司」。如《禮記·曲禮下》：「天子之五官，曰：司徒、司馬、司空、司士、司寇，典司五眾。」後兩例用為「治理」義，讀「𤔔」聲。經典「𤔲」多作「亂」，或逕改寫為「治」。如「𤔲四方」，《書·顧命》作「亂四方」，偽孔傳作「治四方」。可見「亂」是用為「治理」義的「𤔲」的異體。

「𤔲」在運用過程中，左右兩個字素的形體都在發生變化。左邊的字素一方面以甲骨文「𤔔」為基礎增添「又、寸、止、巾、个、屮」等構件，另一方面又在減少字元，出現「𤔔、𤔔、𤔔、𤔔」等形體。右邊的字素逐步減少字元，嬗變

〔註 36〕楊樹達《積微居小學述林》，北京：中華書局，1983 年 7 月新 1 版，第 89 頁。

〔註 37〕郭沫若《甲骨文字研究》，北京：科學出版社，1962 年 11 月新 1 版，第 172～183 頁。

的軌跡是「司」→「ᄀ」→「ᄀ」→「⻖」。左右兩個多變的字素相互組合，產生了一群新的異體。例如：

1. 左右兩部分都減少字元。如康王時《大盂鼎》銘的「嗣」，左邊「⊢⊣」作「一」，右邊「司」作「ᄀ」，產生新的異體「ᄀ」。

2. 右部分減少字元。如穆王時《㝬簋》銘的「嗣」，「司」作「ᄀ」；《司土司簋》銘的「嗣」，「司」作「ᄀ」；戰國晚期的詛楚文《湫淵》「淫失甚亂」之「亂」，「司」作「⻖」。產生新的異體「嗣」、「亂」與「亂」。《說文》小篆作「亂」。

3. 左部分減少字元。如西周晚期《伯姑父鼎》銘的「嗣」作「嗣」。《古陶文字徵》陶文「嗣」作「嗣」（2.4 令嗣樂作太室壎），這個「嗣」右邊的字素一旦簡化為「⻖」，那就會產生一個新的異體「乿」。《集韻·至韻》：「治，乿，理也。古作乿。」顯然，這個「乿」正是「嗣」減少字元產生異體隸定的字形。

從春秋到西漢，「嗣」在使用過程中發生異化，至少產生了「嗣、嗣、亂、嗣、嗣、亂、乿、亂」等形體。大量異體字的產生為漢字形體嬗變提供了多種選擇機會。自漢以降，「亂」隸定的字形「亂」在眾多異體的競爭中長期居於穩定地位。《簡化字總表》（1986 年新版）以《宋元以來俗字譜》所收的「乱」為通行的簡化字，而「亂」作為繁體仍在古籍中繼續使用。

漢字異化的生態運動一方面造成異體字的繁多而增加了識讀的麻煩，另一方面又在一定程度上消減了類化和同化造成的辨義困難，為漢字形體嬗變提供了多種選擇機會，成為催生新字的動力。

四、分化與合化

漢字在使用過程中，與生態環境相互作用，字素發生分立的生態運動，稱為分化；字素發生組合或合併的生態運動，稱為合化。「行」是由兩個字素構成的字符，這兩個字素分立產生了新字「彳」、「亍」。「不」和「正」都是獨字素充當字符，這兩個字素組合產生新字「歪」。不過，這是極罕見的例子。通常情況下，分化或合化只是漢字內部結構調節的手段。漢字在分化與合化的生態運動中，形體發生嬗變，這樣的嬗變貫穿漢字整個發展過程。

余，甲骨文作「余」（《甲》三六五九），金文《何尊》銘作「余」，徐中舒主編的《甲骨文字典》：「象以木柱支撐屋頂之房舍，為原始地上住宅。」是一個獨字素充當的字符，小篆和楷書都分成上「人」下「禾」兩個字素。

鬯，甲骨文作「⊌」（《乙》一一八一），《甲骨文字典》：「象盛鬯酒容器之形，⊌象器身，下從∪乃器足。」是一個獨字素，楷書「鬯」分成「⊌、匕」兩個字素。

俎，甲骨文作「⩍」（《鐵》一六·三），《甲骨文字典》：「象俎上置肉之形。」是一個獨字素，金文保持獨字素，小篆「俎」和楷書「俎」分成「仌、且」兩個字素。

巫，甲骨文作「⊞」（《甲》二一六），是一個獨字素，金文保持甲骨文字形，小篆「巫」變成「𠆢、工、𠆢」，楷書「巫」變成「人、工、人」三個字素。

來，甲骨文作「𣏟」（《鐵》一八五·一）獨字素。《說文·來部》：「周所受瑞麥來麰。一來二縫，象芒束之形。天所來也，故為行來之來。《詩》曰：『詒我來麰』。」金文保持獨字素，小篆「來」和楷書「來」分析為「人、木、人」三個字素。

單，甲骨文作「𮥦」（《乙》一〇四九），金文《單異簋》銘作「𮥦」，獨字素。《甲骨文字典》：「此字初形應象捕獸之干，作 Y 形，後於兩歧之端縛石塊而成𮥦形。」楷書「單」分為兩個「口」和一個「甲」三個字素。

監，甲骨文作「𥄖」（《寧滬》一·五〇〇），金文保持甲骨文字形。《甲骨文字典》：「象人俯就於盛水之器鑑照其面容之形，為鑑之本字。」是由兩個字素合成的字符，小篆「監」變成「臣、𠂉、皿」三個字素，楷書「監」寫為「臣、𠂉、皿」。

桑，甲骨文作「𣘦」（《前》一·六·六），是一個獨字素，小篆「桑」和楷書「桑」分為上部三個「又」，下部一個「木」，四個字素。

奉，甲骨文作「𥝊」（《甲》二六七），是一個獨字素。金文《吳方彝》銘作「𥝊」，變為三個字素。小篆上部變成三個「屮」，中部一個「大」，下部一個「十」，五個字素。楷書把「屮」改寫為「十」。

燕，甲骨文作「𪅀」（《存》一·七四六），像燕子展翅之形。是一個獨字素，小篆「燕」分為「廿、口、𠤎、𠤎、火」五個字素，楷書「燕」把「火」改寫成「灬」。

合化也使字形發生改變。例如：

立，甲骨文作「𡗓」（《甲》八二〇），金文保持甲骨文字形，像人立於地面

之形。是由兩個字素組成。小篆和楷書合併為一個字素。

　　尹，甲骨文作「<ruby>尹</ruby>」（《存下》二二九黃尹），像以手持杖之形。由兩個字素組成，金文、小篆和楷書合併為一個字素。

　　「及、史、聿」的甲骨文分別是「<ruby>及</ruby>、<ruby>史</ruby>、<ruby>聿</ruby>」，《說文·又部》：「及，逮也。」會追及之意。「<ruby>史</ruby>」像以手持<ruby>屮</ruby>搏擊野獸。「<ruby>聿</ruby>」像以手執筆之形。這三個字從甲骨文到小篆，都是兩個字素，楷書全都合併為一個字素。

　　漢字在長期的運用過程中，分化與合化往往交錯發生。下面的例子就是如此：

　　寅，甲骨文作「<ruby>寅</ruby>」（《粹》七三六），像箭矢之形。是一個獨字素。金文《埜角》銘作「<ruby>寅</ruby>」，變為三個字素。小篆「<ruby>寅</ruby>」分為「宀、臼、工、彐」四個字素。楷書「寅」又合併為兩個字素。

　　庚，甲骨文作「<ruby>庚</ruby>」（《菁》四·一），是一個獨字素。《甲骨文字典》：「當是有耳可搖之樂器。」金文也是獨字素。小篆「<ruby>庚</ruby>」分為「人、干、彐」三個字素，楷書「庚」變為兩個字素。

　　申，甲骨文作「<ruby>申</ruby>」（《京》四七六），像電閃曲折之形。是一個獨字素。金文分為「コ、乙、コ」三個字素，小篆「<ruby>申</ruby>」變為「ヒ、丨、彐」三個字素，楷書「申」又合併為一個字素。

　　邦，甲骨文作「<ruby>邦</ruby>」（《前》四·一七·三），《甲骨文字典》：「象植木於田界之形。」是一個獨字素。金文分為「屮、口、乁」三個字素，小篆「<ruby>邦</ruby>」變為「半、口、邑」三個字素，楷書「口、邑」合併為一個字素「阝」。

　　眉，甲骨文作「<ruby>眉</ruby>」（《戩》一七·一七），《說文·眉部》：「目上毛也。」是一個獨字素。金文《小臣逋簋》銘作「<ruby>眉</ruby>」，分為兩個字素。小篆「<ruby>眉</ruby>」變為「乑、尸、目」三個字素，楷書「眉」合併為兩個字素。

　　異，甲骨文作「<ruby>異</ruby>」（《甲》三九四）像人頭上戴有物件。是一個獨字素。金文保持甲骨文字形。小篆分為「田、ヒ、彐、兀」四個字素，楷書「異」合併為兩個字素。

　　字素的分合存在於漢字發展的任何階段，郝茂《秦簡文字系統之研究》專用一節的篇幅討論秦簡中字素的訛黏與訛分。〔註38〕甲骨文「<ruby>字</ruby>」發展到小篆，

〔註38〕郝茂著《秦簡文字系統之研究》，烏魯木齊：新疆大學出版社，2001 年 8 月版，第57～63 頁。

下部的燕尾已變為「火」。《睡虎地秦簡文字編》裏的「魚」尾也變成了「火」，這恐怕不一定是訛分而是類化所致。有的字形確實為訛變，例如「萬」，甲骨文作「𧈢」（《前》三・三〇〇・五）像蠍子之形。一個字素充當字符，不能拆分。《說文・内部》：「蟲也。從厹，象形。」徐灝《箋》：「萬即蠆字，訛從厹，此古文變小篆時所亂也。因為數名所專，俗書又加蟲作蠆，遂歧而為二。」事實上，「𧈢」秦簡已訛分為「艸、禺」兩個字素。但有的字素分化與其說是訛分，毋寧說是臆分，亦即人群主體憑主觀認知拆分。如「焉」，《說文・鳥部》：「焉鳥，黃色，出於江淮，象形。」戰國晚期不但秦簡，而且詛楚文、中山王壺銘文都已拆分為兩個字素，這就不能認為是無意而訛，而是蓄意拆分，其中蘊涵一定的文化取向。

董，甲骨文作「𦰩」（《後下》一八・一），像人在火上烤，由兩個字素組成。《召伯簋》銘作「𦰩」，下部的「火」作「𡙛」，《㝬鍾》銘作「𦰩」，下部的「火」以形近而訛作「𡈼」。《睡虎地秦簡文字編》作「董」，兩個字素已合併為一個字素了。

《睡虎地秦簡文字編》沒有獨素字「甫」，但它作為一個字素與其他字素組合為「脯、補、傅、蒲」等字。《說文・用部》：「男子美稱也。從用、父，父亦聲。」本來「甫」是由「用、父」兩個字素組合的，但在秦簡中已經合併為一體，作「𤰔」，成為不可拆分的字素。

五、特化與美化

漢字的特化是指漢字在運用過程中，人群主體在生態環境的多種因子尤其是文化因子誘導下，使漢字形體發生特殊變化的生態運動。美化是指漢字在運用過程中，人群主體受生態環境的多種因子影響，在審美意識的引導下，使漢字形體發生藝術變化的生態運動。

特化只出現在比較特殊的少數漢字形體，並非漢字嬗變的普遍現象，但漢字發展進程中，總是有少數漢字形體嬗變軌跡不明，或者根本找不到形體嬗變的歷史依據，這很可能是文化的失落。文化因子的作用可以使漢字形體產生飛躍，從一個形體突變為另一個與原來形體似乎不相干的字形。

《說文・艸部》：「若，擇菜也。從艸、右，右，手也。一曰：杜若，香艸。」至少在東漢時期，「若」的來源已經迷失，近現代學者根據出土文字考

求，公認「若」的原始字形是甲骨文的「𡴒」（《甲》二〇五〇）。華東師範大學主編的《古文字詁林》引王國維《戩壽堂所藏殷墟文字考釋》：「若，順也。古若諾一字，智鼎以若為唯諾字。」又引王國維《古籀疏證》，指出「若」金文《盂鼎》銘作「𡴒」，《智鼎》銘加「口」作「𡴒」。認為篆文之𣲵，即古𡴒字之訛變，籀文之𣲵，又古𡴒字之訛變。「若」的本義為何不以《說文》為準，不僅有甲骨文、金文的字形為證，更重要的是字形嬗變與當時的社會文化有密不可分的聯繫。

《古文字詁林》引臧克和《釋若》一文，揭示了「若」的上古文化淵源。殷墟卜辭中，「若」為殷人與上帝、祖先神之間信息溝通的符號。「若」在初取象，為巫者兩手向空中舞動，以傳達進入降神、神巫合一、施行巫術活動的狀態。從歷史比較的角度看，「若」字形體嬗變異構會更清楚地看到上述特徵。周初金文有的已增加字素「口」，更清楚地傳達出施巫降神者不但是手在舞動，口中也許還要念念有詞，傳達上帝「然諾」之辭當然也要有待乎口授。後世「諾」字在「若」上再增字素「言」，純係重疊架構，因為古文字從言與從口無別。女曰巫，男曰覡，施行「若」的巫術活動，恐怕是女巫居多。《三體石經·多士》所見「若」從女，以明確其內涵。然而上部從手舞動的特徵，在流變過程中已無法辨識，於是「若」訛變為從言之「諾」，正是「若」在形體上發生訛變之後，無從窺見「若」的初取象及涵義，反忘了本原，只好再增字素「言」以明確之。但不管怎麼訛變，從手的主要特徵沒有磨滅而是一脈相承，只是有時手多，有時手少而已。

殷墟卜辭中，「若」已作為神祀對象。殷人所祀之神「若」或「之若」可與古代典籍相印證。《史記·殷本紀》載曹圉之父名昌若，「昌」、「止（之）」古音同為端紐，昌若應為止若音訛。止若即《莊子·秋水》所謂「北海若」。《楚辭·遠遊》：「使湘靈鼓瑟兮，令海若舞馮夷。」「湘靈」與「海若」對文，可見海若為神靈。「若」在神話中可單獨指稱海若，如《莊子·秋水》「河伯始旋其面目，望洋向若而歎」之「若」即是。

中國古代神話傳說中，「若」或「若木」是與太陽神有關的神木。《山海經·大荒北經》「大荒之中，……灰野之山，有赤樹、青葉、赤華，名曰若木」郭璞注：「生崑崙西，附西極，其華光赤照下地。」又《淮南子·地形訓》「若木在建木西，末有十日，其華下照地」高誘注：「若木端有十日，狀如蓮花，光照其

下。」「若木」又稱「若」。《楚辭・天問》：「羲和之未揚，若華何光？」「若」、「若木」或稱「叒」、「扶桑」，或為神名，或與巫術活動有關。臧克和認為《說文》釋為「擇菜」之「若」與「若木」之「若」本兩字。「若木」之「若」《說文》作「叒」：「日初出東方湯谷，所登榑桑；叒，木也，象形。」則「叒、桑」為同字之異形，而「叒」即「若」。《說文》以「叒」為桑木，遂使「若」神之象物化為桑木，這樣，中國古代神話中《淮南子・說林訓》「桑林生臂手」高誘注「桑林」為神名就易於理解了。

　　「若」的文化淵源深厚，但尚可依據出土文字和典籍循其形體特化的軌跡。而「虹」字形體的由來，文化意識完全超越了漢字形體嬗變的一般規律。「虹」，甲骨文作「𧍪」（《前》七・四三・二），金文基本保持甲骨文字形。就文字形體而言，今文「虹」與甲骨文「𧍪」兩者沒有結構上的聯繫。《古文字詁林》引于省吾《雙劍誃殷契駢枝》揭示了中國古代文化中古人對虹的造字動機與文化內涵。

　　古人把對生物的雌雄觀念移植到自然天象，認為虹霓有雄雌之別。《爾雅・釋天》「螮蝀謂之雩。螮蝀，虹也。蜺為挈貳」郭璞注：「蜺，雌虹也。見《離騷》。挈貳其別名，見《尸子》。」《爾雅音義》：「虹雙出色鮮盛者為雄，雄曰虹；闇者為雌，雌曰霓。」《楚辭・遠遊》「建雄虹之彩旄兮」，《九章・悲回風》「處雌蜺之標顛」，「雄虹」與「雌蜺」的文化理念體現在文學作品中。《說文・蟲部》：「虹，螮蝀也，狀似蟲。從蟲，工聲。」《明堂・月令》：「虹始見，蚺。」籀文「虹」從申，申，電也。又霓屈虹，青赤或白色，陰氣也，從雨兒聲。《孟子・梁惠王》「若大旱之望雲霓也」注：「霓，虹也。雨則虹見。」「霓、蜺」同字異形，分言之，雄者曰虹，雌者曰霓；通言之，則霓亦稱虹也。

　　虹霓既有雄雌之別，即有陽陰之分，更有禍福之虞。劉熙《釋名・釋天》：「虹，攻也，純陽攻陰氣也。又曰螮蝀，其見每於日在西而見於東，啜飲東方之水氣也。見於西方曰升，朝日始升而出見也。又曰美人，陰陽不和，婚姻錯亂，淫風流行。男美於女，女美於男，恒相奔隨之時，則此氣盛，故以其盛時名之也。」「霓，齧也。其體斷絕，見於非時，此災氣也，傷害於物如有所食齧也。」《太平御覽》十四《天部》引《易通卦驗》曰：「虹不時見，女謁亂公。」又引《春秋演孔圖》曰：「霓者，斗之亂精也。斗失度則投霓見。」可見虹霓藏現有時，古人以藏現失時為不祥。古人還認為虹有飲水功能，能預示戰爭勝負。

《漢書・燕王旦傳》:「是時天雨,虹下屬宮中,飲井水,井泉竭。」殷墟卜辭「亦有出虹自北歙於河」(《菁》四),「歙」古「飲」字。《太平御覽》十四《天部》引《黃帝占軍訣》:「攻城有虹從南方入飲城中者,從虹攻之,勝。」

　　然則「虹」何以取代「」,于省吾認為似楯梁形,而「虹」以「工」為聲符,聲兼義的「工」與「楯梁」之「楯」聲義相通。《爾雅・釋宮》:「隄謂之梁,石杠謂之徛。」《孟子・離婁》:「歲十一月,徒杠成。」《說文・木部》:「楯,床前橫木也。」《廣雅・釋器》「樹桃,楯也」王念孫疏證:「楯者,橫亙之名。石橋謂之楯,義與床楯相近也。」《文選・西京賦》:「亙雄虹之長梁。」楯梁中部隆起,有似於虹。古從工之字,多有空或高大之義。如《說文》「空,竅也」、「仜,大腹也」、「䧺,鳥肥大䧺䧺也」。《詩・小雅・節南山》「四牡項領」傳:「項,大也。」《釋名・釋車》:「釭,空也。」《後漢書・應劭傳》注:「功,謂有大勳也。」可證「虹」含有「高、大、空」之語義。

　　「虹」從蟲,古代「蟲」的概念涵蓋一切生物,能飲水的虹古人看來也是有生命的,也屬蟲之一種。「工」與「楯梁」之「楯」相通,從工得聲之字還有「高、大、空」義,用「虹」替代有充分的文化理據和語言學依據。

　　特化是漢字形體受文化因子誘導不按常規嬗變的特殊生態運動,美化則是漢字形體既可按照通常的規律嬗變,亦可獨闢蹊徑創造新的形體,其功能目的並不止於交流信息,形體的嬗變更多地受人群主體審美意向的驅動,使漢字的藝術功能不斷強化。殷商甲骨文的字元粗細不均,參差不齊,字素組合凌亂,字形大小不一;西周銅器銘文的字元比較均衡,字素組合比較緊湊,字形比較方正,排列比較整齊,明顯比甲骨文美觀。春秋戰國時期,鐵器的使用和農耕技術的提高使社會生產力得到進一步發展,尤其是長江中下游地區的南方各國經濟繁榮,國力強盛。楚國成為春秋五霸之一。公元前 607 年,楚莊王熊侶借伐陸渾之戎之機,把楚國大軍開至東周都城洛陽南郊,舉行盛大的閱兵儀式。周定王使王孫滿慰勞楚軍,楚莊王問鼎之大小輕重。王孫滿對曰:「周德雖衰,天命未改。鼎之輕重,未可問也。」楚莊王竟敢問鼎中原,可見當時楚國的強大。戰國時期青銅器的鑄造及加工技術日臻精湛,兵器和禮器的質量和技術都達到很高的水平。長江流域經濟的繁榮,青銅器鑄造及加工技術的日臻精湛,為中國文字發展史書寫光輝的一頁,奠定了雄厚的物質基礎。

　　春秋戰國是中國文化史上思想最為活躍,創新自覺性最為高漲的時期。各

種思想、各種學派如雨後春筍層出不窮。據《漢書・藝文志》記載，數得上名字的一共有 189 家，4324 篇著作。《隋書・經籍志》、《四庫全書總目》等書記載的「諸子百家」實有上千家，流傳較廣、影響較大、比較著名的有幾十家。法家、道家、墨家、儒家、陰陽家、名家、雜家、農家、小說家、縱橫家、兵家、醫家等 12 家發展成學派。如此寬鬆的政治環境和自由開放的文化環境為漢字的奇特構形奠定了思想基礎。

在這樣的社會生態環境中，戰國青銅兵器、禮器上出現造形奇特、風姿流麗的鳥蟲書，創造了漢字發展史上前無古人後無來者，看似偶然其實必然的瑰麗華章。鳥蟲書主要流行於長江中下游地區的楚、越、吳、蔡、曾、宋、徐、中山等國，以楚、越為最。

《史記・楚世家》載：「楚之先祖出自帝顓頊高陽。高陽者，黃帝之孫，昌意之子也……帝乃以庚寅日誅重黎，而以其弟吳回為重黎後，復居火正，為祝融。吳回生陸終。陸終生子六人，坼剖而產焉。其長一曰昆吾；二曰參胡；三曰彭祖；四曰會人；五曰曹姓；六曰季連，羋姓，楚其後也。」故楚人以祝融為始祖之神，以鳳為先人之靈，而鳳又是商人的始祖之神。《詩・商頌・玄鳥》：「天命玄鳥，降而生商。」玄鳥即燕子，鳳即玄鳥的神化，拙文《「鳳皇」探源》有詳細論證。〔註39〕看來楚人對鳳鳥的崇拜，與中原的殷商文化有關。《山海經・海外南經》：「南方祝融，獸身人面，乘兩龍。」1986 年山東青州蘇埠屯晚商 8號墓葬出土青銅器銘文，有個字形兩邊為「虫」，中間為「鬲」，即「融」字，據此推斷商代晚期可能有祝融一支在此居住。廣義的「蟲」泛指一切生物，狹義的「蟲」即蛇。甲骨文「蟲」作「𧈗」（《乙》八七一八），像尖頭彎曲的蛇形。古人以蛇龍為一體，「乘兩龍」即「駕兩蛇」，與出土銘文「融」字形兩邊為「蟲」合若符節，則蛇也是楚人崇拜的神物。《山海經・海外東經》：「漢水出附禺之山，帝顓頊葬於陽，九嬪葬於陰，四蛇衛之。」楚人的先祖顓頊的墓葬有四蛇衛護，楚人將祖先崇拜的信仰轉移到蛇身上，蛇也就神化了。

就自然環境看，戰國時期長江流域水源充足，林木蓊鬱，氣候溫暖濕潤，適於鳥類棲息和蛇蟒的生長。鳥和蛇與人的生活關係密切，取其形象作為裝飾文字的素材可謂得地利而濟人和。這是楚越之外其他南方諸侯國也產生鳥

〔註39〕李國正《「鳳皇」探源》，《廈門大學學報》（哲學社會科學版），1987 年增刊第 134
　　　～141 轉第 150 頁。

蟲書的現實原因。越人本是中原南下的夏禹後裔與當地土人的融合，《史記·越王句踐世家》載：「越王句踐，其先禹之苗裔，而夏后帝少康之庶子也。封於會稽，以奉守禹之祀。文身斷髮，披草萊而邑焉。」《說文·虫部》：「閩，東南越，蛇種。」可見蛇為越人之圖騰，以蛇為神且以其形象裝飾文字，那是很自然的事。

鳥蟲書是在特定的歷史階段，特定的地域，特定的社會生態環境中，特定的人群主體為滿足豪華尊貴的心理需求和纖巧流麗的審美意向而創造的藝術字體。其審美功能超越了信息交流功能，達到了漢字美化的巔峰。鳥蟲書有三個特點：〔註40〕

1. 對稱和諧。增飾物象照顧到形體結構的左右對稱或上下對稱，整個字形勻稱和諧。在增飾雙鳥時都是兩兩相對或相背，如「吾、攻、用、王、自」等字形，兩鳥無論位於字上、字下或兩側，均左右相對或相背，以中線為軸對等分布。鑴刻常用雙線，有雙橫線、雙豎線、雙斜線等。增飾的物象有繁有簡，有具象有抽象，使鳥蟲書和諧、美觀。同是一個「用」字，鳥蟲形就有簡有繁。同是鳥蟲，在不同的文字中也有不同的形態，如鳳鳥在「用、臼、戈」等字中具有不同的造型。是寫實還是運用抽象化的線條，完全取決於構形美化的需要。

2. 錯落有致，疏密對比。鳥蟲形的措置與整個字形結構相互照應，或左右，或上下，或對角。如「吉」字，筆劃偏少，置於字的右中上角，與鳥形的下半部相呼應，錯落有致。字形上部的緊縮與下部的舒展造成了結構的疏密對比。很多增飾鳥蟲形的文字，出於整體和諧的需要，都對字形進行了誇張性的處理，一方面極力緊縮形體的上部空間，一方面又極力延伸其下部，造成形體結構在空間比例上鮮明的疏密對比效果。如攻吾王光劍中的「自、其」，王子於戈中的「戈」等字。

3. 形體修長，纖巧秀麗。在漢字發展史上，鳥蟲書形體的修長秀美是無與倫比的，加之其線條的纖細，給人纖巧秀麗、搖曳多姿之感。楚王子午鼎已經是非常成熟的鳥蟲書，其縱長的形體不僅不同於北方字體的方形，而且不同於當時的常規書體。王孫誥鐘是楚國當時常規書寫字，其形體縱、橫比例基本上是 2.4 比 1，個別字如「年」字，達到 3.2 比 1。王子午鼎由於是屬「藝術書體」

〔註40〕丁秀菊《戰國鳥蟲書述論》，《山東大學學報》（哲學社會科學版），2006 年第 2 期，第 147 頁。

字，它的字形更加偏長，其縱、橫比例是 2.9 比 1，有的甚至達到 5 比 1，如「孝、考」等字。然而鳥蟲書縱長卻並不瘦薄，它中宮緊湊，四面舒放，重心多居上，對稱嚴格，線條的舒展使整個字形飽滿、流暢。

鳥蟲書改變了漢字以直線條為主的書法傳統，加強了曲折變化和粗細並用的書寫方法，創造了流動、活躍、多變，富有裝飾性的形體結構，達到漢字美化的巔峰。人群主體的審美意向發揮到極致，使鳥蟲書遠離普通民眾而成為藝術瑰寶。它的審美價值愈高，人際信息交流價值就愈低，鳥蟲書的功能目標既然發生了本質性的改變，原本作為漢語臂膀的鳥蟲書不再以交流語言信息為唯一目的而以表達藝術功能為主就是早遲的事了。

六、繁化與簡化

漢字在使用過程中，與生態環境相互作用，增添字元或字素的生態運動，稱之為繁化。繁化有兩種情況：一種是提示語音或語義信息；另一種是調整補充形體結構。這兩種繁化的功能目標各有側重，前者主要注重交際功能，後者著眼於審美功能。

如前所舉「鳥」加字素「奚」，提示「雞」的語音；「鳥」加字素「凡」，提示「鳳」的語音。類似的例子如「齒」，甲骨文作「凵」（《人》四五四），像張口見齒之形，為提示語音上部加字素「止」。又如「鼻」，甲骨文作「𦥒」（《菁》五・一），像鼻子之形，下部加字素「畀」提示語音。

甲骨文「又」、「𠂇」都表示「手」，不分左右。為了明確辨義，下部分別加字素「工」、「口」。「匕（比）」，甲骨文作「𠤳」（《前》四・八・二），加「牛」為「牝」表示雌性動物，加「女」為「妣」表示女性。甲骨文「白」（《前》四・三・四），像人首正面之形，卜辭用為方伯。借為黑白之白，於是在「白」旁加「人」為「伯」，提示方國首領與顏色的區別。由於社會生產力的發展，漢字形體反映生態環境的變化作出結構調整，造成繁化。趙誠舉出甲骨文的「叀」，從「𡧑」從「又」。「𡧑」像紡錘之形，「又」使之旋轉，顯示古代紡線為手工操作。紡車發明之後，錘置於紡車一端，以線繩纏之。由於搖紡輪牽動線繩使錘旋轉，「叀」遂有了紡專之義，於是在「專」旁加「車」造出「轉」以表旋轉之義。這種繁化的主要原因是紡車發明之後，用手使錘旋轉變為用紡車使錘旋轉，生產工具

的進步促使字形調整。〔註41〕為了使語義表達更明確，形體結構甚至不惜疊床架屋。甲骨文「𦥔」（《前》八‧一一‧三），字形上下各一隻手，交接關係已經很清楚，再加一隻手為「授」表示授予，本字「受」就只表示承受。甲骨文「𦱠」，字形象日落於草木之中，表示傍晚。借為不定代詞之後，又在「莫」的下部添加「日」為「暮」突出日落。古文字「彳」、「止」作構形字素都表示行動，甲骨文「追、逐」都含有「𝌣（止）」，而金文都添加「彳」，重複強調語義重點。

早期甲骨文字的構形沒有固定的規範，後來逐漸趨向方塊化，有些不成方塊的字就添加了與音義根本無關的裝飾性字元或字素（簡稱飾元或飾素）。這些飾元或飾素的添加，使字符在形式上方塊化，視覺上和諧美觀。如甲骨文的「𠂋（尹）」（《乙》八六七），加「口」為「𠮛（君）」（《存》一‧一五〇七）；甲骨文的「𠂆（石）」（《前》八‧六‧一），加「口」為「石（石）」（《乙》五四〇五）；甲骨文的「𢼊（啟）」（《鐵》九二一），加「口」為「𢼊（啟）」（《粹》六四五）。添加飾素起到調節結構使字形美觀的作用，一般不會產生新字。像「尹」加「口」為「君」，後來「君」表示「君主」義而與「尹」分立，這種情況極少。

春秋後期至戰國時期，添加飾元或飾素使字形繁化在銅器銘文和三晉盟書中比較習見。春秋時期添加飾元或飾素使字形繁化的情況吳國升歸納如下：〔註42〕

上部增添一橫劃：如「正、不、酉、帀、師、亥、可、平、麻、庶、侯」等。豎筆或下垂筆劃中加一短橫：如「至、皇、入、內、庶、閔、不、旨、帀、師、丂、平、牙、元」等。添加兩短橫：如「相、兵、令」。下垂斜劃側加撇筆：如「安、余、璧、威」。豎劃或下垂筆劃中加點：如「牙、得、不、考」。「𠂤」作構形字素，上部短劃兩邊加「丶丿」：如「歸、追、師」。加「八」形：如「盂、孟、丙、樂」。

增添飾素「口」：如「牙、虖、萬、鼓、攻、虐、後、巫、覡、寇、腹」等。增添飾素「宀」：如「祜、傒、盅」。增添飾素「曰」：如「鐱、友」。增添飾素「攴」：如「畯、期、執、敬」。

〔註41〕趙誠《古文字發展過程中的內部調整》，載山西省文物局考古研究所編《古文字研究》（第十輯），北京：中華書局，1983 年 7 月版。

〔註42〕吳國升《出土春秋文字中特殊書寫現象的初步考察》，《貴州師範大學學報》（社會科學版），2014 年第 3 期，第 17～22 頁。

添加飾元或飾素相對於交際而言是冗餘信息，但對於漢字構形的藝術化不無積極意義，這是因為功能目標驅動的方向不同。

當一個字形對應的語義孳乳出多個語義，為了區分這些孳乳義，就不得不在本字上增添提示語音或語義的字素創造新字，繁化也就客觀上成了催生新字的推手。例如，以「辟」為基礎字素添加其他字素，就造出了一大群新字：「避、臂、璧、壁、薜、襞、嬖、甓、廦、檗、躃、鐴、闢、鷿、鸊、鼊、殕、㵨、䁹、䌟、㔭、癖、僻、霹、劈、譬、擗、甓、澼、𡏅、憵、礕、磇、隦、㵨、䡐、䑀」；以「令」為基礎字素造出的新字多達 59 個：「零、領、領、嶺、岺、玲、齡、齡、齡、齡、伶、翎、苓、泠、羚、聆、冷、吟、囹、柃、瓴、昤、蛉、舲、鈴、铃、姈、鸰、鴒、砱、笭、紷、炩、詅、伶、昤、衿、軨、坽、阾、朎、狑、鈴、刢、秢、岭、衑、跉、閝、駖、庈、𧪙、犳、痯、詅、䰱、骻、邻、拎」。何況新造字再加上字素又會造出新字，如以「零」為基礎字素還可造出「澪、蕶、燺、䨩、櫺、繠、䅭、鸗」等新字。但繁化造成的新字數量一旦滿足人際信息交流的需要，而有的字形複雜不符合經濟性原則，這就必然導致相反的生態運動——簡化。

漢字在使用過程中，與生態環境相互作用，減少字元或字素，或以簡單字素替換複雜字素的生態運動，稱之為簡化。

簡化與繁化既對立又協同，漢字形體在簡化與繁化互為交織的運動中不斷探尋既經濟又能明確表示音義信息的最佳生態位。在漢字系統發展前期，漢字數量持續增長，繁化是主要趨勢；當漢字系統發展已經成熟，漢字數量已滿足交際需要時，簡化就成為主要趨勢。

求簡一方面是經濟性原則的催動，另一方面也是人群主體鐫刻、書寫的惰性使然。一些早期創造的繁雜字形，在運用中往往簡化。趙誠指出古文字簡化的三種情況：〔註 43〕

一是繁雜字形省去標識語義的字素而保留標識語音的字素，如金文「寶」，《仲盤》銘作「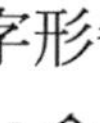」，只保留了標識語音的字素「缶」；金文「趙」，《大梁鼎》銘作「」，也只保留了標識語音的字素「肖」。二是一些繁雜的象形字或會意字簡化為比較簡單的形聲字，如「囿」，甲骨文字形為方框內排列四棵草或樹木，

〔註 43〕趙誠《古文字發展過程中的內部調整》，載山西省文物局考古研究所編《古文字研究》（第十輯），北京：中華書局，1983 年 7 月版。

簡化為方框內只有標識語音的字素「有」；又如「刖」，甲骨文字形為手執工具斷人腿，簡化為從刀月聲的形聲字。三是省去形體中重複的部分，如「栗」，甲骨文字形為木上分三枝，每枝有一帶芒刺的果實，小篆字形「栗」就只留下一個果實；又如「更」，甲骨文繁體字形「攴」上重疊兩個「〇」，小篆「更」簡化後只保留一個「〇」。

盧敏舉出一些西周晚期金文簡化的例子。簡省字素的如：「段」，《豐伯車父簋》銘省去《食生走馬穀簋》銘字形右邊的「殳」；「嚴」，金文上部一般有兩個或三個「口」，《士父鐘乙》銘省略了字形頂部所有的「口」；「寶」，《晉侯蘇鼎》銘省去「貝」。簡省字元的如：「皇」，《叔角父簋》銘省略了字形上部中間的一點，「𦥑」變「𠙹」；「周」，《史頌鼎》銘省略了上部方格中的四個小點；「鬲」，《伯夏父鬲》銘有兩個異體，一個字形上部雙豎線之間有兩橫劃，另一字形雙豎線之間只有一橫劃，《姬芳母鬲》銘字形上部的兩橫劃全部省略。〔註44〕

路志英在對出土魏晉時期材料樓蘭漢文簡紙字形窮盡性分析的基礎上，發現其中「言、食、貝」三個偏旁簡化為「讠、饣、贝」。簡化字形有33個：盖（蓋）、单（單）、丧（喪）、诸、许、谈、谌、说、计（諸、許、談、諶、說、計）、为（為）、将（將）、会（會）、来（來）、麦（麥）、楼（樓）、乐（樂）、东（東）、员、贷、负、责、贾、赀（員、貸、負、責、賈、貲）、写（寫）、见（見）、长（長）、烧（燒）、发（發）、断（斷）、随（隨）、乱（亂）、辞（辭）、张（張）。〔註45〕

漢代以降，簡化的步伐在民間俗書中逐步加快，唐代顏元孫的《干祿字書》蒐集了不少民間流行的俗字，而這些俗字結構都比正體字簡單。劉復、李家瑞編著的《宋元以來俗字譜》集宋元明清12種民間刻本中所用俗字6240個，這表明漢字的簡化是現實的需要。

太平天國時期太平軍廣泛採用民間創造的簡化字。在現實生活中民眾經常接觸的如「便民由單」、「門牌」、「行船路票」、「安民告示」、「完糧串票」、「卡

〔註44〕盧敏《西周晚期銘文整理與研究之字形簡化現象初探》，《蘭州教育學院學報》，2015年1月第31卷第1期，第22～23頁。

〔註45〕路志英《樓蘭漢文簡紙文書中的簡化字形》，《山西大學學報》（哲學社會科學版），2018年3月第41卷第2期，第12～15頁。

憑」、「墓碑」、「對聯」等文件裏，都有不少民間的俗字。茲將裘成源整理出的常用俗字臚列如下：〔註46〕

珨（瑢）	寅（寅）	塩（鹽）	单（單）	称（稱）
专（專）	泽（澤）	报（報）	荣（榮）	转（轉）
阳（陽）	云（雲）	范（範）	经（經）	济（濟）
风（風）	怀（懷）	峯（舉）	变（變）	为（爲）
圣（聖）	万（萬）	了（事）	传（傳）	荨（等）
东（東）	寿（壽）	议（議）	计（計）	肃（肅）
劳（勞）	问（問）	尽（盡）	时（時）	尔（爾）
乱（亂）	专（者）	归（歸）	谢（謝）	权（權）
难（難）	润（潤）	邮（郵）	独（獨）	当（當）
门（門）	窃（竊）	仪（儀）	屡（屢）	官（官）
庙（廟）	虽（雖）	属（屬）	宁（寧）	叠（疊）
騐（驗）	响（響）	晒（曬）	刘（劉）	铸（鑄）
干（乾）	帮（幫）	啚（圖）	节（節）	体（體）
联（聯）	坟（墳）	惩（懲）	聪（聰）	讨（討）
帅（帥）	得（得）	该（該）	搁（攔）	齐（齊）
办（辦）	种（種）	数（數）	应（應）	壹（壹）
弍（貳）	陆（陸）	饥（饑）	证（証）	朴（樸）

有些俗字採用草書字符，如「了、专、得」。有的簡省了正體字的字素，如「云、时、虽、啚、弍」分別省去「雨、土、隹、口、貝」。有的字素採用草書結構，如「讠、亻」。絕大多數俗字用簡單的字元或字素替換複雜的字素，如「珨、寅、塩、单、称、泽、荣、转、阳、范、经、济、风、怀、传、荨、肃、劳、问、乱、权、难、润」等等。還有的俗字乾脆用簡單的字符取代複雜的字符，如「为、万、尽、归、响、干、体」。

漢字簡化是人群主體在使用漢字過程中的自發行為，這種行為受經濟性原則催動，但容易泛化。泛化的字形相互競爭，能夠一直被人群主體廣泛使用的才能流傳至今。由於競爭，《宋元以來俗字譜》除331個被確認為法定的簡化字

〔註46〕裘成源《太平天國的反孔鬥爭推動了漢字改革》，載文字改革出版社編《評法批儒文選──兩種不同的文字觀》，北京：文字改革出版社，1976年1月版，第42～47頁。

外，絕大部分簡化字於今已不復存在。

　　人群主體有意識地利用俗體中的簡化字，直至創造簡化字，並且以國家政策的形式固定下來，始於 1956 年 1 月 28 日國務院通過並公布的《漢字簡化方案》，這是中國歷史上第一次給予簡化字法定地位。1986 年 10 月 10 日重新發表的《簡化字總表》在中國大陸使用至 2013 年。2013 年 6 月 5 日正式頒布《通用規範漢字表》，成為社會一般應用領域的漢字規範。

　　現代漢字中的簡化字有 2235 個，如果以《新華字典》所收字數（8500 個左右）作為現代當用的漢字數量，那麼，簡化字約占現代漢字總數的 26%左右。也就是說，當代各種書面文件使用的漢字，每四個字中就有一個簡化字，因此，簡化字是不容忽視的重要研究領域。《簡化字總表》（1986 年新版）的第一表和第二表列出 482 個簡化字，實際上這兩個表的簡化字符應是 489 個，因為「臺、檯、颱，臟、髒，係、繫，匯、彙，獲、穫，團、糰，壇、罎」分別簡化為「台、脏、系、汇、获、团、坛」，從造字角度應分別歸入不同的生態類型。如汇（匯）是利用原字符的表意字素「匚」加上表音字素的一部分「氵」構成的，「氵」是記號而「匚」對應語素義，因此汇（匯）是表意型漢字；汇（彙）不採用原字符的任何字素，既不表義也不表音，是純粹的記號型漢字。這樣就多出了七個同形字。第三表所列 1753 個簡化字是用第二表的簡化字和簡化偏旁類推而來，造字法沒有超出第一、二兩表範圍，為節省篇幅不予討論。

　　簡化字有象形、會意、表音、形聲、半記號、記號等六種造字法。象形、會意造出的簡化字是表意型漢字；純粹表音不對應語素義的簡化字是表音型漢字；形聲造出的簡化字是意音兼表型漢字；半記號簡化字按另一半字素的功能而定：若另一半字素對應語素義，則該字是表意型漢字；若另一半字素標識語音，則該字是表音型漢字。既不表音也不對應語素義的純粹記號是記號型漢字。下面逐項討論。

　　一、象形。這類字共 9 個，占 489 個簡化字符的 1.8%。具體說來有三種情況：一是用原字符中的一個象形字素代替原字符，如「豐」，甲骨文字形裏「丰」之初形象豆裏盛的實物，簡化字就用它代替「豐」；二是用原字符的初形替代原字符，如「网（網）、虫（蟲）、电（電）、气（氣）、云（雲）」就是從甲骨文字形直到小篆隸變後的楷化；三是用原字符中的表意字素代替原字符，如以「么、向、广」代替「麼、嚮、廣」。

二、會意。這類字共 25 個，約占統計總數的 5.1%，造字情況如下：

1. 以表音字素的一部分代替原字符。「滅」從水烕聲，以「烕」的一部分「灭」代替「滅」。「灭」從一從火，會滅火之意。

2. 以原字符中的表意字素代替原字符。「隸」從隶柰聲，以「隶」代「隸」。「隶」從又從尾會意。「从（從）、亩（畝）、宝（寶）、开（開）、亏（虧）、众（衆）、粪（糞）、茧（繭）」都屬於這種情況。

3. 以原字符中的表意字素為基礎添加新的表意字素。「蠶」從蚰朁聲，以「虫」為基礎加「天」造出「蚕」。「尘（塵）、报（報）、梦（夢）、笔（筆）、孙（孫）、执（執）、阴（陰）、阳（陽）」等字都屬於這種情況。

4. 以原字符中的表意字素加上表音字素的一部分。「糴」從入糴聲，以「入」加上「糴」的一部分「米」造出「籴」。粜（糶）也同理。

5. 以原字符中一個表意字素並列造字。「雙」從雔從又，以「又」並列為「双」代替「雙」。

6. 以兩個原字符沒有的表意字素組合造字。構成「帘、体、灶」的表意字素都是原字符「簾、體、竈」所沒有的。

三、表音。這類字共 67 個，占總數的 13.7%。它們包括兩種情況：

1. 表音字素替代原字符 43 個：「表（錶）、冬（鼕）、复（復、複）、号（號）、胡（鬍）、家（傢）、卷（捲）、克（剋）、夸（誇）、困（睏）、里（裏）、蒙（濛、矇、懞）、面（麵）、蔑（衊）、辟（闢）、启（啓）、秋（鞦）、曲（麯）、舍（捨）、术（術）、松（鬆）、涂（塗）、洼（窪）、系（係）、咸（鹹）、须（鬚）、旋（鏇）、余（餘）、御（禦）、致（緻）、制（製）、朱（硃）、筑（築）、壳（殼）、离（離）、丽（麗）、录（錄）、亲（親）、杀（殺）、合（閤）、回（迴）、台（颱）、巩（鞏）」。

2. 近音、同音字素替代原字符 24 個：「别（彆）、卜（蔔）、才（纔）、丑（醜）、出（齣）、斗（鬥）、范（範）、干（乾、幹）、谷（穀）、刮（颳）、后（後）、姜（薑）、了（瞭）、凭（憑）、千（韆）、沈（瀋）、台（臺、檯）、系（繫）、吁（籲）、郁（鬱）、征（徵）、只（衹、隻）、尔（爾）、几（幾）」。

四、形聲。這類字共 132 個，占統計總數的 27%，造字情況比較複雜，下面分別討論：

1. 表音字素不變，表意字素減少字元。「寝」，從寢省，㓖聲。「宀」減少字元為「宀」，「寢」簡化為「寝」。

2. 表音字素不變，減少表意字素。「虜」，從毌從力虍聲。去掉表意字素「毌」，「虜」簡化為「虏」。

3. 表音字素不變，改換表意字素。「骰」，從骨六聲。以「月」換「骨」為「肮」。愿（願）、虑（慮）也是如此。為什麼「慮」不歸入第2類呢？因為「慮」從思虍聲，只有一個表意字素，與「虜」有「毌、力」兩個表意字素不一樣。

4. 表音字素和表意字素都減少字元。「練」，從系柬聲。表意字素「糸」減少字元為「纟」，表音字素「柬」減少字元為「东」。「練」簡化為「练」。

5. 表意字素不變，表音字素結構簡化。「霧」，從雨務聲。表音字素簡化為「务」。「吨（噸）、偿（償）、拣（揀）、炼（煉）、堕（墮）、随（隨）、椭（橢）、恳（懇）、垦（墾）、岭（嶺）、悬（懸）、样（樣）、踊（踴）、装（裝）、将（將）」等字都屬於這種情況。

6. 表意字素不變，改換表音字素。「襖」，從衣奧聲。以「夭」換「奧」為「袄」。屬於這種情況的還有79個字：「坝（壩）、毙（斃）、灿（燦）、忏（懺）、衬（襯）、惩（懲）、迟（遲）、础（礎）、担（擔）、胆（膽）、灯（燈）、递（遞）、淀（澱）、矾（礬）、坟（墳）、赶（趕）、沟（溝）、聪（聰）、沪（滬）、极（極）、歼（殲）、舰（艦）、胶（膠）、阶（階）、洁（潔）、剧（劇）、惧（懼）、块（塊）、怜（憐）、粮（糧）、疗（療）、辽（遼）、邻（鄰）、庐（廬）、芦（蘆）、炉（爐）、拟（擬）、酿（釀）、苹（蘋）、扑（撲）、仆（僕）、朴（樸）、签（簽）、窍（竅）、琼（瓊）、确（確）、袜（襪）、牺（犧）、虾（蝦）、吓（嚇）、选（選）、药（藥）、亿（億）、忆（憶）、痈（癰）、拥（擁）、佣（傭）、优（優）、园（園）、远（遠）、跃（躍）、运（運）、酝（醞）、脏（臟）、毡（氈）、战（戰）、症（癥）、肿（腫）、种（種）、桩（椿）、达（達）、进（進）、迁（遷）、犹（猶）、柜（櫃）、价（價）、补（補）、据（據）」。

7. 表意字素改換，表音字素結構簡化。「鹼」，從鹵僉聲。「硷」改「鹵」為「石」，「僉」簡化為「佥」。

8. 表音字素改換，表意字素結構簡化。「證」，從言登聲。「证」改「登」為「正」，「言」簡化為「讠」。屬於這種情況的還有「驴（驢）、纤（縴、纖）、让（讓）、认（認）、钥（鑰）、赃（臟）、购（購）、钟（鐘、鍾）、钻（鑽）」。

9. 原字符中一個表意字素加上新的表音字素。「徹」，從彳從攴從育，其中一個表意字素「彳」加上新的表音字素「切」，造出簡化字「彻」。「肤（膚）、

窃（竊）、态（態）、邮（郵）、窜（竄）、宁（寧）、审（審）、艺（藝）、帮（幫）」等字都屬於這種情況。

10. 原字符中表音字素的一部分加上新的表意字素。「藉」，從艸耤聲。表音字素「耤」的一部分「昔」，加上新的表意字素「亻」，造出簡化字「借」。

11. 拋開原字符，另造意音兼表型簡化字。「驚」，從馬敬聲。新造的簡化字「惊」從心京聲，完全拋開原字符。屬於這種情況的還有「护（護）、霉（黴）、响（響）、忧（憂）、伙（夥）、板（闆）、脏（髒）」。

五、半記號。字形結構的一部分表意或表音，另一部分只是構成字形的記號。這種類型的字共 160 個，占總數的 32.7%。根據利用原字符的不同情況，有如下造字法：

1. 原字符的表意字素加上記號。「幣」，從巾敝聲。利用原字符的表意字素「巾」，加上記號「丿」構成新字「币」。屬於這種情況的還有 71 個：「碍（礙）、层（層）、称（稱）、导（導）、邓（鄧）、敌（敵）、汉（漢）、划（劃）、怀（懷）、欢（歡）、还（還）、环（環）、获（獲）、积（積）、浆（漿）、桨（槳）、奖（獎）、酱（醬）、疖（癤）、仅（僅）、腊（臘）、蜡（蠟）、拦（攔）、栏（欄）、烂（爛）、累（纍）、礼（禮）、猎（獵）、陆（陸）、庙（廟）、牵（牽）、权（權）、劝（勸）、扰（擾）、热（熱）、洒（灑）、晒（曬）、伤（傷）、湿（濕）、适（適）、势（勢）、树（樹）、苏（蘇、囌）、坛（壇）、戏（戲）、亵（褻）、爷（爺）、赵（趙）、折（摺）、这（這）、妆（妝）、状（狀）、壮（壯）、边（邊）、单（單）、动（動）、队（隊）、过（過）、两（兩）、难（難）、穷（窮）、献（獻）、隐（隱）、郑（鄭）、举（舉）、誉（譽）、垒（壘）、搀（攙）、胁（脅）、坛（壇）」。

2. 原字符的表意字素加上表音字素的一部分。「標」，從木票聲。利用原字符的表意字素「木」，加上表音字素「票」的一部分「示」，構成新字「标」。屬這種情況的還有 17 個：「涩（澀）、触（觸）、独（獨）、烛（燭）、浊（濁）、际（際）、恼（惱）、脑（腦）、疟（瘧）、盘（盤）、务（務）、汇（匯）、条（條）、厌（厭）、虽（雖）、誊（謄）、时（時）」。

3. 原字符的表意字素改換，加上記號。「歎」，從欠，鷬省聲。表意字素「欠」改換為「口」，加上記號「又」，造出簡化字「叹」。屬於這種情況的還有「爱（愛）、衅（釁）」。

4. 原字符的表意字素去掉一部分。「奪」，從又從奞會意，去掉表意字素

「㪥」中的「隹」，就是簡化字「夺」。屬於這種情況的還有「奋（奮）、妇（婦）、扫（掃）、寻（尋）」。

5. 取原字符的一個表意字素加上記號。如「棗」，從重束。取原字符的一個表意字素「束」加上記號「ㄟ」，就是簡化字「枣」。又如「團」，從口專聲。取原字符的表意字素「口」，加上記號「才」，就是簡化字「团」。這種情況的字還有 32 個：「办（辦）、联（聯）、乱（亂）、实（實）、帅（帥）、图（圖）、稳（穩）、协（協）、渊（淵）、昼（晝）、罢（罷）、带（帶）、断（斷）、对（對）、国（國）、画（畫）、会（會）、夹（夾）、见（見）、荐（薦）、刘（劉）、辞（辭）、娄（婁）、罗（羅）、麦（麥）、聂（聶）、佥（僉）、乔（喬）、区（區）、啬（嗇）、师（師）、尧（堯）」。

6. 原字符的表音字素加上記號。「艱」，從堇艮聲。表音字素「艮」加上記號「又」，構成簡化字「艰」。這類字還有 6 個：「点（點）、丧（喪）、养（養）、参（參）、齿（齒）、党（黨）」。

7. 原字符的表意字素簡化加上記號。如「鐵」，從金戴聲。表意字素「金」簡化為「钅」，再加記號「失」就構成簡化字「铁」。又如「質」，從貝從所會意。其中一個表意字素「貝」簡化為「贝」，再加記號「斤」就構成簡化字「质」。這類字還有 9 個：「鸡（雞）、缠（纏）、观（觀）、顾（顧）、继（繼）、讲（講）、馋（饞）、谗（讒）、轰（轟）」。

8. 新的表音字素加上記號。「賓」，從貝宀聲。新的表音字素「兵」加上記號「宀」構成簡化字「宾」。這類字還有 9 個：「听（聽）、冲（衝）、丛（叢）、厅（廳）、宪（憲）、毕（畢）、华（華）、历（歷、曆）、胜（勝）」。

六、記號。構成字符的字素既不表意，也不表音，是純粹的記號。這類字有 95 個，占總數的 19.4%。有三種情況：

1. 以原字符的一部分為記號。如「兒」，取它的下部「儿」為記號代替原字符。這類字還有 8 個：「飞（飛）、竞（競）、声（聲）、习（習）、医（醫）、乡（鄉）、业（業）、与（與）」。

2. 以原字符的一部分增減字素或字元為記號。如「慶」，從心從夊，從鹿省。以原字符的一部分「广」，增添字素「大」作為記號，構成簡化字「庆」。又如「類」，從犬頪聲。以原字符的一部分「类」減少字元「、」作為記號，就成為簡化字「类」。這類字還有 54 個：「处（處）、盖（蓋）、壶（壺）、临

（臨）、伞（傘）、兽（獸）、显（顯）、县（縣）、兴（興）、压（壓）、盐（鹽）、应（應）、凿（鑿）、贝（貝）、仓（倉）、厂（廠）、产（產）、长（長）、车（車）、当（當）、东（東）、归（歸）、戋（戔）、来（來）、乐（樂）、卢（盧）、卤（鹵）、仑（侖）、马（馬）、鸟（鳥）、农（農）、齐（齊）、寿（壽）、属（屬）、肃（肅）、乌（烏）、写（寫）、亚（亞）、严（嚴）、页（頁）、鱼（魚）、凤（鳳）、杂（雜）、准（準）、总（總）、尝（嘗）、发（發、髮）、风（風）、冈（岡）、监（監）、节（節）、团（糰）、获（穫）、坛（罎）」。

3. 拋開原字符，另造記號字。這類字有 30 個：「个（個）、关（關）、击（擊）、旧（舊）、兰（蘭）、书（書）、头（頭）、卫（衛）、叶（葉）、斋（齋）、备（備）、刍（芻）、龟（龜）、尽（盡、儘）、灵（靈）、龙（龍）、买（買）、卖（賣）、门（門）、黾（黽）、圣（聖）、岁（歲）、万（萬）、为（為）、韦（韋）、无（無）、义（義）、专（專）、汇（彙）、庄（莊）」。

簡化字除以上六種造字法之外，有一個「岂」字特別提出來討論。「豈」是簡化字「岂」的繁體，《說文·豈部》：「還師振樂也。一曰：欲也，登也。從豆，微省聲。」可見「山」是「微」省略的形體，標識「豈」在東漢時的語音。簡化字保留原字符的表音字素「山」，加上新的表音字素「己」，構成新字「岂」。原字符的表音字素「山」因喪失表音功能而成為記號，因此簡化字「岂」是一個只有表音功能的半記號字，屬表音型漢字。從字源著眼，「豈」與「壴」甲骨文是同一個形體「𧯛」（《乙》七三七八），像鼓形，上面的「屮」是鼓上的飾物，是一個象形符號，並非表音字符「微」的省形「山」。至於東漢時「豈」為什麼會讀微省聲，那是需要另作研究的課題。

現代簡化字中形聲字占著不小的比重，若把第三表類推的簡化字計算在內，形聲字的數目更大。形聲字占簡化字大多數的事實，表明人群主體的造字實踐大體上與漢字生態運動的功能目的比較一致，然而半記號字與記號字的大量造作，一方面大大簡化了字形，利於書寫，符合經濟性原則，另一方面也明顯地削弱甚至消滅了漢字的理據性和文化內涵，給中華文明的傳承和對漢字的習得造成困難。因此，半記號字與記號字不能無限制地增長，漢字的簡化應當慎重考慮音義與字形的歷史文化聯繫。

第八章　生態漢語學的研究方法

第一節　優化的傳統方法

　　我國傳統的語文學是一門基礎雄厚的學科。兩千年來積累了豐富的研究經驗，解決了漢語的不少疑難問題，取得了豐碩的成果。事實證明古人治學的若干方法比較適合漢語的特點，是經得起時間考驗且行之有效的。但是，由於歷史條件的限制，古人在佔有的材料上，處理材料的方法上，以及治學觀點上，都有一定的侷限性。例如，傳統的訓詁學，其出發點就是為了解經，對經傳之外的研究領域幾乎沒有涉及。而材料基本上都來自書本。在封建時代，像揚雄那樣甩開書本面對語言現實的語文學家，兩千年來，一人而已。乾嘉學者集訓詁學之大成，採用了「以形索義」、「因聲求義」、「比較互證」等方法，取得了超邁前人的進展，並且形成了重視實際材料，不濫發空洞議論的優良學風。不過，他們佔有的材料遠沒有今人這樣充分，大量的出土文獻資料和漢語方言、少數民族語言調查材料，他們都沒能看到。他們的理論也顯得零碎，沒有加以系統的總結。在實際運用中也還有偏頗。訓詁學發展到太炎和季剛先生，對清代學者的得失有了一定的批判和總結。他們主張以形音義結合的原則指導漢語語源的研究，這是切合漢語的實際情況的。

　　生態漢語學運用傳統的形音義結合的方法研究語詞，是從系統觀念出發對

語詞進行動態考察。所謂動態考察就是把研究對象放在不同的時空座標中，對歷史和現狀分階段進行考察，充分注意語詞在每個歷史平面上所處的生態環境和環境條件對語詞的影響以及由此引起的生態變化，從中發現語詞嬗變的軌跡和規律。對傳統方法的擇優繼承、科學總結和積極改良，就是優化的傳統方法。這種方法是生態漢語學在微觀層次上最基本的研究方法。

我對「鳳皇」語源的探索，就用了這種方法。具體做法是把對「鳳皇」這個語詞的形音義變化有重要影響的若干因素分歷史層面排列，然後根據這個排列的提綱搜集有關資料，逐項加以考察。最後把分項研究的初步結果用時間經線貫穿繫聯，再進一步考察各分項結論之間的內在聯繫。如果各項研究結論依據的材料翔實可信，各歷史層次的演變合乎邏輯，那麼各分項的初步結論就比較清楚而且具體地顯示了「鳳皇」的整個動態演進情況。如果對綜合研究的最後結論有懷疑，可以分項檢查每項初步研究結果的可靠程度，有針對性地核實材料加以修正。語詞演進的動態系列可以用矩陣表示出來（見表 8.1，「＋」表示有線索，「－」表示暫無線索）。

表 8.1 雙音語詞「鳳凰」演進的動態系列

語詞現況 歷史層面		形		音		義
		鳳	凰	fəŋ²	⊆xuaŋ	一種神鳥
原始社會末期	自然背景	＋	－	－	－	＋
	社會背景	－	－	－	－	＋
	文化背景	＋	－	－	－	＋
	文物實證	＋	－	－	－	＋
	出現地域	＋	－	－	－	＋
	當代書面運用	－	－	－	－	－
	後代典籍記載	－	－	－	－	－
夏	（略）					
殷商時期	自然背景	＋	－	＋	－	＋
	社會背景	＋	－	＋	－	＋
	文化背景	＋	－	＋	－	＋
	文物實證	＋	－	－	－	＋
	出現地域	＋	－	－	－	－
	當代書面運用	＋	－	－	－	＋
	後代典籍記載	＋	－	＋	－	＋

	自然背景	＋	＋	＋	－	＋
	社會背景	＋	＋	＋	－	＋
	文化背景	＋	＋	＋	＋	＋
西周時期	文物實證	＋	＋	－	－	＋
	出現地域	＋	＋	－	－	＋
	當代書面運用	＋	＋	－	－	＋
	當代與後代典籍記載	＋	＋	＋	＋	＋
	自然背景	＋	＋	＋		＋
	社會背景	＋	＋	＋		＋
	文化背景	＋	＋	＋	＋	＋
春秋戰國時期	文物實證	＋	＋	－	－	＋
	出現地域	＋	＋	－	－	＋
	當代書面運用	＋	＋	－	－	＋
	當代與後代典籍記載	＋	＋	＋	＋	＋
秦	（略）					
	自然背景	＋	＋	＋	－	＋
	社會背景	＋	＋	＋	－	＋
	文化背景	＋	＋	＋	＋	＋
西漢時期	文物實證	＋	＋	－	－	＋
	出現地域	＋	＋			＋
	當代書面運用	＋	＋			＋
	當代與後代典籍記載	＋	＋	＋	＋	＋

　　根據這個矩陣綜合研究的結果表明，「鳳皇」自原始社會末期開始，其形象經歷了由玄鳥→雉雞→孔雀的融匯發展過程。在此過程中，它在形象上還綜合吸收了其他許多動物的特徵。到東漢時期，基本上完成了形象的塑造建構步驟而形成穩定格局。許慎《說文》對「鳳」所下的定義，是一個歷史性的總結。在研究過程中，我發現甲文「鳳」尾部的形狀符號與金文「皇」的意符有密切聯繫。經過詳細考證，確認是孔雀尾翎的象形符號，從而對「皇」的造字根據和原始意義提出了新的解釋。〔註1〕研究的結果還表明，雙音語詞「鳳皇」是由同義單音語詞「鳳」和「皇」組合凝固而成的。「鳳」得名的理據是「御風的神鳥」，「皇」得名的理據是「有彩色尾翎的神鳥」，「鳳皇」得名的理據是

〔註1〕李國正《「皇」字新解》，《語言研究》，1986年第2期，第179～185頁。

「能御風的有彩色尾翎的神鳥」。〔註2〕

　　應當看到，漢語言語生態系統是複雜而具有多向聯繫的網絡系統。系統與系統之間相互聯繫，相互影響，關係相當繁複。我們在研究時必須抓住總綱，提綱挈領，突出重點。比如，從「鳳」的甲文形體分化出「朋」、「鵬」，從「鳳」音分化出「風」音，「皇」由本義衍生出多種義項等等，都應放到次要地位或作為新的生態系統另行研究。在不同的研究目標下作不同層次不同範圍的綜合研究，既考慮到多向聯繫，又緊緊把握主幹。從微觀逐步擴展到宏觀，從局部逐步擴展到全體，從靜態聯繫到動態，從言語實體聯繫到生態環境。

第二節　系統分析方法

　　一般地說，如果脫離生態環境，分析假定孤立的一段語句或一個語詞的語義或語法關係，理論上應當有多個解。由於語流中的言語生態都是言語實體在特定環境內與一定生態條件相整合的存在形式，所以事實上並不存在孤立的言語生態，通常也就不會出現理論上認為的多個解。但當言語實體與生態條件的整合不夠充分的時候，多解就難以避免。造成多解主要來自兩個方面的原因。一是言語出現的自在環境條件不充分。例如，在大街上說「一張」和在公共電車上說「一張」，環境提供的解碼條件顯然是不能等量齊觀的。再是自為環境思惟結構的作用。言語主體為了達到特殊的功能目的，在構組語句時有意無意地讓言語實體與生態環境的整合產生缺口，從而出現功能性多解。不論何種原因，都會給分析工作帶來困難。考慮到上述情況，我認為對言語生態尤其是語句生態的語法分析，應當從多個角度進行考察，實事求是地反映言語單位在特定環境內的存在情況，不必固執追求超越環境的純形式的唯一結果。從多個角度考察言語實體與環境關係的分析方法，叫系統分析法。對語句的分析可以選取多個角度，不同的角度有不同的考察系統。例如，可以從自在環境的角度考察語句，也可以從自為環境角度加以考察。自為環境還可以從說話者或聽話者的角度分別考察。考察工作根據研究目的的差別而確定不同的考察系統。下邊是從聽話者角度對語句進行系統分析的嘗試。擬定的考察系統包括五個方面的內容：心理停頓、心理定勢、心理傾向、認知選擇、審美評價。不敢說

〔註2〕李國正《「鳳皇」探源》，《廈門大學學報》（哲社版），1987年增刊，第134～141轉150頁。

這個系統就全面了，只能說基本上照顧到了幾個主要方面而已。

一、心理停頓

有人對茅盾《子夜》中的一個語句作可能性分析，得出四種語法結構。

〔註3〕

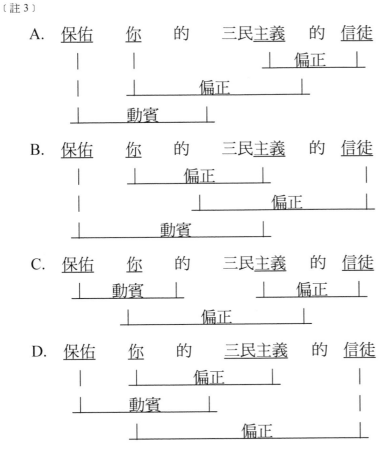

根據茅盾原著提供的言語環境，C、D兩種結構不能成立，但A、B卻能適合同一的言語環境。就作者的表達意向來看，應該只有一個，因為這裡沒有採用雙關修辭的特點。但作者的意向並無邏輯條件暗示。作為接受主體的人——該書讀者來說，如果心理習慣在第一個「的」字後停頓，語句應作A的結構分析。如果心理上覺得應在第二個「的」字後停頓，則相應得出B的結構分析。由此可見，接受主體——聽話者的心理因素在識別言語序列上表現出來的習慣性停頓，會對語句生態的結構分析產生影響。

〔註3〕吳新華《漢語是怎樣排除結構歧義的》，《南京師範大學學報》（社會科學版），1984年第4期第27～34頁。

二、心理定勢

所謂心理定勢是指先於經驗而具有的心理準備狀態。《初刻拍案驚奇》第 33 卷寫張姓富翁給其妾與女婿各一紙遺書，書云：「張一非我子也家財盡與我婿外人不得爭占」。女婿久有占產之心，讀為：「張一，非我子也，家財盡與我婿，外人不得爭占」。其妾訴諸官府，且說「書中暗藏啞謎」。知縣本來同情弱者，看同一遺書的心理準備狀態與女婿不同，讀為「張一非，我子也，家財盡與，我婿外人，不得爭占」。心理定勢不同，對同一語句的理解也就有可能不同，語句的結構分析自然也就不一樣。

四川有個笑話。有人在僻靜處貼一紙條，上書「行路人等不得在此小便」，結果事與願違。因為行路人的心理準備狀態是急於解便，往往在「得」字後來一個心理停頓。而四川方言「等不得」相當於普通話的「等不及」，這樣就直接影響到語句的意義和結構分析。

三、心理傾向

人的心理傾向與心理定勢不同之處在於前者是隨機的，應變的，後者是先驗的，固執的。心理傾向性作用的結果，有時能使通常情況下不能成立的語句得以成立。有人認為「什麼人這本書都看過了」不合格，不成句。〔註4〕如果接受主體特別關心「什麼人」，則可理解為「無論是誰這本書都看過了」，還可理解為「什麼身份的人居然連這本書也看過了」。可見人的心理因子對言語的理解具有多向作用。心理傾向還影響到語句結構的分析。以「小王請他吃飯」為例，如果關心「小王請什麼」，可作這樣的結構分析：

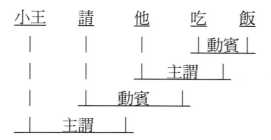

如果關心「小王請他什麼」，則可分析為：

〔註 4〕陸丙甫《心理學與漢語語法研究》，《語文導報》，1986 年第 7 期，第 41 頁。

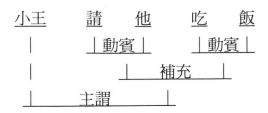

四、認知選擇

　　語法從本質上看是意向的。人們在交際中有一定的意向，有一定的選擇，言語成分按照意向先後迭加組合。意向的社會認同便約定為語法。語法反過來限制意向，使之程式化、規則化。但意向又不斷突破語法，使之進化，形成新模式、新規則。在形式化程度較高的文學作品例如韻文中，這種趨勢比較明顯。在通常情況下，認知選擇較多的是遵從語法框架而往往不大理睬邏輯限制。如「一匹馬騎兩個人」與「兩個人騎一匹馬」語法結構雖然相同，但人的認知選擇不一樣，前者是反邏輯的，說這話的人在這裡更強調「一匹馬」的言語價值。看來認知選擇是受言語價值觀支配的。這裡的根本問題不在於兩個語句的同義轉換，而是怎樣說話更能體現意向，更能具備較高的言語價值。

　　同一語句，聽話者的知識結構不同，其認知選擇會導致對語法結構的不同分析。例如（1）、（2）。

```
（1）土　　萬　　佛　　塔
　　 |偏正|     |偏正|
　　 |      偏正      |
（2）土　　萬　　佛　　塔
　　 |偏正|　　|　　|
　　 |  偏正  |　　|
　　 |      偏正      |
```

　　顯然，對西藏佛教文化有一定知識的人，不會作出第一種選擇。

五、審美評價

　　中國古典詩歌是一種特殊的言語形式系列，這種形式系列帶有濃鬱的主體意向。這種意向性既是對語法常規的反動，又是推動語法系統進化的動力。由於詩歌語詞排列組合的主體意向性壓抑了語法的規範性，這就為滿足不同接受

主體的審美要求提供了廣大的空間，同時又不可避免地給接受主體破譯作家主體的意向帶來困難。接受主體審美的角度、標準、水平的差異，直接影響到詩歌語句的結構分析。以杜甫《陪鄭廣文遊何將軍山林》之五的「綠垂風折筍，紅綻雨肥梅」為例，王力先生主編的《古代漢語》（修訂本）第 1534 頁認為它的正常語序應為「風折筍垂綠，雨肥梅綻紅」，按照這種看法，可作如下結構分析：

張永言先生認為這兩句詩其實就是「此綠而垂者乃風所折之筍，此紅而綻者乃雨所肥之梅」。〔註5〕這樣又有另一種結構分析：

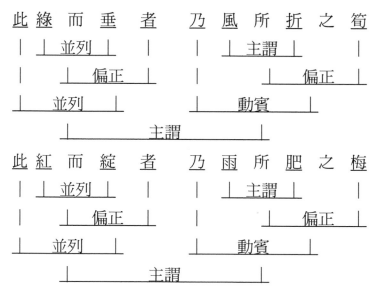

我認為這是果在前，因在後的因果倒裝句，由於詩句的字數所限而省字。原詩句應是：「綠垂（因）風折筍，紅綻（因）雨肥梅」（綠垂是因為風吹斷了嫩竹，紅綻是因為雨露滋潤了梅花），它的語法結構是：

〔註 5〕張永言《訓詁學簡論》，華中工學院出版社，1985 年 4 月第 1 版，第 13 頁注釋⑥。

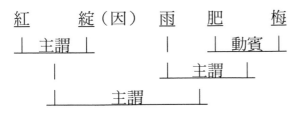

出於不同的審美評價，還可以有新的結構分析。同一詩句從不同的審美角度看可以有不同的理解，這些理解未必與作者的原意相合，但從審美層次看，則是詩歌不同於一般言語的特殊功能體現。在審美層次上沒有非此即彼的唯一答案。

第三節　實驗方法

實驗方法是研究語言現象的科學驗證方法，也是一種科學分析方法。要把握自然語言的微觀生態特徵離不開實驗手段。例如，現代漢語雙音節語詞比古代漢語多，而雙音節語詞內部的單音語素絕大部分是可以單獨成詞的。在書面語中，它們可以從書面形式特徵上判斷語詞是單音、雙音、還是多音，而在言語流中，單音語詞與雙音語詞憑什麼辨別呢？我們固然可以從言語環境、語法關係等各個方面來加以區別，但口語是耳治的言語，最根本的區別還是語音。日常交際中人們憑的是語感，而科學研究就只能憑實驗數據說明問題。一連串的語音是以時間先後為順序展開的能量流，能量在不同區間的分布表現為音的高低輕重或其他形式的變化，這些變化有不同的性質，不同的層次。如果不依靠實驗手段，有些問題就根本無法解決。

近年來有的學者通過實驗手段對漢語普通話中的音聯現象進行了聲學語音學分析，取得了一些很有意義的研究成果。〔註6〕實驗表明，普通話的鼻輔音〔n〕和元音一樣都是以聲帶振動為聲源的。／n／在語詞的不同位置而有聲學特徵不同的變體。在「發難」的「難」裏，〔n〕是起首的聲母，為一個「純鼻音」，它的聲學特徵是：主要能量集中在低頻區；共振峰阻尼高於元音，並有零點存在，總能量低於元音；共振峰頻率位置隨時間變化小，與元音共振峰之間呈斷層過渡。在「翻案」的「翻」裏，〔n〕是韻尾，為一個「半鼻音」，其聲學特徵是：不能單獨存在，只能通過對元音共振峰的影響而表現自己的存

_____

〔註6〕許毅《普通話音聯的聲學語音學特性》，《中國語文》，1986年第5期，第353～360頁。

在。這種影響主要是增加元音共振峰的帶寬；在元音共振峰之間增加一些較弱的諧波群。／n／的起首變體與收尾變體聲學特徵的不同體現了語音環境與語音實體之間的相互影響和相互作用，揭示了漢語［-n］尾弱化的聲學根源。這也給平常的語感——韻尾［-n］較弱較模糊提供了科學證據，同時也糾正了只有元音才靠聲帶振動為聲源的偏見。如果沒有比較先進的實驗手段，是難以加深認識的。

一個音節，處於語詞內部或自成節奏單元時，憑感性很難說出它們的特徵，而通過實驗手段情況就不一樣了。例如「西歐」裏的「歐」與獨立成節奏單元的「息」＋「歐」模式裏的「歐」，前者兩個音節緊密相連，共振峰平滑過渡，兩音節交界處能量沒有減弱，而「息」＋「歐」兩音節交界處有長達 70ms 的喉化，能量減弱。這種聲學語音學徵象在一定程度上證實了雙音節單元在普通話語流中的實際存在。

實驗結果表明，漢語普通話語流中存在四個不同等級的音聯：1. 音節內部各音位之間的音聯。2. 音節之間的音聯。3. 自成節奏的單元之間的音聯。4. 停頓音聯。有一種停頓出現在較長的主語之後或從句和主句之間，停頓前最後一個音節的韻尾沒有向第一個起首音過渡的音渡。這種高於語音層次的停頓或許與語法結構、邏輯語義結構、乃至說話人的心理結構都有關係，這就為語句生態的研究提供了可靠的第一手材料。

第四節　數學方法

數學方法是對語言進行形式化研究的主要手段。與為自動翻譯、人機對話、自動情報檢索服務的數理語言學不同，生態語言學運用數學語言的目的是為了準確地描述語言現象並從中抽出一般規律，以便從多種角度對語言現象作出科學闡釋。我國雖然從五十年代起就有人提倡用數學方法研究語言，但真正在語言學領域展開實質性研究，也只是近年來的事。

一、慣用語的數學解釋

自然語言在語句層次上有一種結構凝固的現象，這就是固定短語，一般稱為「慣用語」。慣用語語義單一，它在語流中作為一個整體的「板塊」來使用，與語詞處於同一理論功能級，而其信息羨餘度通常比語詞大。我們對言語中的

這一生態現象一直沒能從理論上加以闡釋。近年來有的學者嘗試用數學方法描述和解釋這一現象，[註7]這對於語言的生態研究很有意義，現簡介如下。

　　用字母 S 表示一個語句，字母 M 表示 S 所表達的意義，並以 P（M｜S）和 P（S｜M）分別表示 S 出現的情況下 M 的條件概率和在 M 出現的情況下 S 的條件概率。由於一定語境下，一個正常語句的意義唯一確定，因此總有 P（M｜S）=1，但一種意義可以有不止一種表達方法，所以 P（S｜M）≤1。

　　與一種特定意義相對應的全部語句的出現概率有兩個極值：一類語句出現概率達到或超過一個足夠大的值 F，這類語句因而成為慣用語句；另一類語句出現概率為零，為言語環境所淘汰。

　　令 M_F 為任一意義，S_F 和 $\overline{S}_F$ 分別為與 M_F 相對應的第一類與第二類語句，則 S_F 的出現概率 P（S_F）與 $\overline{S}_F$ 的出現概率 P（$\overline{S}_F$）滿足關係

　　　　P（S_F）≥F ≫ P（$\overline{S}_F$）

　　令 P（S_F，M_F）表示 S_F 和 M_F 同時出現的聯合概率，則有

　　　　P（S_F，M_F）=P（S_F）P（M_F｜S_F）

　　　　　　　　　　=P（M_F）· P（S_F｜M_F）

因為 P（M_F｜S_F）=1，所以有

　　　　P（S_F）= P（M_F）P（S_F｜M_F）

同理

　　　　P（$\overline{S}_F$）=P（M_F）P（$\overline{S}_F$｜M_F）

因而語句的慣用性，就可用數學語言表述為語句的條件概率滿足不等關係

　　　　P（M_F）P（S_F｜M_F）≥F ≫ P（M_F）P（$\overline{S}_F$｜M_F）

這樣，就可以從信息論的角度，進一步探討慣用語形成的原因。

　　令 H（S）表示以語句的出現概率來定義的一個語句的熵，將漢語中所有語句的出現概率分別記作 P（S_j）（j=1，2，…），則有

$$H(S) = -\sum_{j} P(S_j)\, log P(S_j)$$

設 H（M）為意義的熵，H_M（S）為意義確定下語句的條件熵，H_S（M）為語句確定下意義的條件熵，根據信息理論有

〔註 7〕趙啟迪《自然語言中慣用法現象的數學解釋》，《自然雜誌》，1985 年第 5 期，第 357～359 頁。

$$H（S）+Hs（M）=H（M）+HM（S）$$

由於假定語句的意義是唯一確定的，因而

$$Hs（M）=0$$

所以

$$H（S）=H（M）+HM（S）$$
$$= -\sum_k P(M_k)logP(M_k)$$
$$= -\sum_k P(M_k)\sum_l P(S_l|M_k)logP(S_l|M_k)$$

其中 $P（M_k）$ 表示各種意義的出現概率，它是由特定交際環境規定的一個常量。由於語句的條件概率滿足前述不等關係，這就使得對應於慣用語句的各項 $P（S_l｜M_k）logP（S_l｜M_k）$ 變大，這些項所對應的 $P（M_k）$ 也較大（因慣用語表達常見意義），因而 $\sum_k P(M_k)\sum_l P(S_l|M_k)logP(S_l|M_k)$ 變大，則 $H（S）$ 變小。這樣，通過數學語言的準確描述，我們清晰地認識到慣用語是由於語句在交際過程中為加強信息傳輸的抗干擾能力而採取的一種特殊的生態形式。這種生態形式可以在不改變語句平均長度的前提下有效地降低言語的熵，具有較高的羨餘度，從而使信息交流的可靠性增強。由於這種生態形式固定化，人們可以現成使用，減輕腦的思惟強度，從而降低能量的消耗。慣用語本是特定環境下高於語詞層級的語句結構，由於長期作為整體反覆使用而實際上降格為與語詞相當的「板塊」。不再發揮獨立的語句功能。這種由於語句的結構凝固而降格為準語詞的生態逆反運動，從宏觀看是對語句的意義單位數目的一種適度控制。據有的學者研究，人們交談是一邊聽一邊把表意單位進行組「塊」，人的短時記憶一般能容納 7 個左右的「板塊」。[註8] 語句太長，「板塊」太多，則妨礙交際的進行。慣用語化語句為短語大大減少了「板塊」數目，顯然是言語系統為維護正常交際而採取的積極生態揩施。

二、模糊語義研究的數學方法

語義研究是現代語言學中最薄弱而且難度最大的一個領域。長期以來，語義研究很大程度上依賴於研究者的直覺或內省，帶有很強的主觀隨意性。近幾

[註 8] 陸丙甫《語句理解的同步組塊過程及其數量描述》，《中國語文》，1986 年第 2 期，第 106～112 頁。

十年來，國外許多學者作了不少努力和嘗試，希望能找到一條用定量方法研究語義問題的路子。1965 年，美國學者查德（L. A. Zadeh）發表了著名論文《模糊集合》，他的理論為研究語義的模糊現象提供了形式化、定量化的可能性。目前，模糊數學已應用於語詞意義的研究。

模糊集合論引進隸屬度的概念來表徵某個對象對於一個模糊集合隸屬到什麼程度。如果隸屬度為零，則表明這個對象不屬該模糊集合。一個對象對一個模糊集合的隸屬度可以是 ≥ 0 而 ≤ 1 的任何值，值越大，這個對象隸屬於該模糊集合的程度就越大。一般把語義的不確定程度分為 4 級。即：極（λ=4）、很（λ=2）、略（λ=$\frac{1}{2}$）、微（λ=$\frac{1}{4}$）。這樣的語義考察，是脫離具體語境的靜態分析。實際語流中的語詞，其語義內容是言語環境與之相互作用的結果，不是人為的機械劃分所能比擬的。語義的靜態分析雖然與動態環境中的語義流變不可同日而語，但靜態分析是進行動態考察的前提。何況目前我們還沒找到任何有效的方法來對語流中語義的流變加以定量化的表述。

如，以「年老」為例，取年齡的論域 $\mu = [0，100]$，查德給模糊集合「年老」的隸屬函數是：

「年老」（x）＝μ年老（x）

$$= \begin{cases} 0 & (當\, 0 \le x \le 50) \\ \dfrac{1}{1 + [\frac{1}{5}(x-50)]^{-2}} & (當\, 50 < x \le 100) \end{cases}$$

則：

「極老」（x）＝μ^4年老（x）

$$= \begin{cases} 0 & (當\, 0 \le x \le 50) \\ \left\{ \dfrac{1}{1 + \left[\frac{1}{5}(x-50)\right]^{-2}} \right\}^4 & (當\, 50 < x \le 100) \end{cases}$$

「很老」（x）＝μ^2年老（x）

$$= \begin{cases} 0 \quad (當\, 0 \le x \le 50) \\ \left\{ \dfrac{1}{1 + \left[\dfrac{1}{5}(x-50)\right]^{-2}} \right\}^2 \quad (當\, 50 < x \le 100) \end{cases}$$

「略老」（x）＝$\mu^{\frac{1}{2}}$年老（x）

$$= \begin{cases} 0 \quad (當\, 0 \le x \le 50) \\ \left\{ \dfrac{1}{1 + \left[\dfrac{1}{5}(x-50)\right]^{-2}} \right\}^{\frac{1}{2}} \quad (當\, 50 < x \le 100) \end{cases}$$

「微老」（x）＝$\mu^{\frac{1}{4}}$年老（x）

$$= \begin{cases} 0 \quad (當\, 0 \le x \le 50) \\ \left\{ \dfrac{1}{1 + \left[\dfrac{1}{5}(x-50)\right]^{-2}} \right\}^{\frac{1}{4}} \quad (當\, 50 < x \le 100) \end{cases}$$

　　如果已知某人年齡為 60 歲，就可以根據上述公式計算 60 歲對各個模糊結合的隸屬度。

$$\mu\, 年老（x）= \dfrac{1}{1 + \left[\dfrac{1}{5}(60-50)\right]^{-2}}$$

$$= \dfrac{1}{1 + 2^{-2}}$$

$$= 0.8$$

這就表明，60 歲對於「年老」的隸屬度是 0.8。

「極老」（x）＝μ^4年老（x）

$$= (0.8)^4$$

$$= 0.4$$

「很老」（x）＝μ^2年老（x）

$$= (0.8)^4$$

$$= 0.64$$

$$「略老」(x) = \mu^{\frac{1}{2}}年老(x)$$

$$= (0.8)^{\frac{1}{2}}$$

$$= 0.89$$

$$「微老」(x) = \mu^{\frac{1}{4}}年老(x)$$

$$= (0.8)^{\frac{1}{4}}$$

$$= 0.94$$

這就是說，60 歲不算「極老」，而更接近「微老」。

　　隸屬度僅表明有關對象隸屬於特定語義範圍的程度。石安石先生進一步提出對某個語詞或某個意義所具有的模糊度的定量分析方法。[註9] 隸屬度接近 0.5 或為 0.5，語詞的模糊度就大，反之模糊度小。計算語義模糊度的方法是：第一步，把隸屬度為 0.9、0.8、0.7、0.6 的分別改寫為 0.1、0.2、0.3、0.4；第二步，求出改寫後的「隸屬度」的平均值（0 和 1 不計），這就是該語詞的語義模糊度。以 V 代表模糊度，隸屬度是 0.1 至 0.5 的項數為 N，隸屬度是 0.6 至 0.9 的項數為 M，則計算模糊度可以寫成下列算式：

$$V_{\leq 0.5} = \frac{\sum_{i=1}^{N}|0-x_i|}{N+M}, \quad V_{>0.5} = \frac{\sum_{i=1}^{M}|1-x_i|}{N+M}$$

$$V = V_{\leq 0.5} + V_{>0.5} = \frac{\sum_{i=1}^{N}|0-x_i| + \sum_{i=1}^{M}|1-x_i|}{N+M}$$

三、數學在方言研究中的運用

　　國內學者把數學方法引進漢語方言研究工作雖然已有十年之久，但在某些基本問題上還未能完全統一認識。1979 年第 1 期《方言》發表了陳漢清、朱建頌兩位先生的《用數學方法描述方言的差別》一文。接著，1981 年第 1 期《語言研究》、1982 年第 4 期《模糊數學》又發表了兩位先生的《論拓撲學在方言研究中的應用》、《Fuzzy 集合在方言研究中的應用》等文章。這些文章揭開了我國學者用數學方法研究現代漢語方言的序幕。陳、朱兩位先生採用的數

〔註 9〕石安石《模糊語義及其模糊度》，《中國語文》，1988 年第 1 期，第 60～70 頁。

學工具，包括經典數學分析、拓撲學和模糊數學。1983 年第 4 期《華東師範大學學報》（哲社版）發表了錢鋒、馮志偉兩位先生的文章《試論模糊數學在方言研究中的應用》，該文認為，經典數學分析和拓撲學都是連續數學，而方言點在地理區域中是離散地散播著而不是連續地分布著。由於方言點所形成的集合不是一個連續統，所以運用經典數學分析和拓撲學必然會出現種種困難。漢語方言的特點不是連續而是互相交錯，離散性和模糊性是一切語言現象的本質特點。由於在基本觀點上的分歧，用數學方法研究方言目前進展還不明顯，但作為一種探索方言生態的研究方法，它可以印證或者糾正定性分析的結論，準確地說明某些難以說清楚的問題。

例如，鄭錦全先生就在數字統計的基礎上，提出了用相關係數表達方言親疏程度的研究方法。〔註 10〕測量方言的親疏關係可以從各個方面進行。以語詞為例，鄭先生根據《漢語方言詞彙》建立數據庫，然後編碼列出 18 個方言點的語詞表格。如果打算考察北京、濟南、瀋陽三個方言的相關度，可以利用總表中的有關數據建立一張「0」和「1」現次的分表。分表概括了每兩對方言中 0 和 1 出現的頻率，然後可以利用 phi 相關方程

$$phi = \frac{bc - ad}{\sqrt{(a+c)(b+d)(a+b)(c+d)}}$$

計算每一對方言的相關度。根據列有「太陽」和「月亮」變體等 12 個詞項的分表，用相關方程計算後得出，北京與濟南是 1.0000，北京與瀋陽是 0.8888。這樣，就得到了一個描寫方言差距的數量指標。

學術界有一種看法認為客家話和贛語間的聯繫要比閩語內部各方言的聯繫密切得多。鄭先生對梅縣話和南昌話、廈門話和潮州話，分別按語詞（a）、聲母（b）、韻母（c）、聲調（d）、聲母韻母（e）、聲韻調（f）計算出相關係數比較如下：

	a	b	c	d	e	f
梅縣與南昌	0.2722	0.8051	0.7823	0.6171	0.8039	0.6869
廈門與潮州	0.3380	0.9276	0.4037	0.8366	0.8573	0.8434

梅縣與南昌只在韻母方面的相關係數較高，其他各項數值均低於廈門與潮

〔註10〕〔美〕鄭錦全《漢語方言親疏關係的計量研究》，《中國語文》，1988 年第 2 期，第 87～102 頁。

州，可見閩語內部的相互關係比客家話與贛語的聯繫密切得多。數學方法對言語生態現象既有準確的描述能力，又富於解釋力。這是一般的定性研究所不能及的。

後 記

　　奉獻給讀者的這部書稿，雖然名為《生態漢語學》，其實只能算是「學『漢語生態』」。因為漢語的生態複雜多樣，對這個未知的領域，作者也不過剛剛涉足。就本書所揭示的一些漢語生態現象及提出的某些觀點而言，也還大有繼續探索和深入研討的必要。對漢語生態進行廣泛深刻的研究，是一個需要一定時間一定人力的長遠課題，而這個課題須要集體的智慧和勞動，自然不是作者個人所能勝任的。因此，作者誠摯地期待著中外學者的批評和批判，尤其希望能聽到有關漢語生態研究的建設性意見。

　　人類生存的一切環境，都是生態系。語言不可能超然其外。讓自然語言復歸自然，從生態學角度全面地重新審視語言，考察語言，說來容易，做來維艱。中國學者歷來重視語言的微觀研究，乾嘉學派無徵不信的「樸學」傳統，造就了許多優秀學者，然而也不免羈絆了後學。這可能是中國語言學理論比較薄弱的原因之一。

　　八十年代初，當我對漢語系統的生態學特徵正在進行思考之際，國內一些學者對西方的社會語言學方法發生了興趣，緊接者，一批年輕學者又提出了文化語言學的研究方向，這些比較新的研究方法和研究方向，實質上把漢語研究朝現代生態學的大道上推進了一步，對漢語進行微觀與宏觀相結合的考察時機正在逐漸成熟。但是，試圖提出一種理論來促成這種結合，在中國語言學界卻是一件冒失的事。相當多的中國學者重實際，輕理論。不少人認為，與其高談

什麼新理論，不如踏踏實實弄清一兩個實際問題。就具體的研究工作來說，這樣的看法當然不錯，這種求實務本的學風，作為中國學者的優良傳統，無疑應當繼續保持發揚。但是，因此而忽視漢語自身的理論建設，就不能不認為有失偏頗。漢語作為有世界性影響的語言，它不僅在實踐研究上富有成果，而且應當在理論研究上有所貢獻。作者有感於此，在這兩個方面都作了嘗試性探討。運用的材料和提出的觀點，都很有點「出格」，要想不出格吧，又辦不到，因為語言就是這麼個樣子。

在學術著作難於面世的今天，這樣的一本「異端」書稿居然能夠付梓也堪稱奇事了。吉林教育出版社的編輯同志殷切鼓勵拙稿的寫作並精心審閱全稿，經營拙稿前後費時共達四年之久，作者在此表示由衷的敬佩。

書成之後，承殷煥先先生賜序。殷先生嚴謹治學，熱腸待人，學林一向有口皆碑，作者心儀已久。今先生滿腔熱情，抱病作序，千里馳書，扶植後學，完全是為著繁榮祖國語言事業。感佩之餘，作者當引以自勉而未敢自詡，凡拙稿論述之觀點及使用材料乖舛之處，一切責任在作者，與殷先生無涉。先生嚴謹治學的風範與獎掖後進的精神，令人銘感。對先生的教誨關懷，謹此深致謝忱。

李國正

一九八九年十月於廈門大學南光樓

增訂版後記

　　告別了生活34年的家鄉瀘州，在我35歲的1982年，2月5日上午到映雪樓廈門大學中文系辦公室報到，開始了與往昔迥然不同的人生經歷。我的導師黃典誠先生經常提到一些挺有意思的語言現象，他說語言就像自然界的生物那樣既有協同也有競爭。我把這種生態學原理運用到我的碩士學位論文《四川瀘州方言研究》中去解釋一些現行理論解釋不了的語言現象，但是論文答辯沒有通過。直到把有關生態學的內容全部刪除，才通過答辯。

　　答辯的坎坷使我發現更多的問題值得進一步思考，於是決定寫一部專著深入研究，這便是《生態漢語學》的由來。報載吉林教育出版社特別歡迎交叉學科的書稿，我寄去目錄和引言，編輯部很快列入出版計劃。從1987年起，在責任編輯張景良先生的支持和鞭策下，除了給學生上課，能用的時間都投入著作。杭州大學《語文導報》的編輯吳土法先生問有什麼新成果，我說最近建構了生態語言系統理論，你要不要？他來信叫我盡快寄去，於是《語文導報》1987年第10期刊載了我寫的《生態語言系統說略》。1989年書成之後，承山東大學殷煥先先生賜序。殷先生獎掖有加，認為拙著有「導夫先路」之功，其實過譽。從1991年拙著問世到20世紀結束，國內並沒有因此而出現研究生態語言學的端倪。2005年，讀到暨南大學范俊軍寫的《生態語言學研究述評》，才知道早在1971年美國學者E. Haugen就提出了「語言生態」概念。我在完全不瞭解國外研究情況的背景下建構的生態語言系統理論可謂閉門造車，未必

有惠學林。不過，中國學者起步雖晚卻比丹麥學者 Jorgen Chr. Bang 1993 年提出語言的三個結構層面的環境早了六年，比德國學者 W. Trampe 2001 年提出語言的生態系統早了十四年。

　　廈門湖濱南路有個中國新聞社的記者站，在那兒認識了畢業於西南師範學院中文系的田家鵬先生。我們坐在普通的木板床上聊得很愉快。1991 年 6 月 28 日，中新社播發了田家鵬寫的《廈門大學一教師創立「生態漢語學」引起關注》的新聞報導。報導說：「李國正的《生態漢語學》的主要特點，是以生態學的基本原理為基礎，從語言事實出發，把現代進化論、分子生物學、系統論、控制論、信息論等各種學說，各門學科的研究方法和研究成果結合起來，對語言進行跨學科、多角度的探討和研究，從而提出了一套全新的語言學理論體系。這個理論體系代表了當代語言學革命的總趨勢。」廈門大學中文系語言教研組的黃景湖先生以魏世業（諧音「為事業」）為筆名，在《廈門大學學報》（社科版）1991 年第 3 期發表《漢語研究的新突破——李國正著〈生態漢語學〉評介》；許長安先生以辛舒萍（諧音「新書評」）為筆名，在《漢語學習》1992 年第 5 期發表《漢語研究的新收穫——評〈生態漢語學〉》，體現了老一輩同事對後學新說的關愛和支持。華東師範大學中文系與英國的利茲大學合辦了一個中英文印刷的語言學刊物，邵敬敏先生說他在那個刊物上撰文介紹了我寫的《生態漢語學》，並答應把大作寄給我，但不知何故一直未果。1994 年 9 月，拙著獲福建省人民政府第二屆社會科學優秀成果語言學唯一的一等獎，這並不意味著拙著有那麼優秀，只是當時沒有人涉足這個領域而已。

　　2018 年 7 月，浙江大學黃金貴先生以其重新修訂出版的大著《古代文化詞義集類辨考》相贈，並熱誠鼓勵我重新修訂出版舊著，於是補寫了第六、七兩章約二十多萬字。第七章「生態漢字系統」源自上世紀九十年代中期所擬《生態漢字學》寫作提綱，其中部分內容已公開發表，而眼下已不具備完成該著的條件，因其與漢語有關，所以借修訂舊著之機把主要觀點寫在這裡請方家賜教。2021 年 3 月 19 日收到花木蘭文化事業有限公司總編輯杜潔祥先生電郵「花木蘭徵求授權出版啟事」，8 月 10 日致電郵花木蘭文化出版社北京辦公室，得到楊嘉樂先生的熱情支持，杜總編很快作出決定。8 月 25 日收到電郵通知：「您的大作經編委會閱示，可正式納入出版計劃。」

　　從 1991 年 2 月拙著出版至今，倏忽三十年。此次增訂版除補寫的內容之外，保持了 1991 年 2 月版的原貌，但修正了數十處舊版的技術性錯誤。重新修訂出版舊著的工作是在瀘州職業技術學院支持下完成的。學院柔性引進人才的機制為撰寫補充內容提供了足夠的時間；師範學院王箭飛副院長花了不少時間幫忙把舊著的 PDF 版本轉換為 doc 文本；陳善珍教授和她的兒子計算機專家鍾沐暘幫助處理數學算式和特殊符號。沒有學院的支持和很多熱心人的關愛，拙著是難以順利殺青的。謹此深致謝忱。

李國正

二〇二一年十月於瀘州江都花園